U0875593

魅丽文化 飞言情工作室

红尘

陆园无此行

Lu Yuan Wu Ci Xing

红桑 /著

江苏凤凰文艺出版社
JIANGSU PHOENIX LITERATURE AND ART PUBLISHING, LTD

图书在版编目（CIP）数据

陆园无此行 / 红桑著. -- 南京 : 江苏凤凰文艺出版社，2018.11
ISBN 978-7-5594-2984-1

Ⅰ. ①陆… Ⅱ. ①红… Ⅲ. ①长篇小说－中国－当代 Ⅳ. ①I247.5

中国版本图书馆CIP数据核字(2018)第229939号

书　　名	陆园无此行
作　　者	红桑
出版统筹	张在健　邹立勋
选题策划	郭玲玲
责任编辑	蔡晓妮
文字编辑	刘冬鸣
责任监制	刘　巍　江伟明
出版发行	江苏凤凰文艺出版社
出版社地址	南京市中央路165号，邮编：210009
出版社网址	http://www.jswenyi.com
印　　刷	湖南新华精品印务有限公司
开　　本	880x1230毫米 1/32
字　　数	270千字
印　　张	10
版　　次	2018年11月第1版，2018年11月第1次印刷
标准书号	ISBN 978-7-5594-2984-1
定　　价	36.80元

目录

CONTENTS

001/ 第一章 和我结婚

037/ 第二章 陆家太复杂，不适合你

073/ 第三章 各不相干

108/ 第四章 不要喜欢我

145/ 第五章 我爱你

目录

CONTENTS

181/ 第六章 他是现在，也是将来

217/ 第七章 遍体鳞伤

255/ 第八章 一损俱损

295/ 第九章 路转峰回

第一章 和我结婚

【1】原来钟小姐的坦诚，也是要分场合的

钟妩本人，远没有她的名字妩媚。

眼前的女孩皮肤白皙，五官也生得精致，可神情显得格外沉默内敛，看人时目光中透着几分跟年龄不符的沉静，脸上没有什么表情，所以嘴角的弧度就稍显冷硬——正因为周身的这种气质，所以一眼看过去，并不是那种让人心生愉悦的漂亮。

除了少数极有城府的，大多数人只要露出一丝情绪，就有可能被人窥出大概的性格。

先前几个来面试的人，环肥燕瘦，齐全得很，林越看人还算准，心里也有了初步的衡量，所以在见到钟妩的第一时间，就知道今天这事儿难办了。

这个女孩，只怕和“温柔”“体贴”等形容词扯不上关系。而这些，是眼下他们要找的人必须具备的特质。

去书房之前，想到自家姑姑的耳提面命，林越看钟妩的神情越发温和，内心却叹了口气，把见面前想好的，要提点她几句的想法压了下去：大不了以后有什么其他工作再推荐她去就是了，眼下这事儿……还是算了。

林越走到书房门前，抬手在半掩的房门上轻轻地敲了敲，听到里面的回应之后，对钟妩笑了笑，道："进去吧，陆先生就在里面。"

"谢谢林助理。"钟妩不自觉地抿了抿唇，推门走了进去。

门内是同样以白色为主色调的欧式风格，可装饰之奢，藏书之巨，都比不上落地窗前的身影令人侧目。

钟妩一眼便看见了坐在轮椅上的男人。

彼时他正低着头，手上的资料似乎刚看完一页，修长白皙的手指动了动，将已经看完的那页随意地放在了膝上。

许是因为重伤未愈，他的脸上几乎没什么血色。

五月的阳光已然微暖，此时穿过明亮的落地窗，静静地笼在他的身上，让他整个人看上去苍白得近乎透明。

钟妩下意识地放轻了脚步，甚至不知不觉连呼吸都一同放轻了些。

不过在她走过去的过程中，对方仍是偏头看了过来。

苍白瘦削的脸颊，微微扬起弧度的薄唇，微垂的桃花眼，以及……眼底一抹若有似无的光芒。

有人似乎生来便是上帝的宠儿。

眼前这个男人的脸，仿佛有神祇早已悉心描画过千万遍，以至于无一不精致，无一不动人。

在与对方短暂的对视后，钟妩率先收回了视线，礼貌地微微颔首。

也许是他身后的阳光太刺眼了吧。

钟妩心想。

她来应聘前就已经看过新闻：他遭遇严重车祸之后，在 ICU 内躺了一个多月才醒过来，但伴随的结果是，他的腿恐怕再也无法恢复到从前的状态。

钟妩自然知道这次的工作机会来之不易，所以她这几天不仅查阅了照顾病人的资料，也一直在恶补创伤后应激障碍的相关知识，只是她没想到的是，她此刻面对的人，平静得超乎她的想象。

对面的男人将轮椅转了个方向，不料膝上的资料随着他的动作，轻飘飘地散落到了地上。

两人的目光几乎同时投向地上的资料。

片刻之后，钟妩轻轻地走过去，蹲下身子将地上的资料捡起来，视线扫到上面的几个字之后，才发现这是自己的简历。

她心里多少还是有些紧张的，所以呼吸有片刻的停滞，不过随即恢复如常。

她将资料双手递至对方面前，待对方接过之后，才站直了身子："陆先生好，我叫钟妩。"

"妩媚的妩吗？"

他看了看手上的简历，又看了看钟妩的脸，不由得轻笑起来，声音温和清越。

钟妩哑然，她当然知道自己和"妩媚"二字是沾不上边的，但沉默片刻，也只能语焉不详地应了一声："……对。"

"你好，我叫陆锦行。"仿佛看不见她的尴尬，陆锦行抚了抚腿上盖着的薄毯，声音里的笑意没有分毫变化，"花团锦簇的锦，不良于行的行。"

钟妩动了动唇，她觉得这个时候自己似乎应该说些什么，可之前准备的那些，眼下似乎全无用处。

她当然听说过他的名字，可他的自我介绍让她有些词穷。

陆锦行却仍是那副温润模样，朝不远处的椅子示意道："坐。"钟妩依言过去坐下。

陆锦行的视线重新落回手中的资料上，片刻之后语气轻浅地发问：“钟小姐是珉城人？”

钟妩点头：“是。”

陆锦行不知道想到些什么，似乎有些出神，半晌，才笑道：“珉城倒是个人杰地灵的地方。”钟妩窥不透他的感慨由何而来，于是并不应声。

“珉大的雕塑专业很有名，据我所知，当地也有几家业内知名的企业。”陆锦行的视线滑过那份比普通简历详细不知多少的资料，落在钟妩脸上的时候，眼中颇有几分真诚探询的意味，“这方面，余城倒是比不上的。”

钟妩在陆锦行慢条斯理的语气里，背脊挺得更直，她深知陆锦行此人远不能以常理度之，所以迟疑片刻，到底还是深吸了一口气，道：“对不起，陆先生，我的学历证书……是假的。”

陆锦行看向钟妩，右手随意地放在轮椅的扶手上，指尖无意识般地轻点几下：“哦？”

这一次，钟妩并没有回避他的视线：“我在珉大只读了两年多。大三的时候家里破产，到处都需要用钱，就干脆退学了。来余城后为了方便找工作，就……”

“钟小姐很坦诚。”陆锦行不等她说完，就打断了她看似平静的叙述，像是要帮她从尴尬不堪之中解脱出来。他清浅的笑容里甚至还带了几分赞赏：“坦诚的人，大家都喜欢——我也不例外。”钟妩竟有一种松了口气的感觉。

只是在她无声地吐出尚不均匀的气息时，陆锦行又问道：“刚刚看了简历，钟小姐以前在雕塑工作室和广告公司工作过？”

得到肯定的回答之后，陆锦行眉眼间的笑意也越发真诚起来：“那我很想知道，在面试这两份工作的时候，钟小姐也这么坦诚吗？也这么勇于承认——珉大的雕塑系，你根本就没有毕业？”

许久，钟妩都没有回答。

书房里没有其他声响，钟妩却觉得，整个房间里此刻都充斥着自己心脏跳动的声音，一下又一下，每一下都让她心里的不堪如同潮水一般上涌。

陆锦行身子微微向后，姿态轻松地靠在椅背上，看着钟妩有些慨叹地笑道："原来钟小姐的坦诚，也是要分场合的。"

钟妩面上的表情几乎维持不住。她不知该怎样形容眼前的这个男人，更不知该如何应付他。

或者说……他本来就是不该用"应付"这种词来对待的人。

如果不是妈妈的老朋友极力推荐，无论是从学历、能力，抑或是性格哪方面来看，她都连面试的资格都捞不到。可是一旦拿到这份工作，每月的薪酬，将是她从前的四倍。

"骄傲""自尊""颜面"，这些词本就高高在上，不沾染丝毫的烟火气，对于人来说，每一个都极具分量，可偏偏又是这世上最无用的东西。

她需要钱，已经紧迫到……除了不能舍弃的，其他一切皆可舍弃的地步。

钟妩有些艰难地吐出一口气，应道："去那些地方面试当然不可能承认，毕竟……就算在雕塑方面我完全没有天分，也还是得在这一行混下去的——因为我这人其实很没用，其他的什么都不会。"

钟妩的笑意微苦，她就算再没有天分，雕塑这一行的收入也比普通工作高一些，她不会舍此求彼。

"对不起。"钟妩有些自嘲的笑容最终消失在嘴角僵硬的弧度里，"我实在太贪图这份工作优厚的报酬，所以嘴脸难看了一些。"

陆锦行原本微闭的双眸慢慢睁开，看向钟妩。

他面色苍白，目光淡漠，精致得像幅画。

钟妩抿了抿唇，再次道歉："对不起，陆先生，耽误了您的时间。"

"每个人耍小聪明的时候，嘴脸都很难看，你只是没有例外而已。”陆锦行在钟妩起身的时候，慢慢地说道，“不过，身处困境时为五斗米折腰，也不算是什么丢人的事。”

钟妩面上那份硬撑出来的冷硬似乎没有丝毫的变化，唇瓣却有一丝轻颤。

明明是春日，走出那栋小楼的时候，钟妩身上出的那层薄汗被迎面而来的微风一扫，竟让她感到几分刺骨的凉意。

她朝大门处走去，来时匆匆，此刻才有时间细看自己身处的偌大庄园。

陆家的老宅地处余城北郊的虞江江畔，占地颇广，枫林环抱中的几栋欧式别墅看上去各不相同，但俱是奢华而内敛，风格上虽迥异却十分和谐。庭院内繁茂的花木间隐约有一两处喷泉和雕像点缀。

钟妩朝不远处造型新奇的雕像看了看，很快便又收回了视线，一直走到大门口，都没有再看一眼。

原本紧闭的大门此时却完全敞开着，一辆黑色劳斯莱斯驶进来，钟妩朝路边避了避，车子与她擦身而过，朝着相反的方向缓缓驶去。

钟妩走出去之后，又下意识地回过头去，彼时大门在她身后缓缓关闭。

门上的欧式雕花几乎完全被茂密的蔷薇丛覆盖，于是她看过去时，满目都是恣意开放的红色蔷薇。

在一片夺目的红色里，钟妩脑海里莫名想起她走出书房前，陆锦行对她说的那番话：“如果方便的话，希望钟小姐可以尽快辞去在咖啡厅的兼职，因为我可能需要我的私人助理二十四小时待命。”

【2】先生的未婚妻

第二天一早，钟妩第二次走进陆家大门时，已经不再如昨日那般紧张。可想到那个仅有一面之缘的陆锦行，又对自己是否能长久地在这里工作产生了怀疑。

昨晚林越已经发了邮件给她，详细交代了她的工作内容。由于陆锦行的伤还没好，所以只能在复健的间隙处理一些公司事务。林越的工作重心也在公司那边，所以陆锦行日常的工作要由钟妩做详细合理的统筹安排，以便和林越做对接。除此之外，她更要随时处理陆锦行交代的私人事务。

事情不多，但钟妩能够想象得出这其中的烦琐。于是她打起了十二分的精神，将邮件中关于陆锦行生活习惯的部分着重看了多遍，牢记在心。

“您就是钟小姐吧？”一个笑容温和而又不失干练的中年女人见钟妩进门，迎上来招呼道，“先生在餐厅，让您来了之后直接过去。”

因为她一身居家装扮，钟妩尚来不及猜测，对方已经笑着向她介绍道：“钟小姐可以叫我陈嫂。先生喜欢清静，这边除了我负责三餐，平时只有三个菲佣做清扫工作。”

“陈嫂。”钟妩和她打了招呼，跟在她身后朝餐厅走去。

彼时陆锦行正坐在餐桌前慢条斯理地切着盘中的培根，听到脚步声，他姿态优雅地放下刀叉，拿起桌上的牛奶杯啜饮了一口，喉结因吞咽动作而有了微微的起伏。

“来了？”

他放下牛奶杯，偏过头去看钟妩，笑容恰到好处，不亲近，也不冷漠。

“陆先生早。”

钟妩发现自己在面对陆锦行的时候，总是不自觉地将脊背挺得更直一些。

“兼职的事情处理好了？”

陆锦行问得随意，她却答得郑重：“处理好了。”

她穿了条及膝的墨绿色V领连衣裙，腰线略高，裙摆微收，正式但又不刻板，如果不是她面上的表情太严肃，倒是有些亭亭玉立的味道。陆锦行笑起来，拿起帕子擦了擦嘴角，是完全放松的闲适姿态：“别那么紧绷。去帮我煮杯咖啡。”

钟妩略松一口气。

每天早饭后一杯无糖无奶的蓝山咖啡，是陆锦行固定的喜好。她在陈嫂的指点下找到存放的咖啡豆，从中挑出蓝山的时候，动作顿了顿，下意识地看向陆锦行，但见他正专注地翻看着一本财经杂志，于是又把心里的那点儿迟疑压了下去。

“陆先生，您的咖啡。”当咖啡的香气弥漫开来的时候，钟妩把一杯蓝山咖啡放到了餐桌上。

陆锦行放下杂志，指尖轻轻划过咖啡杯的杯壁，声音里带了赞叹：“很香。”

可他没有喝。

“人的喜好并不会局限于纸上的几行字，钟小姐很认真，却不懂得变通。”

钟妩原先的那一丝迟疑，此时才有醒悟的感觉。

咖啡杯上的热气一点儿一点儿地氤氲开来，她一动不动地看着，与此同时，这几年来压在心底深处的委屈，却莫名地泛了上来。

“也就是说，无论先前被交代了陆先生有哪些习惯和喜好，以后您吩咐的每件事情，我都需要再确认一遍。可只怕到时候，陆先生又会觉得我愚笨。”

陆锦行似乎并不在意她的“冒犯”，只是轻笑一声，说：“我昨天说过，我喜欢坦诚的人。和那些瞻前顾后的小心思相比，我更喜欢身边的人毫无保留，想到什么就说什么。在这个基础上，只要你不犯大错，我都不会和你计较。”

刻板也好，愚笨也罢，甚至其他的什么执拗、顽固，哪怕冒犯都好，和坦诚相比，他都不介意。这算是他给出的承诺，也是底线。

从昨天见面之后一直有些不安的钟妩，此刻终于像是吃下了定心丸，但同时她也不忘问清楚：“大错是指什么？”

陆锦行目光清亮，嘴角微勾：“大概是……吃里扒外吧。”

钟妩的心彻底放了下来，她上前把咖啡杯拿走，原本有些冷硬的神情此时看起来倒有些平和的意味：“既然这样，陆先生身上还有伤，咖啡还是少喝一点儿比较好。”

这位迅速进入角色的私人助理，让一直默默站在角落里的陈嫂有些错愕。她不由自主地朝那位一直喜怒难辨的二少爷看去，却更加错愕地发现，他的面上没有半分不悦，反而挑眉看着钟妩，精致的眉眼里，有了几分意味深长的笑意。

钟妩按照陆锦行的吩咐，把书房里他前一晚看完的资料整理成了详细的文档，发给林越之后，林越也很快打电话过来。

“这几家公司的人最近一直想约见陆总，你去问一下陆总要不要见。”林越那边应该很忙，语速飞快，“以后相关的电话都会直接转到你那里，由你记录处理。不过时间久了，你也就知道哪些可以直接推掉，哪些需要请示陆总了。”钟妩还没来得及回话，林越继续说道：“陆总现在是不是在复健？你过去盯一下，一旦超过复健师规定的训练时间，就拿这些文件当理由去拦一下。”

“好的，我知道了。”

钟妩挂了电话之后，匆匆往复健室赶去。

陆锦行的生活其实很有规律，他的腿已经拆了石膏，进入复健阶段。每天七点起床，八点用早餐，九点有专业的复健师上门为他做按摩及相关的复健治疗。为他的伤情而专门准备的复健室在二楼，由健身室扩建而成，其中各类复健器材齐全，足以媲美专业的康复医院。

钟妩进门的时候，陆锦行早已经做完了腿部按摩，此时正在复健师的指导下，扶着器材一步又一步地艰难前行。

只是简单的动作，他的手臂上已是青筋浮现，原本苍白的脸色，此时更添了几分病态的潮红。

“陆先生……”

复健师刚开口，陆锦行便停下来打断他：“我知道了，你先回去吧。”

从林越刚刚的电话里，钟妩已经猜到了陆锦行对于这件事儿的专断独行，所以复健师虽然为难却依言准备离开的时候，她并不感到意外。

复健师走到门口时，不忘低声交代默默守在那里的“新面孔”钟妩：“陆先生现阶段还只能做这种功能性恢复训练，每天三到四次，每次十五分钟。”

钟妩抬手看看腕表，同样压低了声音：“这次还可以走多久？”

“最多五分钟。”

钟妩点点头。

五分钟后，钟妩准时上前出声提醒：“陆先生，可以了。”

陆锦行微喘着停下来，侧过头去看墙角的落地钟，露出一个似笑非笑的表情：“你倒是尽职得很。”

钟妩把轮椅推过去，扶着他慢慢地重新坐回轮椅上：“能力不足的时候，如果再不尽职一点儿，怎么讨生活呢？”

陆锦行的额角早已有细密的汗水渗出，钟妩在室内环视一周，发现了一旁早已备好的毛巾。她拿着毛巾走过去的时候，陆锦行已经靠在椅背上闭上了眼睛。他因为运动而有些紊乱的呼吸渐渐平复了下来，脸上难得有了些血色，使得他原本毫无表情的疏离面孔上，沾染了些许烟火气。

汗水打湿了他的几缕碎发，又顺着鬓角向下，滑落至微敞的领口，直至消失不见。

钟妩弯下身子帮他擦汗，他薄唇轻抿，双眸微闭，睫毛投下一层浅淡的阴影，有一种别样的温和气质。

像一个精致而又易碎的玉瓷。

钟妩的动作格外仔细小心，以至于柔软的毛巾贴近陆锦行的时候，手上有一丝她自己都未觉察到的轻颤。

陆锦行微微睁开眼睛，面前的人正小心翼翼地擦拭着他额间的汗水，温热的呼吸拂到他颈间，并不算平稳，却是清新的，甚至带了一丝缱绻的意味。

好在并不觉得讨厌。

他看着钟妩，突然问道："即使你那么缺钱，这个时候是不是也觉得，人生有很多痛苦是金钱不能消弭的？"

钟妩的动作顿了顿，摇了摇头："钱确实不能消弭您现在的痛苦，但足以消弭我的啊。"

毕竟我目前最大的痛苦只是没有钱而已。

她想到这里，其实是有些想笑的，可又实在笑不出来。

陆锦行轻笑一声，抬手示意她可以不必再擦了，随后又撑着轮椅的扶手慢慢站了起来。

钟妩想拦，可也隐约知道他并不是会严格遵循医嘱的病人，只得亦步亦趋地跟在他身旁，想着一旦他精疲力竭的时候，自己能及时扶一把。

这一次，陆锦行只走了十分钟，就已经大汗淋漓。

而他在钟妩出声阻止之前，已经自觉地停了下来。

"今天就到这里，推我出去吧。"

也许因为耗尽了力气，陆锦行的声音轻了许多，钟妩也暗暗松了口气。

钟妩把陆锦行推回房间之后，陆锦行吩咐道："那几家公司的人我暂时都不见，你让林越找个理由打发了。"

钟妩答应着，正准备离开，陆锦行的声音又响了起来："告诉陈嫂一声，中午准备些杭帮菜。"

"好的，陆先生。"

钟妩把陆锦行的"旨意"传达给陈嫂的时候，陈嫂一副了然的神情："那应该是何小姐要过来了，只有她喜欢吃杭帮菜。"

"何小姐？"钟妩不解地重复道。

"是啊，"陈嫂笑了笑，解释道，"先生的未婚妻。"

【3】我娶你，只是因为我现在需要结婚

陈嫂无意私下谈论主家，但平时一些无伤大雅的小八卦连陆锦行都并未在意，所以她这个时候倒是很想就这位何小姐的情况和钟妩聊上几句。

但她说完之后就发现，面前这位新晋的女助理连最起码的好奇都没有，似乎对工作之外的事情没有丝毫兴趣，只是用平铺直叙的语气交代了陆锦行的话之后，就不再有任何继续交流的意思。

陈嫂笑了笑，转身离开去忙自己分内的事，同时又难免觉得，果然长得漂亮的小姑娘都有一种与生俱来的傲气，明明干的说白了也是伺候人的活儿，但那副板着脸，公事公办的模样，还是让人觉得不舒服。

而钟妩一心想着该怎么把工作做得尽善尽美，以便能在陆锦行身边长久地待下去，所以对于陈嫂的微妙情绪并未察觉。

可饶是钟妩这几年一直有意压抑自己的喜怒哀乐，一心扑在赚钱上，第一次见到何雅柔的时候，心里也不由得觉得怪异。

能成为陆锦行的未婚妻，何雅柔自然不可能是什么籍籍无名的灰姑娘。她身材高挑，酒红色的连衣裙是香奈儿早春的最新款，脚

下配的是 RV 的方扣水晶单鞋，即使身上没有其他的奢华配饰，整个人也是十足的清丽优雅。

可是何雅柔的脸色并不好，似乎没有休息好，完美的妆容也没有遮盖住她憔悴的脸色，而且她的眼底有难以掩饰的焦躁，似乎这周遭的一切都让她不安。

“何小姐您好，我是陆先生的新助理。陆先生现在有一个视频会议，您可能需要在这里稍候片刻。”

钟妩礼貌地开口，何雅柔只是有些敷衍地点头：“好，好。”

她在沙发上坐下来，不知道在想些什么，目光仿佛落到了远处，碰也不碰陈嫂端过来的咖啡，两手交握在身前，却无意识地越扭越紧。

钟妩默默地看着这位神情怪异的女子的时候，自己的手机突然响了。

她拿出来看了一眼来电号码，心里一紧，一面匆忙往外走，一面接了起来。

“阿妩？”

手机那头熟悉而又温柔的声音，让钟妩呼吸一滞，随即才颤声叫出来：“妈……”

“阿妩，你最近在忙什么？我一直盼着你过几天放暑假了来看我，但程医生跟我说你已经在工作了……”

钟妩一面听着一面走出去，靠在门外的一根罗马柱旁，回话的声音轻柔异常，仿佛生怕一不小心就吓到了电话那头的人：“妈，我已经毕业了，这几天刚换了工作，所以有点儿忙，等过几天有时间了，我就过去看您。”

“好，好……”电话那头的声音温和而慈祥，却又带着些莫名的茫然，“换了什么工作？你爸爸不是说等你毕业就给你开一间工作室吗？”

钟妩只觉得眼底微微发热，逃避似的抬头看向天空：“总要在外面积累点儿经验嘛，我现在这三脚猫的功夫，怎么敢开工作室？”

“瞧你说的，怎么就不敢了？”电话里传来母亲带了些埋怨的笑意，“你只管去做你喜欢做的事情。有我和你爸在，阿妩，你什么都不用担心。”

钟妩后背紧紧地贴在罗马柱上，握着手机的手不自觉地颤抖着，她用力地深吸一口气，才没有让眼泪掉下来：“好。”

我一直都知道的，妈妈。

她正努力地平复着自己内心陡起的波澜，电话那头片刻嘈杂的声音过后，传过来另一个她熟悉的声音：“钟小姐。”

钟妩的声音还带着一丝尚未掩去的颤抖：“程医生。”

“刚刚病人情绪出现了波动，为了避免她进一步受到刺激，所以这次通话只能到这里了。”程医生声音里已经有了沧桑的痕迹，却又带着他的职业特有的温和安定，“她这次想起你的时候，虽然记忆仍然是混乱的，两次之间的时间间隔却比刚入院时短了几天。虽然只是初见成效，但可见我们之前确定的医疗方案还是可行的。”

钟妩原本紧绷的身体终是放松了许多。

“不过我还是那句话——我们会尽最大的努力，但她的这种情况，我也没办法保证最终会恢复到什么程度。”

“我知道，我知道。”钟妩站直了身子，将面上最后一丝脆弱也敛得干干净净，“谢谢您，程医生，我妈妈在那边还要麻烦您多照顾了。”

再三感谢了程医生之后，钟妩收了线，心里默默地算着银行卡里的余额——即将支付疗养院那边下一个疗程的费用，再交完房租，她原先的那点儿所谓的“存款”，很快就会出现赤字。

前一秒妈妈慈爱的声音犹在耳边回响，此时钟妩心里却突然涌起一股巨大的悲凉。

在妈妈的心里，她依然是那个千娇万宠的小公主，她所生活的世界宛若童话故事里的城堡一般，到处是衣香鬓影，宝马香车，只要有疼爱她的父母在，似乎她就可以一辈子都这么衣食无忧地生活下去。

钟妩抬起手，微眯着眼挡住有些刺眼的阳光。

可是妈妈，那样的我，早就遥远得像一场梦了。

钟妩进门时接到林越的电话，挂断之后，按他的吩咐去二楼书房，把他传真过来的资料简单整理了一下，就匆匆下了楼。陈嫂也从餐厅走了出来，向她示意："先生和何小姐已经开始用餐了，看样子是有话要聊，让我们不要去打扰。"

钟妩有些为难地皱眉，说："但是公司那边有很急的事情。"

陈嫂给了她一个爱莫能助的眼神，从她身边擦肩而过。

钟妩低头看了看手中的文件，想到林越分外谨慎的语气，最终也只得硬着头皮朝餐厅走去。

餐厅的门虚掩着，钟妩在走廊里踟蹰片刻，试探性地敲了敲门："陆先生。"

里面并未立即回应，她也没听到有什么交谈的声音。

就在钟妩正犹豫着是继续敲门还是就此离去时，陆锦行的声音突然传出来："进来吧。"

钟妩进去时发现，猜想中的未婚夫妻一面亲密交谈，一面进餐的画面并未出现。陆锦行正坐在他们早上见面时同样的位置看她，面上虽没什么表情，但并未因她的出现而露出什么不悦的神情，而那位何小姐……

钟妩的目光和抬头来看她的何雅柔撞上，又因何雅柔满面的泪水而迅速别开了眼。

她上一秒的庆幸此时变成了深深的懊悔——来得真不是时候。

但她行动上并未因此有丝毫的停滞，她屏住呼吸走到陆锦行身旁，用对此刻的境况一无所知般的刻板语气汇报："对不起，陆先生，很抱歉打扰您用餐。这是林助理刚刚发过来的，说这件事儿需要立刻向您汇报，而且他也马上会赶过来。”

她把手上的文件递到陆锦行的面前，公事公办的模样无懈可击。

陆锦行并未多说，只是把文件接过去，认真地看了起来。

两人简单地交谈之后，就不再有人说话。所以一时之间，餐厅里变得安静起来。钟妩站在陆锦行的身侧，耳边听着陆锦行翻动文件时纸页发出沙沙的声响，还有对面何雅柔时不时响起的微微啜泣声，面上的神情越发肃然。

不久之后，陆锦行的视线离开手中的文件，眉头微蹙:“去书房。”

钟妩默然，正要推着他的轮椅离开，何雅柔带着哭腔的声音响了起来：“锦行哥！”

陆锦行闻言，抬眸朝她看去，似乎此刻才记起她的存在一般，神情却仍是温和的：“我还有事儿，你刚刚说的我已经知道了，就按我说的办吧。”

“不行！”何雅柔连忙起身，对于他的提议断然拒绝，可到了嘴边的话，又因为一旁的钟妩而咽了回去，神情里已经带了几分哀求的意味，“锦行哥，我还有话要对你说，你让她先出去好不好？”

陆锦行没有回答，而钟妩对他已经有了初步的了解，所以虽然已经做好了准备要先行一步，此时却并没有任何动作。

她领的是陆锦行的薪水，只需要对陆锦行一个人言听计从。

“她是我的私人助理，工作内容之一就是帮我处理一切私人事务。”陆锦行笑了笑，看向何雅柔，“比如……接下来你我两家解除婚约时需要处理的一些事儿，也要她来帮我。”

“锦行哥！”

钟妩因他的话愣在原地的时候，何雅柔已经哭出了声。她惊慌失措地跑到陆锦行的身旁，想要握陆锦行的手，却在陆锦行毫无波澜的目光中僵住了动作。

她蹲下身子，紧紧地抓住轮椅的扶手——即使是未婚夫妻，她却从不敢轻易碰触他。

何雅柔越发觉得自己此刻的处境很不堪，泪水一滴一滴地打在陆锦行膝头的薄毯上，很快消失不见："锦行哥，我知道你并不像我喜欢你那样喜欢我，可在我听说自己能嫁给你那天，你知道我有多开心吗？不管你娶我是为了我这个人，还是因为我家会给你带来助益，我都不在乎。我们能联姻，对两家来说都是皆大欢喜的事儿。"

"我从第一次见到你就喜欢上你了，也因为太喜欢你，所以我才什么事儿都不敢瞒你……我知道你最不喜欢有人骗你。"何雅柔哭得有些哽咽，早已顾不上钟妩还在一旁，有些语无伦次地哀求陆锦行，"锦行哥，我错了，我知道我不该一直那么贪玩儿，你给我一个机会，原谅我这一次好不好？我真的错了……"

在何雅柔的痛哭声中，钟妩越发觉得自己是这里最为尴尬的存在，对于何雅柔口中的"错"，她亦有了一丝好奇，但这种好奇刚萌芽就被她暗暗掐灭，不留一丝痕迹。

所以她面无表情地站在原地，只当自己是这餐厅里的一盘一碟，什么都听不到，也什么都看不到。

她的自我压抑成了习惯，早已驾轻就熟。

陆锦行并未因何雅柔的举动有丝毫不悦，只是等她哭了一会儿，才拿出手帕帮她轻轻拭去颊边的泪痕。

因着他举止中的温柔，何雅柔终于哭声渐止，却也一时有些不知所措，只能泪眼模糊地看着他。

陆锦行把手帕递给她，缓缓开口："你说错了两件事儿。"

何雅柔一愣，甚至忘了去接他递过来的手帕。

钟妩也从他短短的几个字里，窥见了一丝与他温和面容不符的淡漠。

"一，我娶你，只是因为我现在需要结婚。"陆锦行把手帕放进何雅柔的手里，静静地看着她，“你我恰好适龄，确实和喜不喜欢没什么关系，但与何家对我到底会不会有什么助益，也没有关系。二，你不敢骗我，也不是因为你喜欢我那么简单的原因。”

陆锦行说到这里，轻笑一声，语气虽没有丝毫异样，在场的两个女人却都感觉到其中说不出的讽刺。

“你只是没有信心能骗我太长时间，又不敢承受一旦知道你欺骗我之后，我生气的后果而已。”

何雅柔瞪大了双眼，面色更加苍白。在短暂的失语之后，她下意识地反驳着陆锦行的话：“不……不是的……”

可是陆锦行无动于衷。

何雅柔死死地抓着他膝上的薄毯，泪水顿时又涌了出来：“不是这样的，锦行哥，你要相信我，我是真心喜欢你！我保证我以后不出去玩儿了，再也不见什么乱七八糟的朋友，以后就乖乖地留在家里照顾你，好不好？”

“带着你和前男友的‘爱情结晶’嫁过来照顾我吗？”

【4】我需要为陆先生做些什么？

陆锦行轻轻几个字，一旁的钟妩听得一清二楚。她几乎惊得倒吸一口凉气，但随即意识到如今的情况，死死地屏住了呼吸。她此时才彻底后悔，刚刚哪怕违逆陆锦行，也该在何雅柔要求她出去的时候，第一时间消失在这里。

陆锦行似笑非笑，拂落灰尘一般将那条薄毯自膝上拂落到一旁，不再看失魂落魄滑坐在地上的何雅柔，而是瞥了眼站在一旁的钟妩，那一眼里有让她心头一窒的凉薄。

钟妩急忙敛眸，眼观鼻鼻观心，动作利落地推着陆锦行的轮椅往餐厅外走去。

何雅柔抓着薄毯的指节泛白，直到看着陆锦行的轮椅消失在门后，才失声痛哭起来。

她也想不到事情会发展到如今这种地步，她明明也是一心盼着嫁进陆家的。她是真的喜欢陆锦行，可是初恋男友邀她婚前最后一次见面的时候，她想起那些懵懂却又甜蜜美好的过往，到底还是没有忍心拒绝。

可谁知道，最初以为的简单的碰面，会在醉意朦胧的春风一度之后出这种差错。

她也去过医院，想偷偷堕胎，可检查后又被告知身体有异，这个孩子一旦打掉，以后就很难再怀孕。她不敢告诉父母，又不敢欺骗陆锦行。陆锦行说得对，这件事被揭穿的后果，她根本承受不起，所以只能来找陆锦行坦白。

可见到陆锦行的那一瞬间，她又后悔了。

这个男人太吸引人了，自从第一次见面开始她就再也忘不掉。

他的每个眼神、每一句话，都让她沉醉其中，饮鸩止渴一般无法自拔。所以即使明知自己的不堪，可在这眼看就要到手的幸福面前，她根本放不了手。那一瞬间，她的心思还是忍不住有了变化。

希望他能因为自己对他的心意而更怜惜自己一些，能看在何家的背景上原谅她这一次。可她忘了，她那些小心思，在陆锦行面前从来都无处遁形。看着陆锦行的背影，她才意识到自己的一错再错。

她把一切都搞砸了。

餐厅里何雅柔的哭声渐渐被抛到了身后，钟妩推着陆锦行进了电梯，按键之后又默默退回到了陆锦行的身后。直到两人进了书房，陆锦行才抬手示意钟妩松手，自己转动轮椅到了书桌前。

他看着钟妩刚刚拿过来的那份文件，指尖有一下没一下地轻轻敲击着桌面，脸色依旧苍白，整个人却是沉静的，似乎丝毫没有被之前的事情所影响。

钟妩从落地窗前的软榻上拿过另一条薄毯，轻手轻脚地走到他身旁，弯腰把薄毯搭在他膝盖上，又仔细地将边角抚平，觑着他的脸色，斟酌着打破室内的沉默：“我去帮您拿点儿吃的？”

陆锦行察觉到她的小心翼翼，不禁莞尔，却也难掩眉眼间的疲惫：“你怕什么？我还不至于为这种小事生气。”

小事？

钟妩觉得，大概不会有人当这是小事。

她面上并未露出任何异样，只是再次道：“您先休息一下吧，中午大概没吃好，我去帮您拿些吃的上来。”

看到她眼底的异色，陆锦行亦并不在意，只道：“让陈嫂煮点儿鱼片粥吧。你想吃什么也让陈嫂一起做了。”

钟妩点点头，起身出了书房。

陈嫂按吩咐十分利落地煮上了粥，看了看火之后，擦了手走出厨房。见钟妩正坐在餐厅里有些疲惫地轻轻揉捏着太阳穴，便笑着过去问道：“钟小姐也没吃午饭吧？想吃点儿什么？我帮你做。”

钟妩闻言放下双手：“不用麻烦了，陈嫂，我不饿。”

“那怎么行！你已经够瘦了，可不能学外面那些小姑娘减肥。”陈嫂笑道，“粥我多煮了一些，待会儿你也一起喝一碗。”

钟妩不再推辞，礼貌地笑道：“谢谢陈嫂。”

“先生还好吧？我看何小姐是哭着离开的。”陈嫂问道。

“还好。”钟妩言简意赅，“现在在忙工作上的事。”

陈嫂向来忠心，虽然不知道到底发生了什么，但想想陆锦行自出事至今的情况，不免有些唏嘘。不过她见钟妩并不多话，又觉得她是个老实的，于是忍不住攀谈起来：“钟小姐看着年纪不大，刚毕业？”

钟妩并没想到她这是不好直接问年龄的委婉言辞，于是礼貌地笑了笑，道："早就毕业了。"

陈嫂原本还想问的话就这么被堵在了嘴边，可她见钟妩一副浑然未觉的模样，只得不尴不尬地笑了笑，就起身回厨房看粥去了。

彼时陆锦行已经对赶过来的林越交代好了工作上的事，有些疲惫地靠在椅背上："我已经给姜总打过电话了，他明白我的意思，我们这边只需要按合同执行就好。和东铭集团在谈的合作，你们要着重盯一下，这才是眼下的重中之重，不能出任何差错。"

"好的。"林越将随身带着的笔记本电脑合上，轻轻吐了口气，一直提着的心此时也终于放回了原处。

"另外——"陆锦行抬手揉了揉眉心，"婚礼取消了。"

林越是他的心腹，先前查到的关于何雅柔的事情自然也是知道的，和何家的合作也已经先一步搁置了。虽然对于取消婚礼的结果，他早已做好了思想准备，但因为替代人选尚没有眉目，所以此时他的眉头不由得越皱越紧。

"但是陆总，眼下余城其他有名有姓的人里，也没有适龄的人来一步步谈联姻了。"

陆锦行苍白的脸上看不出任何情绪："我知道。"

他不疾不徐的语气，让林越的神情更加沉重。

"您这次伤得这么重，万一……"林越顿了顿，没有把话说下去。

陆锦行轻轻闭上眼睛，微扬的嘴角带了一抹说不出的嘲弄："那两个人，倒真是父子齐心。"

"所以咱们再不还手的话，只怕以后会越来越危险。"林越看向陆锦行，"陆总，这件事不能再拖下去了。"

突如其来的敲门声打断了陆锦行正要说的话，他慢慢睁开眼，看着书房的门从外面被推开，钟妩端着托盘走进来。

"陆先生，粥好了，您先喝一点儿吧。"

钟妩朝对面的林越微微颔首打了招呼，见陆锦行虽然没有回应，但亦没有出声反对，于是放下托盘，把桌上的文件整理好放到一旁，才把粥端过来，小心翼翼地放到了他面前。

陆锦行看了一眼面前安静忙碌的钟妩，突然陷入了沉思。

林越看着陆锦行一如既往的苍白脸色，心里不由得喟叹一声，站起身来：“陆总，您好好休息，我先回公司了。”

陆锦行看他一眼：“你先下楼吃午饭吧，我还有事要找你。”

“好。”林越点点头，尚焦虑着眼下的境况，并没有多问什么，便向门外走去。

钟妩正要和林越一起离开，陆锦行却出声叫住她：“钟妩先等一下。”

钟妩依言留下。她以为陆锦行有什么事要交代，但一直到林越离开好一会儿，也没有等到陆锦行再开口。他只是静静地坐在原处，拿了汤匙一下一下地轻轻搅动着碗里的粥。碗内热气氤氲，随着他的动作，香气也一点儿一点儿地弥漫开来。

书房内陷入一阵诡异的沉默中。

而钟妩已经在这片刻的沉默里，将自己这半天所说的话、所做的事迅速从头到尾回忆了一遍。她自认除了之前闯进餐厅那件事，并没有出什么错，而就算是这件事，陆锦行也说过并未生气。

是以虽然她并不清楚陆锦行眼下的沉默是为什么，但已是微微松了口气。而陆锦行下一秒打破沉默的问话，却让她觉得那口气似乎松得过早了。

“当初为什么没有留在珉城？”

钟妩不由得侧目。陆锦行看到她微微错愕的模样，只是不经意地笑了笑，道：“闲聊而已。”

因为是给陆锦行这种人做私人助理，所以钟妩将简历准备得极为详细，但她也知道，除了自己所提供的，陆锦行一定会派人调查更多。所以她认定陆锦行此刻的“闲聊”，无非是想将自己的底细了解得更清楚些，她自然也只能老实回答。

“珉城不算大，家里出事后，各色嘴脸也算是都见过一遍了。说我脆弱也好，虚荣也罢，那种环境……是没有办法重新开始的。”有人是雪中炭，有人是锦上花，她见识了落井下石，却也发现同情和怜悯反倒更让人想逃。

“这方面我们倒有相似之处。”陆锦行将喝了几勺的粥放回原处，目光愈加深邃，“陆家虽然有些家底，但总归是各人有各人的打算。我在我的父母双双过世后，人情冷暖也是见识了一些的。”

钟妧没想到陆锦行会说起自己的事。她所经历过的一切，以及那些过往所带来的后果，都如同巨石般压在她心口，即使喘不过气也只能负重前行。陆锦行的几句话虽轻描淡写，但其中的艰难已经可见一斑。钟妧看着他，突然就有些分不清，心头蓦然而起的那抹悲凉，为的是自己，还是他陆锦行。

和钟妧的失神相比，陆锦行的目光清明无比。他拿手帕轻轻擦拭过嘴角，看向钟妧：“之所以选择来余城，主要是为了余城疗养院吧？”

钟妧回过神来，点了点头：“是，我之前查过，余城疗养院对我妈妈这种情况很有研究，设施、环境也都是一流的，算是全国范围内最好的选择。”

陆锦行笑起来：“费用只怕也是国内最昂贵的。”钟妧低了低头，并没说话。陆锦行放下手帕，抬眸看她。

“如果昨天的面试失败了，疗养院那边你还能撑多久？”

“能交出下个疗程的费用。”也仅此而已了。

钟妧笑意微苦，不过眼神里又透着打不死的坚韧：“不过昨天来之前我也想过的，实在不行，还可以找其他工作，或者再多打几份工——总不会毫无办法的。”

为了妈妈，就算走投无路，她哪怕是爬，也得爬出一条路来。

“或许我们可以做个小交易，你可以不用再这么辛苦——”陆锦行白皙修长的指尖轻抵着下巴，目光流转，“还可以把你妈妈送到美国接受最先进的治疗。”

钟妩呼吸一滞，她不明白话题为什么会突然转移，转移到让她几乎失去任何言语的境地。

陆锦行仿佛并未看见她的怔忡，眼底有清浅的笑意：“对这类病情的研究，国内到底还是起步较晚，不如美国先进。”

钟妩心中却并没有喜悦，有的只是震惊和错愕。她早已不再是天真烂漫的年纪，即使这世界上真的有童话般美好的故事存在，她也并不相信自己会遇到。

只是她一时想不到，和陆锦行这样的人，她有什么可以用来交易。

于是她看着陆锦行精致的眉眼，神情越发谨慎：“我需要为陆先生做些什么？”

“也没什么——”陆锦行嘴角轻扬，面上原本的疏离感被浅淡的笑意化解了些许，使得他整个人看起来似乎不再那么遥不可及。

“和我结婚。”

【5】人有弱点的时候，是不敢不懂事的

“和我结婚”这四个字，每个字钟妩都理解，都听得清清楚楚，可合在一起，她好像完全听不懂。因为陆锦行的语气随意得似乎是在讨论今天的天气，晚饭的菜色，又或者是明天要穿的衬衫的款式。

在她吃惊得已经完全僵硬的表情下，心却无端地慌起来。

陆锦行似乎很满意自己的话给钟妩造成的无措，他伸手抚平薄毯一侧微微翘起的边角：“我说过，陆家每个人都有自己的打算，我自然不例外。目前我需要以一段婚姻关系为前提，去争取一部分

利益。”

“婚姻存续时间应该不会超过三年，这期间你妈妈可以得到最好的治疗，你也可以选择继续你的学业，或者是做你喜欢的工作。至于离婚后的补偿——三百万，五百万，甚至更多，只要你不找什么麻烦，钱对我来说并不是问题。”

在钟妩的沉默中，陆锦行的语气依然不疾不徐。

“你虽然不够聪明，但好在不蠢。和不蠢的人合作，可以少生许多的枝节。”陆锦行轻笑，“说来也是何雅柔的事情提醒了我，所谓的联姻终归是件麻烦事，不仅生意上会有所牵扯，一开始以为勉强合适的对象，到头来也很可能是个养尊处优、满脑子不切实际幻想的蠢货。”

无论赞同或是反对，钟妩觉得自己应该说些什么。

“说实话，陆先生，您这个提议太突然了，我可能……”钟妩绷直的背脊已经垮了些，认真斟酌着措辞。

陆锦行对于她的反应毫不意外地轻笑出声：“大概我对于婚姻从不抱不切实际的期待，所以在我一旦需要的时候，也并不觉得用钱来买卖是什么匪夷所思的事情。”

钟妩还要再说些什么，陆锦行已经抬手制止了她：“答应还是拒绝，都不急于一时。我给你一天时间考虑，明天一早你过来给我答复，我们再来讨论这件事。”

钟妩觉得，他如果想说服她，完全可以把条件提得诱惑力更强一些，又或者说为了安抚她，至少也可以承诺无论她怎样选择，他都不会改变目前这份工作给她的现有待遇。可他不欺哄，也不威胁，只是再平静不过地说几句话，然后打发她离开。

不知道是笃定她会同意，还是并不在意她会拒绝。

毕竟同样的条件，大概想来和他做交易的人能排满整座余城，而她如今之所以成为他考虑的对象，不过是因为占了天时地利罢了。

钟妩朝他微微颔首之后，向外走去。

走到书房门外，她握着门把手的动作顿了顿，关门的动作就这么停了下来。她把门又推开了些，看向陆锦行。饶是陆锦行也没有料到她会如此，一双精致的桃花眼看过去时，不免带了些探询。

钟妩动了动唇："陆先生。"

无论她最后会做什么决定，至少现在她还是他的助理。

"还是再喝点儿粥吧，下午还要复健的。"

书房的门被从外面彻底关上，锁舌发出轻微的咔嗒声。陆锦行看着门扉有些出神，片刻之后，又看向面前那碗粥，眼角微微上挑。

这个钟妩，一板一眼起来倒是有趣。

自陆家出来之后，钟妩都觉得自己的思维有些混沌。她满脑子都是陆锦行和她说起假结婚时的神情，一直到最后进了家门，都仍有些恍惚。

她放下包，把自己重重地扔在床上，盯着屋顶的水泥板发呆。

当初租房子时，价格相差无几的前提下，在条件好些的合租和条件差的独居之间，她果断选择了后者。所以她如今住的小屋子虽然比毛坯房好不了多少，但是一个人住，独立的空间至少能淡化一些她离开珉城后心头挥之不去的漂泊感。

也算是一种慰藉，即使少得可怜。

但她还没来得及认真思考陆锦行的提议，手机铃声就打破了室内的宁静。

她从包里摸出手机，眯着眼看了看屏幕上的备注名：任茜。

"还以为你不能接电话呢。"任茜的声音传过来，笑意里带着关切，"你方不方便说话？如果现在不合适的话，我晚点儿打给你？"

钟妩有些疲惫地闭上眼睛："没在陆家。我刚到家，下午放假。"

"怎么才上班就放假？"任茜顿时惊呼起来，"怎么，陆大少这是体恤员工好说话呢，还是难伺候？"

“他……”钟妩倒一时不知道该怎么说，“算是体恤员工吧……”

太体恤了，连婚事都要一并帮忙解决。

“那还好，我还担心他有应激障碍太难伺候呢。”任茜也不由得松了口气。

昨晚钟妩在电话里，用一种难以置信的语气，说她成功应聘陆锦行的私人助理——自从钟家出事后，她已经很久没有见到过钟妩这种明显的喜悦了。

“不过你的声音听起来怎么有气无力的，这才去了多久？要做的事很多吗？”

“只是昨晚没睡好。”钟妩觉得自己的遭遇简直荒诞不经，即使任茜是她唯一的朋友，她一时也没办法说太多。

任茜叮嘱她要好好休息之后，才说起了正事：“你放在我店里卖的那些雕塑摆件，感兴趣的客人倒是有一些，但毕竟利润有限，陆家那边待遇那么好，你是不是……”

“不，只要有人买，我就不打算停。”钟妩不假思索地打断她，“以后用钱的地方还多着呢，能多赚一点儿是一点儿吧。”

任茜早料到这种结果，更是了解她的性格，于是不再多劝：“之前卖出去的那几件，钱我已经打到你支付宝上了。另外有人想定做一套摆件，图片我一会儿发给你，你看看能不能做。”

“好。”

两个人又闲聊了几句，钟妩满脑子官司，还要尽量让自己的语气听起来不经意，像是在开一个异想天开的玩笑：“都说娶了白富美可以少奋斗三十年，那嫁了高富帅也一样可以吧？但这种事情听起来是不是更像一种危机转嫁？”

电话那头沉默了几秒，任茜有些迟疑的声音响起来：“怎么，你……是想勾引陆锦行吗？”

钟妩被噎得说不出话来。

任茜被自己的“推理能力”折服，大笑出声：“虽然你勇气可嘉，不过我劝你还是死心吧。你虽然长得漂亮，如今又是近水楼台，但陆锦行这种人，是天上的月亮——看看就算了，真想去摘，是要摔死人的。”

说笑几句之后，钟妩挂了电话，在床上躺着躺着，不知不觉就睡着了。

只是她梦里一时是父母，一时是陆锦行，几个人交替出现，搅得她睡不安稳。等她有些茫然地睁开眼睛的时候，窗外已是暮色四合。

一整天都没怎么吃饭，她此时才感觉到饿了，起身去厨房烧了点儿水，拿了包泡面，几分钟后，就端着煮好的面走了出来。

陆锦行所描述的这个交易里，她除了一个已婚的身份，几乎什么都不需要付出，就可以得到一笔巨额回报。如果不是听到这个提议时她太过震惊，说不定她会当场就不管不顾地答应下来。

这明明是笔稳赚不赔的买卖。

只是……合作对象偏偏是陆锦行那样的人。

钟妩不知道两面之缘的相处之后，该怎样形容陆锦行给她的感觉——他是冷水，是深不可测的寒潭，看似没有棱角，如果他愿意，他可以是柔和的，温软的，但他同时也是神秘的，危险的，只要他愿意，就足以吞噬任何人。

钟妩感知不到他真正的喜怒，所以总有些害怕。

她摇了摇头，不再去琢磨陆锦行这个人。毕竟单纯从妈妈的病情方面考虑的话，她似乎是不该有任何犹豫的。

从一片杂乱无章的思绪中回过神来，钟妩发现面前的泡面已经快凉了。她抬手揉了揉眉心，低头喝了口汤，挑起碗里的面吃了起来。吃着吃着，她不免又想起陆锦行，也不知道中午那碗粥，他最后喝了没有。

第二天一早，钟妩出现在陆锦行面前时，即使简单化了妆遮掩，还是能看到眼底因睡眠不足而留下的浅淡阴影。

陆锦行已经吃完了早餐，一副安然闲适的模样看着她："考虑好了？"

钟妩视线下移，死死地盯着自己的鞋尖："是。"

她以为自己早已摆正了心态，但没想到如今站在他面前被他这么打量着的时候，仍是冒出了些"马上要卖身为奴"的羞耻感。

在林越进门的那一瞬间，这种感觉尤甚。

而陆锦行并没有问她考虑的结果，只是示意林越把拿过来的文件递给她："如果还有其他要求，可以提出来。"

钟妩有些意外地看他，但随即又释然：就自己的境况和对方的条件来说，大概不同意才是不正常的吧。在这种近似自暴自弃的心态里，她从林越手中接过那份协议时，面色已经坦然了许多。

林越早已从昨天得知这一消息时受到的冲击里恢复如常，他看向陆锦行："董事长今天下午三点的飞机回余城。"

陆锦行看向钟妩。

彼时她已经一目三行地看完了协议，其中条款详细明了，诚意十足——除了两人的婚前财产需做公证，其余大多内容都只是在确保她事后将得到的利益，对她的要求也无非是这三年内一切以陆锦行的利益为重，其他并无太大约束。

而落款处，是陆锦行已经签好的名字，遒劲有力，行云流水，字如其人般赏心悦目。

陆锦行将她暗暗松了口气的模样看在眼里，脸上的笑意十分温和："美国那边的医院，我已经让人联系好了。你准备一下，随时可以把伯母送过去。余城疗养院的医护组也会一起去——毕竟异国他乡，医疗水平再高，身边如果全是陌生人，只怕也不利于调养。"

钟妩只觉得眼中涩意难忍。

这是她自昨天打定主意之后就有的担心，陆锦行却只是三言两语就处理好了。

他太清楚身为一个上位者，该交付怎样的诚意，才能让身处弱势的人心怀感激。如果他想收买人心，那这种周到体贴对于她来说，实在是再好用不过了。

“谢谢陆先生。”钟妩努力平复着心情，干脆利落地在文件最后签上自己的名字，恰到好处地表现自己的感激，“您放心，协议里的要求我都会认真遵守，一定不给您找任何麻烦。”

陆锦行不置可否地笑了笑。

林越抬手看了看腕表上的时间，道：“复健师应该已经到了。”

陆锦行阻止了钟妩要为自己推轮椅的举动：“我让人在三楼给你收拾了一个房间，你现在过去看看。如果缺什么，尽管让人去添置。”

钟妩抬眸看过去，但随即又觉得，既然是“结婚”，住进来也算是再正常不过的事情，所以不等陆锦行的回应，就已经移开了视线：“我会尽快搬过来。”

对于她的识时务，陆锦行也仅仅是一笑置之：“一会儿去民政局办完手续，顺路带你回去收拾东西。”

钟妩点点头：“好。”

推着陆锦行去复健室的路上，林越想到刚刚一个人去三楼的钟妩，又想想陆家复杂的形势，还是有些担心：“不会出什么纰漏吧？”

陆锦行神色淡然：“这世上没有绝对不会出纰漏的事，不过是兵来将挡，水来土掩罢了。”

林越虽深以为然，却做不到陆锦行那般平静：“好在钟妩看起来倒是个懂事的。”

陆锦行的语气里听不出什么情绪：“人有弱点的时候，是不敢不懂事的。”

【6】是我认错人了，对不起

钟妩走马观花一般参观了房间之后，就老老实实地去一楼客厅里等陆锦行了。

即使签了协议，马上就要去民政局办手续，但她并不觉得自己真有资格，指挥这里的人在所谓“自己的房间”里添置东西，更何况陆锦行给她准备的，已经足够好。

明亮清雅的套间，是和整体装修一致的欧式风格，有独立的小书房和宽敞的衣帽间。只不过钟妩觉得，与其为她准备衣帽间，倒不知陆锦行会不会同意，给她一个单独的小空间做工作间。

只是这个想法一冒头，就被她迅速扼杀了——这种“得寸进尺”无疑是可笑至极的。

钟妩整个人陷进宽大的沙发里，靠坐其中，闭上眼睛，强迫自己冷静下来。可是事实上，她仍然觉得像是在做梦。遇见陆锦行之后，她所遇到的一切，都变得不真实起来。

随着时间一分一秒地过去，清早空气里带着的那一丝丝凉意，也已经融化在了渐暖的阳光里。在这种近乎安恬的氛围里，钟妩一直紧绷的神经也终于有了片刻的松懈，所以在门外的脚步声渐近的时候，她睁开眼睛看过去时，唇边甚至还带着一抹不自觉的清浅笑意。

自门外走进来的人，因为背对着耀眼的阳光，连带着整个身影都变得有些刺眼。

钟妩微眯着眼睛，站起身来的同时，忍不住抬手在眼前挡了挡。然后她才看清不远处站着的人。陆锦行给人的感觉是精致却又疏离的，眼前的人五官和陆锦行有一二分相像，却又是完全不同的类型。

高大英俊，面部线条硬朗，眉眼间却似乎带着能伤人的冷冽。

这个人……原来在她有生之年，真的会再见到陈锦航。

钟妩难以抑制顷刻间紊乱的心跳，面上一阵阵醉酒般的烧灼，于是对面的人看过来的时候，她终是难忍眼底的酸涩。

“锦航哥……”

温室一朝不再，钟妩看了太多落井下石的嘴脸，也受过故旧恶意满满的奚落，她忍耐过，反击过，也终是随着艰难忙碌的生活渐渐麻木了。

于是她以为自己早已百炼成钢，不再去寻求他人给予的温情。

她也早已经忘了，这世上原来还有一个人，不需要说话，也不需要动作，即使只是默默地站在那里，用不带任何温度的目光看她一眼，她那些虚妄的假装坚强的面具，就已经轻而易举地碎掉了。

对方原本移开了的视线重新落回到她身上，却并没有开口，只是看着她。

即使明知道陈锦航在她面前从来都是如此，但她陡然间已经有了某种预感。

客厅里一片寂静，只有角落里落地钟的秒针行走发出的轻微的声响。

一秒，两秒，三秒……指针在表盘上以一种从不会行差踏错的频率奔走，而钟妩就在这仿佛凝固住的空气里，在对方那种如对陌生人的打量中，从心跳失序的境况下，一点儿一点儿地抽离出来。

她心口微凉，用带了三分试探，两分希冀的目光看向他：“……我……我是钟妩。”

直视她的男人薄唇微启，语气也并不比他冷峻的外表热络：“怎么，我们以前见过？”

钟妩努力抑制着身体的颤抖。

原来……已经不记得了吗？

问出的话并未得到回答，他眉峰微挑。

钟妩垂在身侧的手悄无声息地收紧，她几乎用尽全身力气才平复了呼吸，声音听起来板正而又克制：“对不起，这位先生。”

如果说先前还有几分惶惑，那么“对不起”三个字说出口之后，钟妩突然发现，像对待一个陌生人一样对待他，其实并没有她想象的那么难。

钟妩微微低下头：“是我认错人了，对不起。”

片刻之后，她重新看向他，眼睫尚有几不可见的颤动，但面色已经平静得如同从未起过任何波澜一般：“您好，我是陆锦行先生的私人助理钟妩，不知您找陆先生有何贵干？”

听了她的自我介绍，对方看她的目光里不由得带了几分探究，只是还未开口，陆锦行带了两分笑意的声音就已经从身后传来。

“大哥。”

钟妩一愣。

而被陆锦行称呼为“大哥”的那个男人，朝声源处看去，之前目光里的漠然依旧，但随意的语气已经显出了一丝亲昵：“你这里倒难得见到生面孔。”

陆锦行笑了笑，按下扶手上的控制键，片刻之后，轮椅在钟妩身旁停下来。他静静地看了她一眼，目光温和地给她介绍：“这是我堂哥。”

“陆锦航。”他沉声说出自己的名字，姿态疏离地将右手伸向钟妩。

陆锦航。

钟妩礼貌地伸手与他交握，但也仅仅是刚刚触及他冰凉的指尖，就已经一面微微颔首，一面收回手去：“陆先生您好。”

陆锦航径自在一旁的沙发上坐下来，而钟妩则半蹲下身去，仔细地帮陆锦行把腿上的毯子抚平了些，掖紧了边角。

陆锦行任她忙碌，看向陆锦航的目光里笑意温和：“大哥什么时候回来的？”

“前天。”陆锦航面上的冰冷此时才堪堪有了一丝消融的迹象，

"这两天事情太多，直到今天才有时间来看你。"

"让大哥费心了。爷爷今天下午回余城，叔叔什么时候回来？"

"可能还要过几天，日本那边的事情有些麻烦。"

陆锦行笑叹道："咱们一家人很久没有坐下来一起吃顿饭了。"

兄弟俩谈笑的过程中，一旁的钟妩都没有任何的存在感，她虽然一言不发，但始终身姿笔挺，这种状态一直持续到陆锦航离开。

菲佣收拾了茶几上的咖啡杯，钟妩才出声问陆锦行："陆先生，现在去吗？"

陆锦行微微偏过头看向她，原本苍白的面容在渐暖的阳光下，难得有了一丝血色，于是精致的眉眼也沾染了些许温度。

"林越之前已经先去车库取车了，现在就在外面等。不过……"他稍稍停顿片刻，才继续说道，"你似乎脸色不太好。"

他仅是陈述，语气里没有半分疑问的意味。

钟妩敛眸，语调亦无起伏："我之前认错了人，以为——"

以为陆锦航是她的什么人呢？邻居？朋友？初恋？又或者仅仅是她无忧无虑的少女时光中，唯一一个让她尝尽苦恼、挫败的……故人？

似乎没有任何一个词可以完整地概括他们过去的关系，更何况当年的陈锦航，已经变成了今天的陆锦航。在余城，"陆"字代表着什么，她如今再清楚不过，于是她的迟疑让自己都有些想笑：这个人对她来说，到底算是什么呢？

"以为陆锦航先生是我曾经的一个朋友。"

陆锦行将她言语间的轻描淡写和神色间的凝重尽数看在眼里，静静地打量她片刻，不知想到了些什么，眼底掠过一抹了然的笑意："倒未必是认错。"

钟妩与他视线相撞，却又在他流转的目光下不知缘由地想要躲闪开。

陆锦行单手支腮："我这个大哥向来沉稳，尤其是在陆家人面前，喜怒从不形于色。但他每次不怎么高兴的时候，即使表面依然滴水不漏，右手都会无意识地握一下。"

陆锦行嘴角的笑意轻浅，仿佛说的是再寻常不过的一件小事："他最是能忍，近两年更是足够克制，这种情况已经极少见了。"

钟妩下意识地去回忆刚刚陆锦航的所有言语动作，却没有答案。她满脑子都是陆锦航这个人，所以对他的一举一动没有任何印象。

"在你叫他锦航哥的时候，"陆锦行并未让她回忆太久，就已经出声为她解惑，"我那个时候已经在那里了，可不仅是你，连他这种向来警醒的人都没有察觉——我是不是应该说，你对他来说足够特别？"

在钟妩长久的沉默之后，陆锦行看着她，姿态依旧轻松："知道他确实是你'曾经的一个朋友'，会让你改变什么决定吗？毕竟……现在后悔还算来得及。"

"陆先生说笑了。"钟妩勉强扯出一个微笑，看了看墙角的落地钟，见原定的出发时间已经快到了，于是回过头来，"如果您不介意的话，能不能稍等片刻？我想去趟洗手间。"

陆锦行眼角微弯："当然。"

钟妩第一时间反锁了洗手间的门，有些脱力地靠在门后，如同溺水一般，大口大口地呼吸着，垂在身侧的手握得死死的，指甲几乎快要嵌进皮肉里。

却感觉不到疼。

在意识到陆锦航已经"不记得"她的那一瞬间，其实她脑海中飞快地闪过了许多念头：她觉得无论是真的忘记，还是想要忘记，对于如今的她而言，其实根本没有太大差别。

可当她确认了陆锦航只是不愿承认他的"记得"，除了可笑，她再也无法为自己贴上任何标签。是的，她只觉得自己可笑。原来时隔数年，她的言行举止，甚至她这个人的存在，始终都是会惹他厌烦的。

她仰起头，终是咬紧嘴唇无声地哭了起来。

不知过了多久，那些胸腔里压抑了不知多久的情绪，似乎随着眼泪一齐宣泄了出来。钟妩如同醉酒一般踉跄着走到洗手台前，拧开水龙头，撩起冰冷的水流泼到脸上，直到觉得整个人清醒了些，才扶着洗手台抬起头来。

镜子里的人面色苍白，水珠沿着脸颊滑落下去，因着微红的双眼，一时让她有些分不清，那到底是水滴，还是眼泪。

她抬手在脸上胡乱地抹了一把，闭上眼睛深吸了一口气，重新睁开的时候，眼底已经一片清明。

钟妩回到客厅时，陆锦行仍等在原处，面上看不出半分不耐烦。

她走到陆锦行身旁，有过瞬间龟裂的面具在走出洗手间的那一刻，就已经被修复得几近完美。

“我们是不是现在出发，陆先生？”

第二章

陆家太复杂，不适合你

【1】毕竟从今以后，大家就是一家人了

“胡闹！”

陆显文盛怒之下，一巴掌重重地拍在书桌上，犹不解气，又把手边两本结婚证扯过来，一把甩向对面的陆锦行。

“让你结婚，可不是让你随便拉个不知所谓的女人结婚！”

陆锦行看着掉落在轮椅旁的结婚证，做了个试图伸手去捡的动作，但很快又把手收了回来。

饶是知道他最是有心机不过，此举不过是故意为之，但陆显文的怒气终是被堵在了心口，一时之间无处安放。

陆锦行则更清楚，陆显文从来不是一个会真正心软的人，所以他的示弱点到为止，于是神色再平和不过：“那份股权变更协议的真伪您再清楚不过，您可以按兵不动，也可以在那之上附加许多条件——哪怕您根本不打算承认，我也不可能真的做出什么忤逆您的事，爷爷。”

迄今为止，陆家也仍在陆显文的掌控之下，他身为陆家的子孙，于公于私，难道当真会为了百分之十五的股权而对簿公堂吗？

陆家人重利疏情，陆显文更甚。他只看重子孙能给陆家带来怎样的利益，所以即使当初他的小儿子再“出格”，他或许也曾痛心疾首，也曾深恶痛绝，可为了陆氏集团的利益，最后也不过是高举轻放。

陆显文看着陆锦行眼角眉梢意味不明的浅笑，想到英年早逝的大儿子，眼中的怒色退去，一种使得他身心俱疲的沧桑感如同潮水一般漫上心头，整个人都苍老了几分。

他不得不承认，自己已经老了。尤其去年做过换肝手术之后，即使如今已行动自如，他也时常感觉力不从心。

这几年，他对这叔侄间的你来我往冷眼旁观，陆祈有陆锦航从旁协助，但陆锦行凭借出色的商业头脑，在陆祈毫不留情的打压下仍是羽翼渐丰，从最初的一人勉力支撑，到了后来各有胜负，甚至屡占上风。他不得不承认，假以时日，他这个小孙子必能成为陆家最合格的掌权人。

陆显文从来不曾怀疑那份股权变更协议的真伪，之所以一直按兵不动，也不过是想再敲打他一番。要求他先结婚，作为拿到股权的前提，远不止因为他习惯高高在上，试图掌控子孙的一切，更是因为他知道，这个最会借力使力的小孙子，会以此为契机，选择最为合适的人，作为自己事业的助力。

陆显文从沉思中回过神来，看都不看地上的结婚证一眼，语气却已经稍稍和缓：“这个不作数。”

陆锦行向来善于揣摩人心，所以陆显文的反应并没有出乎他的意料，只是他的神情始终淡然：“家世煊赫和不名一文各有利弊，无论是何雅柔，还是其他什么人，婚姻不过是各取所需而已，对我来说没有差别。钟妩的出现算是恰到好处，为我省了很多麻烦，我倒是觉得她很不错。”

他已经和陆显文共同签下了股权变更的补充协议，承诺婚后继承父母留下的百分之十五的股份。即使他的做法此时看来堪称先斩后奏、阳奉阴违，可他知道，爷爷最为看重的，是他和陆祈谁能为陆家创造更多的价值，而不是娶妻生子这些小事。

只是在他百密一疏险些丧命之后，他就已经彻底收了徐徐图之的心思。他没兴趣精挑细选一个结婚对象，然后不疾不徐地去继承母亲竭尽全力留下的股份。

他不会放过任何将陆祈踩在脚下的机会，自始至终都是如此，只不过如今，这种想法越发迫切了而已。

钟妩并不记得自己在书房外面等了多久，只觉得站得小腿发酸，身子都有些僵硬了，书房的门才终于从里面被缓缓打开。

轮椅上的陆锦行看起来和进门前没什么不同，笑意依旧平和，察觉到她目光里的探询之后，给了她一个安抚的眼神：“进来吧，跟我一起见见爷爷。”

钟妩点点头，深吸一口气，跟在陆锦行身后进了门。

来见陆显文之前，陆锦行只交代过她一件事：协议有时限一事绝不能提，其他事情一旦被问起，只需实话实说就好。

陆显文年逾七十，钟妩见到他之后才想起，似乎曾经在财经新闻里看见过两次，不过如今看来本人更瘦削、更苍老一些，须发皆白，但普通老人的慈祥和蔼，他一丝都没有。在看向走到他近前的钟妩时，越发面沉如水，目光凌厉如鹰隼，逼得钟妩不敢直视。

钟妩自然知道，陆显文并不会因为一张结婚证，就认为她有资格叫他一声“爷爷”，所以她只是规规矩矩地颔首喊道：“董事长。”

只是陆显文并不会因此满意。他不知道她这种谨小慎微是真的还是故作姿态，不过无论真假，他都不在乎。

即使她在法律上已经算是他的孙媳，可在他眼里依旧渺小不堪，和那些面目模糊的路人没有任何区别。

陆显文看向陆锦行，视线没有在钟妩身上多停留一秒。

“不许办婚礼，不能对外公布，不允许这个女人打着陆家的旗号出去招摇——这件事出了陆家的大门，就不能让任何人知道。”

虽然毫无准备，但钟妩对于陆显文的话也并不觉得意外——换作她是陆显文，只怕也不会同意小孙子就这么先斩后奏地娶了一个莫名其妙出现的女人，他巴不得他们第二天就离婚，自然希望知道这件事的人越少越好，免得徒增烦扰。

虽然随着这几句话，陆显文的怒意有再次升腾的迹象，但他既然已经让步，那么对于这些无可无不可的条件，陆锦行也就并不怎么在意。他和钟妩对视一眼，均是一副默许的状态。

只是这并不算结束，陆显文目光微沉，直直地刺向钟妩：“阿行以后的应酬，你不许添任何麻烦，能做到吗？”

钟妩垂首：“董事长放心。”无论在陆家或是陆家以外，她也只是陆锦行的私人助理而已。

书房内重新归于沉寂。

钟妩早已看到地上的两本结婚证，但此时才松一口气，默默地弯腰捡起来。陆锦行微微一笑，从她手中接过去，轻轻抚落上面并不存在的灰尘，指尖在暗红色封皮的映衬下，愈发显得修长洁白。

陆显文对眼前的情景不置一词。钟妩的乖顺并不出乎他的意料，可他又难免会认为，她的忍耐是否有其他目的。

陆锦行对于陆显文越发深沉的目光恍若未觉，看向钟妩：“你先出去等我，我还有些事和爷爷谈。”

钟妩见陆显文并未反对，于是点点头，转身朝门外走去。

房门紧闭之后，不再传出任何声音。钟妩走远了些，有些疲惫地靠在墙边，摊开手看着因为紧张而潮热的掌心，无奈地笑了笑。

这一天她情绪的起伏，比过去一个月都要多。

只是她还来不及彻底放松下来，不远处一个熟悉的身影就进入了她的视线。

陆锦航由远及近，等走到她面前的时候，她已经站直了身子，神情严肃地微微低下头："陆先生现在有要事和董事长谈，麻烦您稍等片刻。"

在陆锦航的沉默中，钟妩站得越发笔直，视线却始终盯着自己的裙角，没有抬头看他一眼。

那个记忆里的钟妩并不是这样的。

陆锦航看着她平静而又刻板的模样，突然觉得有些恍惚。

在那些他从不愿过多回忆的日子里，钟妩还是邻居有钱人家的大小姐，漂亮而又热情，却也因着年纪小，集万千宠爱于一身，于是骨子里有一种近乎张扬跋扈的天真。

所以她才能肆无忌惮地每天追在他身后，不在乎外人异样的眼光，也能丝毫不知委婉为何物地对他说："锦航哥，你别去打工了不行吗？你缺钱我可以给你，就当我花钱买你的时间好不好？"

也同样是她，在他避之不及的嫌恶眼神里，泫然欲泣地问他："我只是不想让你那么累，你为什么这么生气？"

在遇见她之前，陆锦航从来不知道，原来天真才最伤人。又或者说，她的天真，从来都伤人。

只是几年不见，再次重逢的时候，他看着她迅速地平复了近乎失态的情绪，面容平静地向自己道歉，也看着她恭顺地在陆锦行面前弯腰，细心体贴地整理毯子，沉默着侍立在侧，一切都自然到，仿佛他记忆中那个热情张扬的身影从不曾存在过一样。

她终是在他一无所知的岁月里，被生活磨砺成了另一副模样。

陆锦航的目光落在她的发顶，有着他自己都尚未察觉的唏嘘。

"换一份工作吧，我可以帮你。"

钟妩不知道自己该露出怎样的表情来作为回应。

她是不是应该抬起头，讥笑着问他：不是不认识吗？那又何必摆出一副怜悯的姿态来对我说这种话？可她自己又再清楚不过，这种意气毫无用处，只会让自己显得更可怜。

她并未抬头："谢谢，不过不必麻烦您了，我对现在这份工作很满意。"

陆锦航面色深沉。

"或许你觉得我多事，但看在钟叔叔当初的照顾上，我不得不提醒你一句，不要留在这里，陆家太复杂，不适合你。"

钟妩低笑一声，不知是无奈，还是一种已经身在山中的喟叹："不敢劳陆先生费心。"

陆家这浑水，她已经搅进来了。

面无表情的客套里，带着莫名的疏离。陆锦航自听到她那语意不明的笑声起，右手就几不可见地轻握一下，此时看向钟妩的目光愈加冷冽："哦？看来……钟大小姐似乎很能适应从高高在上到低声下气之间的转换。"

语气里是两人都未曾预料到的刻薄。

"是，毕竟屋檐之下，低头是再正常不过的事情。"钟妩一动不动地站了许久，才慢慢抬起头看他，她面色灰败，没有一丝血色，却仍是扯出了一个有些僵硬的笑容，"我爸爸已经不在了，过去那些事对他来说，不过是举手之劳，您也不必再放在心上。"

陆锦航在她低下头想要离开的时候，注意到她眼角一闪而过的水光，几乎下意识地伸手拦她，可就在他的指尖快要碰到她手臂的时候，前方不远处突然传来开门的声音，于是他的手就这么僵硬片刻之后，倏然收了回来。

钟妩快步走到陆锦行身旁，几乎用尽全身力气才忍住声音里的颤抖，低声问道："回去吗，陆先生？"

陆锦行微微点头，随后看向对面的陆锦航，歉然地笑道：“有点儿事和爷爷说，让大哥久等了。”

陆锦航的目光早已重归沉寂：“没关系，我也刚来不久。”

钟妩推着陆锦行的轮椅和他擦身而过，两人目不斜视，仿佛真的从未见过。而坐在轮椅上的陆锦行不知想到些什么，叫住陆锦航的声音疏朗清越。

“大哥，看在我的面子上，不要太为难钟妩。”

陆锦行抬起头，轻笑间颇有些推心置腹的意味，一双漂亮的桃花眼明亮澄澈。

“毕竟从今以后，大家就是一家人了。”

【2】我其实很希望，以后的日子里你会带给我更多的惊喜

钟妩甚至不知道，自己是怎样推着陆锦行一路回到了他的住处。

书房前那一幕不停地在她脑海中回闪，她其实并不知道在陆锦行轻描淡写的一句话之后，陆锦航当时是何表情。因为在随后诡异的沉默里，她只能推着轮椅昂首向前走去。

不能回头。

“房东那边需要处理的事情，我明天会安排人过去。”

陆锦行将属于钟妩的那本结婚证递过去。

从民政局回来，钟妩已经把自己的东西收拾整理好，一并带来了陆家，只不过因为有些突然，还来不及和房东办退租手续。

钟妩已经从先前的状态中回过神来，应了一声，见一天的忙碌之后陆锦行亦面露疲色，问道：“您晚上想吃些什么？”

陆锦行微微后仰，指尖漫不经心地轻揉眉心：“让陈嫂看着准备吧，另加一个杂菌汤就好。”

他双眸微闭，手背覆上前额。

钟妩收回视线："好，我这就去通知陈嫂。"

在她离开前，陆锦行又突然叫住她："你今天应该也累了，先回房去吧，待会儿让陈嫂把晚饭送到你房里去，吃完好好休息，明天一早陪我去趟安檀寺。"

钟妩回过头看他，却并不能从他平静的面容上发现任何情绪，于是原本想要道谢的话，一时并未说出口。

陆锦行睁开眼："还有事？"

钟妩点点头："我也许不能控制自己感情的走向，但我可以保证的是，这三年里我不会谈恋爱，更不会因为个人感情问题，给您添任何麻烦，损害您的利益。"

她对陆锦航的那些感情，如今似乎只存在于重逢时难以抑制的那个瞬间，随后就被她连同那些过去一起，埋入了心底。

她早已自陆锦行先前的言语中，窥见了陆家人之间薄若蝉翼的亲情。此时陆锦行并未提及，可她亟待证明自己的坚定。

陆锦行静静地听她说完，只是似笑非笑地看向她。

"说实话，相对于信誓旦旦的保证，我更愿意相信一言一行的实践。"

钟妩和他视线相交，薄唇紧抿，陆锦行目光淡然。

"我并不在意你对陆锦航的感情是过去式还是现在式，因为我发现，与其说你今天给我制造的是一桩小意外，倒不如说……是个小惊喜。"陆锦行嘴角扬起一个几不可见的弧度，"我爷爷这个人，向来喜欢一家人看似花团锦簇的场面，所以钟妩，我其实很希望，以后的日子里你会带给我更多的惊喜。"

回房的路上，钟妩一直在想刚刚陆锦行的话，心中悲喜莫辨。

在这段荒腔走板的婚姻里，她无意第一天就得罪陆锦行，所以知道他并不介意自己和陆锦航的所谓"过去"可能会带来的麻烦时，她多少松了口气。但想到陆锦行说的“以后”，她好不容易放松了些的神经又再次绷紧了。

与此同时，钟妩也越来越觉得，陆锦行这个人，似乎拥有这世上最完美、最精致的面具，让人永远窥不破内里，即使他的笑容再温和不过，也仍会让人感觉冰冷。

安檀寺坐落于余城西郊的半山腰上，周遭环境清幽，但寺内香火鼎盛。只是和少数极为虔诚的香客相比，时下的年轻人去安檀寺，不过是将其作为一个游乐项目，结伴去烧香求签，更多的只是一种从众心理。

有些人上了年纪难免迷信，陆显文又是其中格外老派的，每到重要日子，都要去安檀寺上香。日久天长，倒更像是个心理安慰。而在他近两年身体越发不好之后，除了定期飞去美国检查，其余时间几乎不出门，去安檀寺烧香这件事，也就由陆锦航和陆锦行兄弟二人轮流代替了。

钟妩坐在副驾驶座位上，从内后视镜里看陆锦行。他偶尔和她或者司机闲聊几句，偶尔看看山路上的景色，面色虽然仍然苍白，但昨日眉眼间明显的疲态早已消失不见。

小江是陆锦行出事后，林越千挑万选出的新司机，车技出众，人也老实本分，不过骨子里到底还有着年轻人特有的活跃，见陆锦行今天心情不错，忍不住说道：“我来余城前就听人说过安檀寺的签特别灵，不知道是不是真的。”

陆锦行的目光自车窗外收回来，笑道：“不信的人不过是一笑置之，信的人则是千方百计也要找出贴近签文的解释，所以也就觉得灵验了。”

“看来您一定是不信的。”小江听他这么说，笑了起来，又问钟妩，“钟小姐信不信？”

钟妩摇摇头：“都是封建迷信。”

陆锦行轻笑起来。

对于钟妩简单粗暴的盖棺论定，小江听了直摇头："宁可信其有，不可信其无嘛。"

陆锦行笑道："是这个道理。不如待会儿你们也去各自抽一支，信与不信，也全看你们自己。"

钟妩此刻的心思全然没放在这上面——天气预报只说多云，但她看着此时窗外已经有聚拢趋势的乌云，眉头微皱："还是快去快回吧，山里气温低，万一待会儿下起雨来，对您的身体不好。"

小江虽然对她的话深以为然，但也难免觉得，这位钟小姐实在是个无趣的人。

在安全的前提下，小江把车速提得更快了些，黑色宾利一路疾驰，到达安檀寺的时候，时间尚早，只是天色比先前更暗了些。云层半遮了太阳，山风就显得格外凉。钟妩特意带了条厚毯子，帮陆锦行盖好双腿后，又嘱咐小江："到后备厢拿两把伞出来带着。"

大抵是天气不好的原因，寺内的游人和香客都很少，三三两两，冷清得很，但木鱼声和诵经声依旧不绝于耳，同往日香火鼎盛时没有任何区别。

在阵阵肃穆庄严的梵音里，钟妩那颗从来都称不上虔诚的心，也渐渐变得沉静起来。

陆锦行的轮椅在大殿高高的门槛前停下来，他看向她，目光带笑："只怕还要麻烦钟小姐这位不受封建迷信思想荼毒的人，进去帮忙上炷香。"

"……我？"

钟妩一愣，看着他的目光里有明显的错愕。

陆锦行直面她的讶然："心意既然从来都不在于形式，那么即使我人在殿外，由人代为进一炷香，又有什么关系？况且这殿里的神佛既然心怀悲悯，见我腿伤未愈，应该也不会计较。"

虽然他神情自若，甚至还带着清浅的笑意，可钟妩仍是疑心自己看到了他眼中一闪而逝的一抹讥诮，只是她不知道这讥诮是对于此情此景，还是陆显文。

而她来不及细究，陆锦行已经再次问道："怎么，很为难吗？"

钟妩收敛心神，微微摇了摇头："不会。"

三个人往寺外走的时候，雨点已经开始在地上砸出了豆大的痕迹。因为风太大，钟妩的伞刚打开就被吹翻了。她手忙脚乱地将伞翻回来撑在陆锦行头上，加快了脚步。

可雨势裹挟着山风，很快变得又急又猛，饶是她和小江两个人再仔细小心，回到车上的时候，陆锦行身上的外套和毯子也仍是淋湿了些。

小江上车之后急忙打开空调，钟妩坐到陆锦行身旁，一面拿毛巾帮他轻轻擦拭面上和颈间的雨水，一面心里默默感慨——还好她怕冷，不仅自己带了件风衣，也帮陆锦行备了件外套。

陆锦行换了外套，钟妩又把车里自己的风衣拿过来盖在了他的腿上。

整个过程中，陆锦行看着她忙碌，始终不发一言，此时才伸手拦她："把空调温度调高一些就好。"

"不行，空调温度不宜过高。"

钟妩反对，继续为他盖衣服的动作和语意一样坚决——他重伤初愈，是禁不起任何风吹草动的。

彼时小江擦着自己头上的雨水，闻言从内后视镜里瞥向后座的两个人，又不由得觉得：这位钟小姐虽然不太讨喜，倒也并不讨厌。

原本钟妩担心风雨里回程有风险，并不同意即刻下山，可三个人在车里等了一阵子，雨势却并没有减小的迹象，于是陆锦行终是出声："往回开吧。"

钟妩见他面色更加苍白，也只得嘱咐小江："别开太快，稳一些。"

小江一面发动车子，一面点头："好。"

一路上，钟妩格外注意陆锦行的情况，而仿佛是要响应她的担忧一般，还未走到半路，陆锦行原本苍白的脸上，就已经渐渐泛起了潮红。

她抬手贴到陆锦行的额上，果然有些发烫。

钟妩正要问小江能不能开得稍微快一点儿，车突然停了下来。

两个人惯性前倾，她手疾眼快地扶住陆锦行，小江也稳住了身子，欲哭无泪地回头看向面带愠色的她："车好像坏了……"

钟妩哑口无言。

陆锦行闭目靠坐在座位上，阻止了两个人想要下车查看的举动："打电话给林越吧，让他找人来接。"

钟妩答应着拿出手机，片刻之后，又有些颓然地撂下。

小江见她如此，不明所以地拿出自己的手机，也不由得想要抚额："……没……没信号。"

如果眼前这一幕不叫"屋漏偏逢连夜雨"，那小江就几乎再也找不出第二句能形容现在这个状况的话了。

由于高烧，陆锦行已经开始头晕，但想到眼下的境况，仍是不由得轻笑出声。

"所以说神佛信不得。"他有些失力地靠在钟妩身上，双眸紧闭，嘴角微弯，沙哑的声音更如同带了笑意的喟叹一般，"从不悲悯啊……"

钟妩的心倏地一抽。

车内的温度渐渐降了下去，钟妩伸手摸了摸自己的外套，觉得似乎比一开始淋湿时干了一些，于是脱下来一并盖在了陆锦行身上。

她看着车窗外的雨幕，觉得在这种叫天天不应，叫地地不灵的境况里，似乎也只能自寻出路。

钟妩看向一筹莫展的小江："现在应该还会有下山的车，我去外面拦一拦，争取找到人帮忙带咱们下山。你带一把伞往山下走，走过这一段就应该会有信号了，到时候打电话给林越，让他带医生过来。”

小江迅速分析了她的提议的可行性，随后点了点头：“好。”

车门一开，早春的山风卷着雨水倏然而至，钟妩迅速甩上车门，与此同时，身子在冷雨里狠狠地打了个哆嗦。

目送小江压低雨伞朝山下走去之后，钟妩将再一次被吹翻的雨伞翻过来，迎风撑着，朝安檀寺的方向望去。

风急雨骤，即使有伞，她也很快全身湿透，被雨水打湿的衣服紧紧地贴在身上，那股寒意仿佛顺着皮肤的纹路，一直渗进了血肉里。

刺骨的凉。

不过让她瞬间就忘记了寒冷的是，很快就有一辆车从他们来时的山路上驶来，她顾不得再次被掀翻的雨伞，用力挥舞着手臂，示意对方停下来。

可那辆车根本没有减速，从她身旁疾驰而过，只留下了雨幕里有些模糊的尾灯光亮。

刚刚涌上心头的狂喜瞬间寂灭，钟妩抹了把脸上的雨水，不由得苦笑。

无数次的翻折之后，再结实的雨伞也无法逃脱损坏的命运。钟妩原本还想举在头顶挡挡雨，可她看着自己浑身湿透的模样，干脆把它扔在了一旁。

不知是不是她的心理作用，没有了伞，反而觉得雨变小了些。

她将颊边的湿发别到耳后，想到刚刚过去的那辆车，不由得后悔：她当时该直接站到路中央拦的，即使很可能会被骂“找死”，但好歹还有一个求助的机会，以陆锦行的财力，她尽可以大方许诺给对方丰厚的报酬。

她随即又想起车里正发着高烧的陆锦行，本来想回车里去查看一下他的状况，又怕车门开关之间，冷风和雨水见缝插针地钻进去，让他病情越发严重。

钟妩走到车旁，擦了擦后车窗上的雨水，朝里面看去。

陆锦行周身的关节一阵阵地酸疼，寒意也一层层地漫上来，烧得他头脑越发昏沉。

他慢慢睁开眼，朝车窗外看去。

风雨里熟悉的身影，实在是狼狈不堪。连把伞都不撑，湿透的紫色长裙裹在身上，头发湿淋淋地贴在脸上，几乎看不出本来的模样。此时又不知是为了什么，一面摩挲着手臂，一面走过来贴在车窗前，向里面看过来。

明明是看不清的。

陆锦行有些无力地靠坐在座位上，扯出一抹无奈的笑意。

陆锦行的身影并不能看得十分清楚，但钟妩可以想象到他此时虚弱的模样。

煊赫的家世，精致的面容，卓绝的头脑——她最初见到陆锦行的时候，以为如果没有腿疾，他的人生大概不会有任何缺憾。

可不过短短几天时间，她就已经发现，他关注的重点，从来都不在他的身体上。即使没有那场车祸，陆锦行可能也不会是神采飞扬的模样。

她不知道他经历过什么，只记得他说神佛从不悲悯时，面上一闪而逝的落寞。

钟妩不停地打着寒战，以为自己的神经都被冻得快要麻木了，于是放任自己漫无边际地胡思乱想，直到她隐约听到了汽车鸣笛的声音。

她急忙朝声源处看去，原来并不是幻听，安檀寺的方向果然有一辆红色越野车，正朝着她这边驶来。

吸取了教训的钟妩连忙跑到路中央，朝那辆红色越野车大力地挥舞着手臂。

红色越野车果然停了下来，司机并没有骂她，只是将车窗开了一条细缝，抬高了声音问她："怎么了？"

钟妩跑过去，努力平复呼吸，哆嗦着开口："我们的车坏了，我老板发了高烧，能不能麻烦您带我们下山？我们一定会有重谢的。"

司机是个四十多岁的中年男人，身形高大，拿了把伞下车之后，就觉得眼前的女孩这副模样，实在没有什么挡雨的必要，无奈地摇摇头笑道："扶他过来吧。"

重不重谢他倒不在乎，只是他毕竟刚烧完香下山，就当是结个善缘了。

钟妩叠声道谢："谢谢您，谢谢……"

陆锦行已经陷入昏睡，眼看着钟妩用尽全身力气都很难将他扶下车，红色越野车的司机干脆好人做到底，把伞交给钟妩撑着，把陆锦行从车里架下来，扶上了自己的车。

钟妩也随后坐进车内，冷暖的急剧交替让她不由得打了个寒战，尚不忘因弄湿了对方的座椅而道歉。

对方对此不甚在意，将副驾驶座上的一件衣服递给她，随后重新发动了车子："都是小事。"

钟妩接过衣服盖在陆锦行身上，一直提着的心总算放下了些，可看着陆锦行虚弱的模样，到底还是不由得叹了口气。

陆锦行仿佛感知到她的忧虑一般，自短暂的昏睡中睁开眼，撞上钟妩的视线之后，力不从心地笑道："真是狼狈。"

钟妩也有些想笑，眼睛却莫名地发酸。

"是啊，出门前该看看皇历的。"

【3】聪明人赚钱，途径从不止一种

热水漫过肌肤，钟妩闭着眼半躺在浴缸里，身子向下沉了几分，整个人滑入热水之中，直到几乎窒息，她才终于破水而出。

氤氲缭绕的蒸汽里，原本冷热交替下近乎麻木的神经终于一寸一寸地被唤醒，钟妩似乎能听见血液重新开始流动的声音。

可即使再贪恋眼下的温暖，钟妩仍是很快擦去了面上的水珠，从浴缸里站了起来。

换好衣服出去的时候，林越恰好从旁边陆锦行的卧室里出来。两人互相打了招呼，钟妩见他的神情并不轻松，于是问道："怎么样了？"

"睡着了。"林越面色凝重，"药吃过了，在打点滴，但烧还没退。"

两个人走到一旁的小客厅里坐了下来，林越见钟妩凝重的神色间隐隐透出几分自责，又想起先前她跟落汤鸡一样的狼狈相，开口安慰道："我已经听小江说过了，今天的事你处理得不错，不然陆总的情况只怕比现在还要严重些。"

钟妩眉心微蹙："是我失职。出门时天气就不好，我应该劝他换个时间去的。"

林越摇头叹道："今天是陆总父亲的冥诞。"钟妩一愣。

"林先生，钟小姐，"陈嫂把托盘放到两人面前的茶几上，"刚煮好的姜汤，喝点儿驱驱寒气吧。"两人道谢之后，都端起姜汤，慢慢地喝了起来。

一碗姜汤喝下去，钟妩的额头上有细密的汗珠渗出，只觉得五脏六腑都暖和了起来。但想到仍在昏睡中的陆锦行，她又觉得自己仍是失职的——她不够专业，也不够稳妥，所以缺乏对计划和安排的预见性，最后也只会用最笨拙的办法去试图解决问题。

想到这里，她先前些许的适意也淡去了几分。

即使快到正午，天色仍是阴沉沉的，外面的雨势丝毫没有变小的趋势，一声声打在窗上，绵密而又沉闷。

陆锦行呼吸均匀，睡颜沉静，长长的睫毛在眼底投下一片暗影，看起来完全没有平日里的距离感，反而有些纯真无害的意味。

钟妩想起林越所说的，今天这个日子对于陆锦行而言的特殊性，所以即使天气恶劣他亦会如期上山，可她又分明记得，他在安檀寺时，漫不经心得甚至有些轻慢的态度。

她从来都看不懂陆锦行。

药效开始发挥之后，陆锦行面上不健康的潮红退了下去，额上也开始不断地渗出细汗。钟妩怕吵醒他，拭汗的动作轻之又轻，但下一秒，仍是猝不及防地对上了他倏然睁开的双眼。

即使仍带着几分睡意，陆锦行眼底的微寒与他平时的温和也相去甚远，到底还是让钟妩呼吸一滞。

她直起身来，手帕在掌心里握紧："对不起，陆先生，吵醒您了。"

陆锦行闭目静躺了片刻，重新睁开眼睛时，目光恢复了一如往常的深邃平和："没事。"

他只是习惯了一个人。

钟妩的神色也恢复如初，一面去拿不远处的耳温枪给他测体温，一面问道："陈嫂煮了姜汤，要不要喝一点儿？"

陆锦行发现钟妩似乎习惯用忙碌来掩饰自己的一切情绪，但也并不点破，只是淡淡地笑了笑，道："好。"

钟妩打了电话叫陈嫂上楼，随后过去扶陆锦行起床。

陆锦行左手撑在床上，右手搭在她肩上，借力慢慢地坐起身来。两人距离极近，近到钟妩察觉到陆锦行的脸颊无意中轻轻擦过她颈间的皮肤时，她一个哆嗦，随后才后知后觉地尴尬起来。

微凉的触感转瞬即逝，陆锦行始终沉默，可他的呼吸平缓而温热，钟妩几不可见地偏了偏头试图退避些许，可即使她努力让自己看起来端正严谨，身体仍是不由自主地僵硬起来，扶着他的手臂也有些不易察觉的颤抖。

原本便不甚容易的搀扶因此显得格外吃力，使得陆锦行向后靠过去的时候，钟妧也被带偏了身子，和他一起朝床头的方向栽了过去，不偏不倚地跌进了他的怀里。

软玉温香倏然入怀，陆锦行伸手扶住她，钟妧慌忙挣扎着起身，却又在抬头看向他时，因着他苍白而精致的面容有些恍惚，于是一时间，两人的姿态看起来更像是一个拥抱，让人困惑又茫然。

直到敲门声响起。

“对不起，陆先生。”钟妧迅速站了起来，面无表情地道歉，原本的慌乱收敛得干干净净。

陈嫂送了姜汤进来，钟妧接过碗之后，端着碗坐到了陆锦行床边的椅子上，舀了一勺姜汤轻轻地吹了吹，然后递到了陆锦行嘴边。

陈嫂见状，默默地退了出去。而即使卧室里只有他们两个人，她的动作亦不见凝滞，神情甚至比平时更为严肃，仿佛先前的失态从来不曾出现过。

陆锦行低头喝掉她喂过来的姜汤，同时也发现，他这位转瞬之间就能做到八风不动的助理，却不看他的眼睛。

陆锦行眼角微微上挑：“只是个小意外而已，你不用这么懊恼。”

钟妧没有接话，只是沉默着又舀了一勺递过去。

她确实懊恼——她希望自己看起来是严谨专业的，而不是像先前一样，在陆锦行面前不停地显露手忙脚乱的怯意。所以即使她能抑制表面的情绪，心底的挫败感依旧无法轻易压下去。

她对自我的苛求几乎已经成了习惯，即使如今想要善待自己一些，也别无他法。

沙沙的雨声衬得房内愈发安静，陆锦行喝完一小碗姜汤，唇瓣沾染了一层水色，好在面上原本的苍白因着姜汤的作用而退去了些，整个人看起来也有了几分精神。

钟妩把手帕递过去，又在一番胡思乱想中由己度人，想到今天这个日子对于陆锦行的意义，想到他心中可能隐藏的诸多困苦，便觉得无论富商巨贾还是升斗小民，人生大抵都是艰难，总是需要拼，需要熬的。

她这么想着，看向陆锦行的目光便温和了几分："还要不要再睡一会儿？"

陆锦行拿手帕轻轻擦拭嘴角，随后轻轻摇了摇头，笑道："怎么不过这么一会儿，你倒像是突然想开了什么事情一样？"

钟妩闻言一愣，随即笑道："大概是因为我现在才终于意识到，就算不考虑三年后的结果，至少眼下这份助理的工作我算是保住了。"

大概多数时候都严肃的人偶尔开起玩笑时，会让人格外忍俊不禁。陆锦行低沉的笑声溢出喉间，眉眼也因此显得生动起来："是啊，钟小姐，你丝毫不用再怀疑自己工作的稳定性了。"

和陆锦行难得带了些许明朗笑意的目光对视片刻，钟妩到底还是抿紧双唇，忍着笑意低下了头。

而就在两人垂眸轻笑的瞬间，门口一个陌生的笑声突然传了进来："看来我们来得不是时候，打扰小两口清闲了。"

钟妩闻声看去，半掩的房门被推开，陆锦航跟在一个中年男人身后走了进来，目光从她身上轻轻掠过，一丝痕迹都不曾留下，却仍是成功地让她唇边的笑意僵了僵。

"您回来了？"陆锦行抬眸看向陆祈，轻笑道，"还以为您要在日本多耽搁些日子。"

"公司事情繁杂，都等着我来处理，你爷爷的八十大寿也快到了，我自然要尽快赶回来。"陆祈站在床前，居高临下地看着陆锦行，神情慈祥，"倒是你，怎么又搞得这样狼狈？既然身体不好，就该安心留在家里调养才是。"

两人交谈的过程中，钟妩早已飞快地站起身来。她意识到眼前的男人是陆锦航的父亲，发现他双鬓虽已渐生华发，面上的皱纹却少，所以看起来要比实际年龄年轻许多。他有着陆家人一脉相承的英俊相貌，又兼备中年男人的成熟深沉，但或许因为他的五官和陆锦航甚至陆锦行都有些相像，以至于钟妩总觉得这张脸似曾相识。

陆锦行的神态、目光，甚至唇边的笑意，都同先前和钟妩独处时看不出什么差别：“怎么，叔叔忘了今天是什么日子了吗？我身为人子，如果不亲自去上炷香，只怕也是很难心安的。”

陆祈笑起来：“毕竟新婚，只要心意在，大哥在天之灵也不会怪你的。”

他说完之后，锋刃的目光从钟妩身上刮过，话里的笑意却是不变：“叫钟妩是吗？看起来面善得很。”

钟妩因着他眼底一闪而逝的寒光内心微颤。陆锦行笑道：“她胆子小，又因为惹得爷爷不高兴不许公开，所以见到长辈难免更紧张了，叔叔不要介意。”说着，他看向钟妩：“阿妩，怎么不向叔叔和大哥打招呼？”

钟妩疑心面前这对父子，甚至比她还要清楚这从头到尾是怎么一回事，但陆锦行仿佛并不在意，格外坦然，于是她也只能硬着头皮礼貌微笑，像一个再合格不过的初嫁晚辈一样：“叔叔，大哥。”

就像并不曾看见陆锦航面无表情的脸一样。

陆锦行敛眸微笑。

“阿行眼光真不错。”陆祈的语气越发慈祥，说罢重新看向陆锦行，“你爷爷每年的今天都不出书房，就算我想替你求情都没办法。不过你放心，他的气迟早会消，你眼下最重要的是尽快把身体养好，不然过几天的寿宴再不露面的话，董事会里只怕又会生出一些谣言了。”

陆锦行闻言笑道：“有爷爷和您坐镇，我自然不怕什么谣言，您就更不必为那些掀不起风浪的小角色费心了。”

在陆祈和陆锦行言笑晏晏的过程中，陆锦航自始至终沉默而冰冷，而这种存在并不尴尬。钟妧并不觉得意外——他很久以前便是这副模样，永远只专注于学业，其他人放纵肆意的青春里，他只是寡言的过客，似乎周遭的一切喧嚣都与他无关。

钟妧一度以为陆锦航会成为一个终日埋首实验室的学者，没想到一别经年，他已是衣冠楚楚的商界精英。

曾经的那个人，不仅换了姓氏，也换了理想，虽然他眉眼间依旧带着睥睨一切的傲气，钟妧却不得不承认，眼前的陆锦航于她而言，已经完全陌生了。

在钟妧兀自失神的时候，叔侄二人看似亲密的交谈已经告一段落。陆祈离开前，想起什么似的看向钟妧笑道：“你们的事我也得知得突然，没有提前准备见面礼，不过好在我从日本带了些手信回来，阿妧过去挑一份，虽然简薄了些，但也算是我这个做叔叔的一点儿心意。”

钟妧心头一紧，下意识地看向陆锦航，却又在下一秒硬生生地移开了视线。

陆锦行看着她，仿佛不曾注意这些细枝末节，眼角眉梢的浅笑里带着些安抚的意味：“既是叔叔的一片心意，阿妧就去吧。”

钟妧并不算太过敏感的人，面对陆祈时却莫名带了些趋利避害的本能，总是有些不安。但眼下她见陆锦行神态安然，心中原本的心虚胆怯和对未知的茫然，顷刻间便淡去了许多。

她朝陆锦行点点头，安静地跟在陆祈和陆锦航身后走了出去。

风雨交加的天气总会让人心生些无端的凄迷，钟妧未梳起的长发被风吹得有些凌乱，她抬手将额前的碎发别到耳后，又将双手插进了外套的衣兜内。

陆祈站在门外的长廊下，看着外面的重重雨幕，言语间带了些莫名的威压感："听说你三天前才进的陆家。"

钟妩呼吸一滞，随即应声："是。"

陆祈收回视线，沿着长廊向前走去，交加的风雨将他意味深长的话卷进了钟妩耳中："聪明人赚钱，途径从不止一种。"

"您说得是。"钟妩的回应依然乖顺，倒是引得陆祈止步回头看了她一眼。片刻的沉默之后，陆祈继续向前走去，唇边有一丝意味不明的冷笑浮现，随后吩咐一旁的陆锦航："我还有事，你带她过去吧。还有些给阿行带回来治腿伤的药，一起拿回去。"

钟妩一路沉默地跟在陆锦航身后，直到进入所谓他的"领地"，亦不曾抬头多看四周一眼。

陆锦航直接把她带进陆祈的书房，关上门之后，指了指一旁的沙发，惜字如金地说道："坐。"

钟妩只是站在原地，并未依言坐下。

陆锦航看了她一眼，并未觉得意外，只是径自走到了博古架前，打开了下面的柜子，随意拿出两个盒子，放到了钟妩旁边的书桌上，说："都是日本的漆器摆饰，你可以选一个喜欢的拿回去。"

钟妩随手拿起其中一个长方形的盒子，下一秒，陆锦航的手已经覆上了盒子的另一边。钟妩抬头看过去，却只窥见了他毫无波动的目光。

"陆锦行给了你多少钱？我出双倍，你马上离开这里。"

钟妩这才知道什么是父子情深，眼前陆锦航的言行举止，和刚刚对她说"聪明人赚钱，途径从不止一种"的陆祈几乎一模一样，似乎这是一种志在必得的施舍。如果她不接受，就是不识好歹；而即使接受了，也只有被鄙夷的份儿——毕竟她只是微不足道的小角色，不值得浪费他们能够给予的少之又少的尊重。

钟妩自嘲般笑了笑，反问道："我想陆副董事长之前所指的'赚钱’的意思，恐怕并不是让我马上离开这么简单吧？他希望我做什么？将我知道的一切和盘托出，还是以后的日子里帮他监视陆锦行的一举一动？”

陆锦航眉心微蹙，看向钟妩的目光里多了几分冰冷：“我爸爸不了解你，他希望你做的事你做不来。可你如果继续留在这里，能够选择的无非是做他的工具，又或是做陆锦行的工具。”

钟妩言语讥诮：“如果我只能在这两者之中选择，那我当然会选陆锦行。”

至少陆锦行在商言商，始终都是公平而坦诚地和她谈条件，给予了她足够的尊重，两个人的交易明码标价，也不曾让她出卖良知和底线——即使她觉得自己如今的底线已经足够低。

她抽出陆锦航手中的盒子，转身朝外走去。

“你以为选陆锦行就不是在与虎谋皮了吗？”陆锦航冷笑出声，“陆家太复杂，你根本毫无倚仗，就这么陷进去的话，你以为你能全身而退吗？”

钟妩停下来，握着盒子的手紧了紧，努力让自己的声音听起来平静轻松：“或许不能吧，毕竟我现在……已经是陆锦行的妻子了。”

陆锦航突然不知该作何表情。这种情绪他并不算陌生，因为昨天傍晚从陆锦行口中得知这件事的一瞬间，他内心亦产生了一种巨大的空茫，他隐约感到似乎有些事情正在朝着一个完全失控的方向发展着，而他无法阻止，也无力阻止。

“钟妩。”重逢之后，陆锦航第一次叫她的名字，声音里带着连他自己都不曾察觉的疲惫，“你需要钱我可以给你，你走吧，不要再出现了。”

【4】锦行哥，我的鞋子弄脏了，能不能让你的助理帮我擦一擦

钟妩一直强忍的泪意，就这么被陆锦航简单的一句话逼了出来。她背对着他，死死地咬住嘴唇才能不让眼泪掉下来。她微微仰起头，沉默许久，才继续向前走去，抬手覆上门把手的那一瞬间，低声说道：“对不起。”

对不起。

即使她从不曾想到自己的存在会让他如此困扰，她也仍是下意识地向他道歉。这种歉意是因为打扰了对方的生活，亦是因为无法达到对方的要求，所以其实这三个字，除了能让道歉者内心得到些许安慰，从来没有任何实际意义。

钟妩离开后，陆锦航前往起居室见陆祈。彼时陆祈正坐在桌前拿着本棋谱研究棋盘上的残局，见他进来，只是随意地看了一眼，目光便重新回到了棋盘上：“不成？”

陆锦航走过去，神情冷肃：“嗯，她拒绝了。”

陆祈拈了颗棋子在指间摩挲片刻，语气里听不出情绪：“阿行看人的本事倒还是有一些的。”

陆锦航并不想继续谈论钟妩的话题：“前一阵子爷爷见过秦律师了，阿行突然结婚，应该也和这件事有关。”

“那就是想动股份了。”陆祈合上棋谱，冷冷一笑，“真正分出胜负之前，老爷子是不会介入的，除非……这中间出了什么纰漏。”

即使陆祈面上不动声色，但他接到陆锦航的电话时就已经知道，既然陆锦行突然有所动作，只怕是已经有了成算，自己终归是陷入了被动。但他仍是连夜从日本赶了回来——他需要尽快知道究竟哪里出了问题，而不是更加被动地等待陆锦行泰然自若地揭晓结果。

“只怕是车祸的事把他逼急了。”陆锦航看着棋盘上黑白分明的棋子，神情淡漠，“他如今看起来胜券在握，只怕持股比例是要

在您之上了。”

陆祈笑了笑，一派从容，眼底却寒光尽显：“那有什么要紧，除非我的好侄子永远都那么幸运。”

陆锦航的神情毫无变化，目光亦不曾有半分波动。

陆祈随手将棋谱扔在棋盘上，残局被彻底打乱，一颗棋子从棋盘边缘掉下去，滚落在地毯上：“盛达集团周董的小女儿是不是还喜欢追着你？你年纪也不小了，婚事也该有个眉目了，周家不错，过几天老爷子的寿宴，选她做舞伴吧。”

再寻常不过的语气，却也同往常任何时候一样，不存在任何询问的意思。

而陆锦航还未开口，陆祈的目光就已经落到了他身上，不知道想到些什么，若有所思地笑道：“你是我唯一的儿子，千万别让我失望。”

钟妩回去见陆锦行的时候，情绪已经彻底平复了下来，神色也趋于平静。她把装有漆器摆饰的盒子放到茶几上，随后走到陆锦行身旁：“我对漆器实在不懂得欣赏，这一件又太过贵重，还是交由您保管吧。”

陆锦行放下手中的书，抬起左手轻轻地揉了揉眉心，漫不经心地笑道：“实在不喜欢的话，改天让林越找人估个价卖了，钱直接打到你账户上。”

钟妩自然是要拒绝，可眼下她甚至连推辞的心情都没有，只是上前抽走了陆锦行手中的书：“烧刚退，您需要多休息。”

陆锦行对此并不在意，只是看着她红润的面色不由得笑道：“你的身体倒比我想象中的好，淋了那么久的雨，竟然还能安然无恙。”

“大概因为以前不敢生病，所以久而久之身体也就习惯了。”

钟妩把书放到了一旁的床头柜上，陆锦行靠坐在床头看她，虽是带了些疑问的语气，但神情了然："怎么，心情不好？"

钟妩动了动唇，却并不是要回答他这个问题："刚刚在路上，副董事长只和我说了两句话，我当时……"钟妩顿了顿，从口袋里拿出手机递向陆锦行，"……录了音。"

陆锦行鲜有地陷入了沉默。

就在钟妩还要试图说些什么打破沉默的时候，陆锦行突然笑了起来。

陆锦行并不是吝于微笑的人，事实上短短几天之内，钟妩已经见过多次。只是许多时候，他的笑是淡漠的、凉薄的、漫不经心的，那些笑容虽多，却更像是一张张面具，从不代表快乐，即使他言语已经足够温和，却仍是让人感觉不到温度。

而此刻的陆锦行在笑着，精致好看的眉眼间，是她从未见过的愉悦，似春风拂过，绵延的冰河轰然崩裂，暖阳洒向澄澈的水面，折射出璀璨的色彩，让人不敢过多贪看，却又移不开视线。

而在钟妩越发不安的神情里，陆锦行终于渐渐止住笑意，低声说："钟小姐，你实在是个有趣的人。"而他已经很久不曾觉得一个人有趣了。

陆锦行心情好的时候，会用一种近乎轻快的语调喊她"钟小姐"，钟妩早已察觉到这一点，所以此时再次听到他这么称呼她，意识到他并非要嘲笑自己，于是原本近乎悲愤的情绪顷刻间消失无踪，握着手机的手也讷讷地收了回来。

陆锦行已经敛起了笑意，但他看着钟妩的时候，眼底仍有残留的愉悦，说："我对自己识人的能力，还算是有些自信的。"

钟妩看了看陆锦行，又看了看自己手中的手机，此时也不得不承认，自己的举动确实有些傻乎乎的，再次违背了她希望自己越来越通达干练的决心，不由得也笑了起来。

陆家在余城地位显赫，向来都是高朋满座，眼下陆显文的八十整寿自然更要大肆庆祝一番。于是一时之间，陆家的请帖俨然成了余城上流社会检验自身价值的标准。

钟妩推着陆锦行的轮椅进门的时候时间尚早，宾客到得并不多，但即便如此，他们也仍是吸引了几乎所有人的视线。

不时有人过来和陆锦行打招呼，钟妩亦是第一次看见他在人前寒暄应酬时的模样——恰到好处的礼貌温和，却又有一种不可忽视的疏离感。这种疏离和自负、傲气无关，只让人觉得他的优秀似乎与生俱来，合该高高在上，被人仰视。

好不容易清静片刻，钟妩这才有机会把陆锦行的轮椅推到一边。她暗暗松了口气，低头问陆锦行："要不要喝点儿水？"

陆锦行对周遭暗暗打量他双腿的那些视线恍若未觉，抬头看向她："不必。倒是你，待会儿开场后不用照顾我，去舞池跳几支舞吧，免得浪费了这么美的裙子。"

钟妩身上穿了条华伦天奴的黑色天鹅绒深V长裙，长发高高绾起，露出胸前大片白皙的肌肤，整个人被衬得越发高挑纤细。而此时在陆锦行带了一丝笑意的注视下，她只是板着脸摇头，一副尽忠职守的模样。

只是她未免过于"尽忠职守"，只顾着弯腰帮陆锦行整理领带，却忘了掩去胸前风光，直到陆锦行移开视线，略显刻意地低咳两声提醒，她仍浑然不觉，一面帮他把腿上的毯子盖紧了些，一面问道："冷吗？"

陆锦行无奈地垂眸轻笑："你该问问你自己冷不冷才对。"

钟妩因他的话有些茫然，后知后觉地低头打量了自己片刻，随后蓦地意识到什么，抬手捂住胸口猛地站起身来："我……"

"锦航哥，你在看什么？"

不远处，周初晓有些好奇地问道。

陆锦航收回视线，看向面前一袭白色抹胸小礼服的女孩：“没什么。”

或许曾经习惯了她始终追逐着自己的视线，如今亲眼看到她眼里只有另一个人的时候，陆锦航突然感到怅然若失——他倒宁愿心中曾经的厌烦，能因着这荒诞的重逢变得更真实更彻底一些，才能让他面对她时，能更加淋漓地表现自己的憎恶。而不是像现在这样，进退两难。

陆锦航将杯中的酒一饮而尽，微凉的液体和心头微妙的酸涩纠缠在一起，让他有片刻的失神。

即使他的神情并没有什么明显的变化，但周初晓仍是朝他先前注视的方向看了过去，一个身材凹凸有致的漂亮女人正站在那里，手捂着胸口在说着什么，虽然神情严肃了些，但微红的脸颊使得她整个人都鲜活起来。

至于她对面坐在轮椅上的英俊男人，一面看她，一面抬手掩饰着嘴角的笑意，两个人似乎看不到周遭的任何人，只是对着彼此，就有一种异样和谐的感觉。

周初晓确定，虽然只有一瞬间，但之前陆锦航所看的、让他罕露失神模样的，就是那个女人。

她自然是认识陆锦行的，但对站在他对面的女人一无所知，因此，她心中如同打翻了五味瓶一般，一时间所有纷杂的情绪都涌上了心头。

她喜欢陆锦航多久了，连她自己都有些记不清了，可她几乎耗尽了自己全部的热情，也鲜少能换来他的关注。她以为陆锦航只是生来冷情，但注意到他视线的那一瞬间，女人独有的敏感让她不得不产生一种危机感。

即使只有一眼。

厅内衣香鬓影，乐声悠扬。钟妩拿了两杯香槟，将其中一杯倒了一半至另一杯中，才将较少的那杯递给陆锦行：“医生说只能喝一点儿。”

这些日子钟妩已经不再如最初那般拘谨，但这一板一眼的做派始终如一。

陆锦行已经渐渐习惯了她的刻板，接过酒杯晃了晃，抬手与钟妩手中的轻轻相碰，低声笑道：“干杯。”

他将酒杯举至唇边轻抿一口，再看向钟妩时，微微扬起的嘴角便有了些水润的味道。钟妩有些不自在，状似无意地别开眼，将自己杯中的香槟一饮而尽。而就在她要接过陆锦行的酒杯放到一旁的桌上时，看见不远处一个穿白色礼服的女孩径直朝他们走了过来。

“锦行哥。”周初晓拿着酒杯走过来，笑得礼貌又乖巧，语气却十分熟稔，“刚刚你周围如同众星拱月一般，我可是好不容易才找到机会来好好和你打个招呼。”

陆锦行闻言笑道：“能让周二小姐特意来打招呼的人向来不多，我深感荣幸。”

明知不过是寒暄，周初晓却仍是被逗得笑出声来：“锦行哥最会说话了。”她一面说着，目光一面落到旁边的钟妩身上，一副好奇的模样：“锦行哥，这位姐姐是？”

钟妩将两个酒杯放到一旁，回身时和她视线相撞，发现对方不过二十岁出头的年纪，五官清妍明丽，甜美的笑容里还带了几分天真，只是看向自己的目光里隐约带了些探究和防备。

“我的私人助理，钟妩。”陆锦行抬眸，目光从周初晓身上滑过，落在钟妩身上，给她介绍周初晓时，便带了些打趣的味道，“盛达集团的周二小姐周初晓，如果没有意外的话，应该就是我未来的大嫂了——你们以后见面的机会大概多得很。”

钟妩呼吸一滞。

陆锦航……未来的妻子吗？

她暗暗地压下心中的所有情绪，眉眼微弯，嘴角勾起一抹礼貌的微笑：“周小姐，您好。”

周初晓自发现陆锦航的异样起，内心便一刻都不得安宁，好奇和惶恐驱使着她忍不住趁陆锦航有事暂离之后上前试探。但她原本微微提到了胸口的心，在得知钟妩的身份时，又顷刻间落回了原处——她爸爸和那些叔伯兄长身边的私人助理，她不知见过多少，学历再高，能力再大，在她眼里也不过是可以肆意驱使的保姆罢了。

只是与此同时，她也敏锐地觉察到了钟妩眼底一闪而逝的黯淡，心头烈焰渐起，笑容也退了个干干净净。

只是一个小助理而已，她怎么配？

周初晓举起手中的酒杯，递至唇边时，手轻轻一偏，杯中的香槟洒落到地面上。她低头看了看，抬头看向陆锦行，笑得既娇俏又高傲：“锦行哥，我的鞋子弄脏了，能不能让你的助理帮我擦一擦？”

钟妩甚至以为自己出现了幻听。

她反应了几秒，才意识到自己并未听错。可看着面前这位大小姐无辜的笑容，她只觉得周身的血液都朝头顶涌去，她几乎用尽全身的力气，才抑制住了身体的颤抖。

周初晓看向她，精致的妆容下，带着几分不谙世事的残忍：“钟小姐，可以吗？”

可所有被羞辱的怒意都只是出现了一瞬间。钟妩暗暗握紧拳头，掌心明晰的刺痛感让她的思绪瞬间清明起来。她看着周初晓，面容平静。

她曾经也是被宠得天真到近乎无知的温室樱草，却从不曾做过这般过分的事，而比之今日更甚的羞辱，她也面对过。所以她暗暗地问自己：不过是再面对一次罢了，又能怎样呢？

她早已学会了避让，学会了示弱，学会了面对尖锐的恶意时收敛所有的锋芒。

钟妩紧攥成拳的手缓缓松开，看着周初晓，面色平静地答道："可以。"

她从旁边的桌上拿起一条餐巾，走到周初晓面前，正要蹲下身子的时候，手却被人从一旁拉住了。

握住她手腕的手白皙、修长，由于重伤未愈而没有一丝血色。

钟妩看向陆锦行，他的面容亦是同她如出一辙的平静，不喜不怒，看不出一丝情绪。

几乎是一瞬间，钟妩突然有了几分近乎醒悟的明朗。她自认已经有些了解陆锦行的脾气，先前也都知道唯陆锦行马首是瞻，但她刚刚到底还是被那份屈辱感冲昏了头，以为陆锦行的沉默更像是一种默认，而忘了回头看他一眼，去探寻他的意图。

她是陆锦行的助理，自始至终也只需要听陆锦行的命令，向他一个人低头。

钟妩将餐巾攥在手心，回到他身侧，努力忍住心里的委屈："对不起，陆先生。"

陆锦行静静地看着她，许久，才露出几分笑意："你倒是老实。"

在钟妩的沉默中，陆锦行看向一旁因着眼前的情形有些茫然的周初晓，神情不变，笑意中的凉薄却一点儿一点儿地流露出来。

明明不过一瞬间，周初晓却觉得有寒意沿着他的目光刺入她的血肉里，几乎能折断她的筋骨。这时候她才意识到，也许是她被嫉妒冲昏了头，又或者是之前陆锦行的神情太过温和，才让她几乎忘了，她从来都是害怕着陆锦行这个人的。

周初晓不由得后退一步，讷讷地叫了一句："锦行哥……"

陆锦行放开钟妩，抬手支腮，看着面前已经有了惧意的周初晓，笑得慢条斯理，仿佛他眼前面对着的，不过是一个肆意玩闹不知分寸的孩子。

“鞋子脏了，回去换一双就好，你说呢？”

【5】我并不是没有耐心的人，可也不喜欢身边的人同样的事错上一次又一次

书房里——

“百分之十五？”

饶是陆祈早有心理准备，此刻的呼吸也仍是不由得凝滞。顷刻间，他的脑海中闪过许多念头：他下手终究是晚了，如果能在陆锦行手中尚无砝码时就将他置于死地，那么也就不用面对如今这种局面了。

可这几年，陆锦行到底还是在他不断的打压下挣出了头，甚至能在眼下近乎绝境的境地中走出一条活路。

陆祈那些凉薄狠戾的思绪里，竟还诡异地夹杂了一丝对于陆锦行的赞赏。可他收敛思绪，再次看向陆显文的时候，笑容到底僵硬了许多：“长江后浪推前浪，阿行越发进益，也难怪父亲对他寄予厚望了。”

算上原来手里的百分之五，如今陆锦行已经超过他，成为陆氏的第二大持股人。

“你大哥走得早，于情于理，这些股份原本也是他应得的，只不过他那时候年纪小，别说你我不放心，其他股东也不可能答应。”

房门紧闭，楼下歌舞升平的喜乐气氛没有半分感染到这里，陆显文不喜不怒，坐在书桌后注视着陆祈，苍老的脸上一时看不出表情：“不过这些年你为陆氏劳心劳力，我也都看在眼里，如今你心有不满也可以理解。”

陆祈并未开口，对陆显文的这番说辞没有表示赞同，但也未曾

出言反驳。

“你放心，我还没老糊涂，就算是论功行赏，该给谁，给多少，我心里都有数。多不了谁，也少不了谁。”陆显文的声音越发语重心长，只是话说到最后，言语间已经渐渐有了几分凌厉的意味，“陆家人丁不旺，这一支眼下除了我，也就只有你们父子叔侄三个人了，该做什么，不该做什么，我希望你们心里也有点儿数。”

陆祈内心一凛。

在父子间沉默的对视中，陆祈眉目间恢复了往常的冷静自若。少顷，他垂眸说道：“您放心吧，陆氏是陆家所有人的心血，无论是我，还是阿行，都希望它更好。”

陆显文并未作声，他靠坐在座位上，一时之间突然觉得有些疲惫。他想到英年早逝的大儿子，和眼前果毅冷酷但同时也精明能干颇具商业才能的小儿子，一时不知内心究竟是什么滋味。

“阿航这几年跟在你身边，虽然能学到很多东西，但时间久了难免放不开手脚。”陆显文坐直了些身子，语气缓和了些，“金融集团就交给阿航去打理吧。阿航很好，不逊于阿行，陆家的将来，终究还是要靠年轻人。”

毫无预警的话让陆祈一愣——陆氏的金融集团是陆氏在地产、文化之外的第三大支柱产业，虽然说是让陆锦航打理，但归根结底相当于也到了自己手里，他即使明知这不过是父亲惯用的手段，但在已经无法扭转股权的情形下，多少也算些意外之喜了。

于是陆祈的眼角眉梢也就流露出了几分恰到好处的喜悦和感怀：“我相信他们兄弟俩都不会让您失望的。”

陆锦航几乎第一时间便得知了这个消息，但也只是微微勾了勾嘴角，说：“爷爷果然一片苦心。”

陆祈最初的怒意已经淡去了许多，他站在落地窗前，看着庭院里璀璨的灯火，目光最终看向更远处一望无际的黑暗，似笑非笑道：“阿行命好，这几年文化产业是大热趋势，他玩儿得也是风生水起，反倒是地产业看似风光，但只怕将来会有大变动。老爷子深谙平衡之道，如今把金融集团交给你，要的不就是一个所有人都满意的结果吗？”

生在陆家，也许算不得什么命好，但是对比曾经野草一样的自己，陆锦航倒觉得，陆锦行大概也是当得上“命好”两个字的。

他多少还是有些喜悦的，能够有这样的机会独当一面，只是得来的一切倘若并不完全是因为自己的实力……这种喜悦也就随之打了折扣：“阿行也算是因祸得福了。”

“但愿吧。”陆祈摩挲着手中的酒杯冷冷一笑。不久之后，他转过身来看向陆锦航：“那边的宾客还要应酬，你先过去吧。周家的事老爷子刚才也提了几句，他还算是满意，让你改天把人带回家吃饭。”

陆锦航敛眸：“知道了。”

回到大厅的时候，陆锦航遍寻四周，很快便看到了站在陆锦行和钟妩对面的周初晓。彼时钟妩木着一张脸，周初晓则一副花容失色的模样。他走过去，环视一眼在场的三个人，淡淡地问道：“在聊什么？”

“锦航哥！”周初晓闻声看过去，眼睛倏然亮起，如蒙大赦一般拉住他，可又到底不敢当着陆锦行的面直接告状，刚刚受到的委屈和惊吓一时堵在心口，眼圈儿终是忍不住微红，说出口的话里不自觉地带了点儿撒娇似的语气，“你去哪儿了，怎么现在才来……”

知道她一向被宠得十分娇气，陆锦航便任由她拉着，只是看向陆锦行：“怎么了？”

“周二小姐过会儿还要和大哥跳舞，刚刚弄脏了鞋子，自然不可能开心。”陆锦行目光流转，最初凉薄的笑意此时已经沾染了几分温度，“女孩子最怕的，不过是在心上人面前出丑罢了。”

陆锦航看到周初晓鞋面上的酒渍，不再多问什么，只是看向周初晓：“不过是小事，去整理一下就好了。”

周初晓动了动唇，注意到陆锦行面上漫不经心的笑容，原本想说的话只能颇不甘心地尽数咽了回去，她轻轻摇了摇陆锦航的手臂：“锦航哥，你陪我过去好不好？”

钟妩将陆锦航出现之后周初晓的所有变化看在眼里，心里终是忍不住有些唏嘘。那个前一秒钟还任性跋扈的大小姐，转瞬就变成了娇俏可人的小姑娘，这种转变不是假装，也不是做戏——大概女孩子在喜欢的人面前永远都是一种模样，不自觉地想要收敛起所有尖锐的棱角和锋芒，只给对方看到自己最好的一面。

陆锦航虽然冷着一张脸，但到底没有拂逆周初晓的心愿，朝陆锦行点头示意之后，带着她转身离开。钟妩收回视线，默默垂眸，却发现自己的心境竟然远比想象中平和——也许假以时日，她可以做一个更为合格的旁观者。

短暂的沉默之后，钟妩看向陆锦行，他的心情似乎并未因先前发生的事情受到任何影响，但她亦并未错过他面对周初晓时，泰然之下一闪而逝的冰冷，所以此刻多少都有些心虚，却又不知眼下该道谢还是道歉。

钟妩犹豫片刻，斟酌着开口：“谢谢陆先生，刚刚我……”

陆锦行随意地抬起手，修长的指尖轻轻摇了摇，示意她不必再说下去：“我只是不喜欢姿态难看的人罢了。”

钟妩还没来得及松口气，陆锦行已经朝她看了过来，清冷的目光落在她脸上，似笑非笑：“自作主张也同样惹人讨厌。”

“我只是以为……”钟妩下意识地想要辩解，毕竟虽然已经习惯了陆锦行的直接，但眼下第一次被他这样毫不留情地评价，一时之间难免窘迫，可她想来想去，实在没有什么借口可以反驳、辩解，于是支吾半晌，最后也只能低下头再次道歉，“对不起。”

陆锦行将她灰头土脸的模样看在眼里，目光里还带着残留的笑意，语调温和：“哦？被慢待、被羞辱的是你，你又是为什么一而再，再而三地向我道歉呢？”

似乎是再真诚不过的疑问了，他看起来也依然平静如初，原本精致的面容此刻却无端的疏离意味尽显。而钟妩几乎在这一瞬间，便明晰了他的意图。

钟妩面上因难堪而有些灼热，沉默片刻之后，她深吸一口气，终是选择了抬头和陆锦行对视：“与其说我当时是被气昏了头，倒不如说是因为我不相信你。”她顿了顿，目光里自嘲的意味明显：“我知道你的脾气，但我不知道这位周小姐对你有没有什么利用价值，我更不知道你是不是愿意沾惹这种女人间矫揉造作的小麻烦。我不想轻贱自己，可我总不能把希望寄托在别人身上。”

她知道睿智如陆锦行，不可能猜不到这一点，可他也只是静静地看着她，听她面带难堪地自我剖析。

不知过了多久，陆锦行看着钟妩，原本渐隐的笑意慢慢添了几分无奈的意味：“哭什么，现在知道委屈了？”

钟妩有些错愕地抬起手，食指的指节揩过眼角，触到一抹水渍，才意识到不知什么时候眼泪竟然掉了下来。她红着眼睛别过头去，仓促地抹掉脸上的泪痕。

陆锦行对她的举动恍若未觉：“合作伙伴之间的不信任，总归不是什么让人开心的事情。我并不是没有耐心的人，可也不喜欢身边的人同样的事错上一次又一次。”

“我知道了，陆先生。”钟妩挺直了背脊，肃然答道。

第三章 各不相干

【1】你当初认识的陆锦航，是什么样的人？

华灯初上，目光所及之处俱是觥筹交错、相谈甚欢的画面，这鲜花着锦、烈火烹油的热闹景象，钟妩曾经无比熟悉，却许久不曾靠近。以至于那些过往，此刻回忆起来的时候都已经久远得仿佛从来不曾存在过。

钟妩的视线从一旁和宾客交谈的陆锦行这边移开，落到舞池中央相携共舞的男女身上。

陆锦航高大英俊，所吸引的在场女性的关注并不比陆锦行少，只是他神情冷峻，对于汇聚到自己身上的视线视若无睹，偶尔低头简单地和周初晓说几句话，更多的时候只是面无表情的沉默。

但是他们相拥的身影依然看起来亲密又和谐。

钟妩从旁边拿起一杯红酒，默默啜饮一口，自嘲地笑了笑。只是她嘴角的弧度还未消失，陆锦行带着几分微凉笑意的声音就已经传了过来："王子和公主，画面太梦幻的话，难免会让人觉得有些不真实。"

钟妩轻轻晃动着手中的酒杯，杯中红色的酒液随着她的动作起起伏伏，又渐渐地如同她的心跳般重新归于平静："梦醒之后，现实会教会他们什么是真实的。"

陆锦行看着她默默喝酒，仿佛突然有了些闲聊的兴趣："你当初认识的陆锦航，是什么样的人？"

察觉到他兴味盎然的目光，钟妩将杯中的残酒一饮而尽，回忆起过去的时候，神情里透出些茫然，却也带着一丝不易察觉的怀恋，低声说道："善良，努力，冷漠……"她重又拿了杯酒，看向舞池里的陆锦航："他妈妈身体不好，他一直很辛苦，课余时间要打两份工，自尊心也强，不肯接受别人的任何帮助。"

钟妩想到过去的事情，不由得笑了笑，道："现在想想，如果我是他，也不可能会喜欢上我这种人——我当初简直蠢不自知，只想着可以为他减轻些负担，却不知道自己其实多么惹人厌烦。"

说不定在别人看来，比之先前的周初晓都不遑多让。

在陆锦行的沉默里，她抿了一口杯中的酒："只是我那时候看不懂他的厌烦，把他对我半分的友善自作多情地扩大到十分，还以为他对我冷淡只是因为家境的差距而自卑。当时我为了正式表白，整整准备了三天的腹稿，打算去说服他在真正的感情面前，一切外物都不重要。"

陆锦行微微低头的同时，不动声色地抬起手，右手食指的指节轻抵鼻尖，掩下了嘴角微扬的弧度。

钟妩当然知道他在忍着笑。她以为自己会难堪，可想到当年那些自以为勇敢无畏的想法和举动，她甚至自己都忍不住笑起来。

天真得……近乎愚蠢。

钟妩习惯了长久以来的自我压抑，几杯酒后没有半分醉意，却难得有了几分倾诉欲。陆锦行看在眼里，便在她明显的自我厌弃中，从善如流地问道：“然后呢？被拒绝了？”

“没有。”钟妩险些笑出声来，“因为根本就没有表白。”

“我在约好的地方等他，可他一直没有出现。我傻傻地等到半夜，遇上了两个醉酒路过的小混混。”她喝完一杯，那些强撑出来的笑意终是渐渐淡下去，最后在唇边凝成了一抹嘲讽的痕迹，“如果不是当时恰好有人路过挺身而出，谁知道最后会发生什么。”

陆锦行看向她，目光里带着几分意味不明的审视，幽暗深邃：“然后呢？”

“没有了。”钟妩放下酒杯，神情怅然，却又莫名有些释怀，那些情绪过于复杂，复杂到……她自己亦无法给出一个合理的解释，“那就是结局，再也没有然后了。”

“的确，小时候的故事，大多都没有结局。”陆锦行收回视线，笑声低沉，“不过故事既然讲完了，观众也就该散场了——回去吧。”

“好。”

钟妩答应着，走到他身后，推着他的轮椅，朝门外走去。

陆锦航注意到两个人离开的身影，随后不动声色地移开了视线。周初晓的注意力尚停留在前一秒的话题上，并未意识到他的心不在焉：“陆伯伯真的这么说吗？”

面前的女孩子瞪大了双眼仰着脸看他，脸上带着掩饰不住的惊喜，以至于握着他的手都下意识地收紧了也没有察觉。陆锦航淡淡地应了一声：“只是我这一阵子会比较忙，具体时间还要再安排。”

周初晓仍沉浸在喜悦之中，听了这话，与其说是抱怨，倒不如说是忍不住撒娇：“你和我爸爸一样，每天都在忙。如果钱能买来你的时间就好了，我写几张支票给你，让你能休个假，好好放松一下……”

陆锦航有一刹那的失神。

也许就是这样吧，那些曾经的悸动，不过因为曾经年少，不过因为特定的心情境遇，又在最后以一种各自天涯的姿态存在过，所以才以为与众不同。

可这世界上从来就没什么与众不同。

在他的沉默中，周初晓后知后觉地收了声，过了片刻才红着脸问道："我是不是话太多了？"

"没有，我在听。"

陆锦航神情不变，但因为更为低沉的语调，使得简单几个字，似乎带上了几分异于往常的温和。周初晓脸上越发灼热，忍不住慢慢偎向他的怀中。身体的靠近没有感觉到抗拒，她努力抑制着心脏的狂跳，嘴角终于扬了起来。

陆锦航的视线扫过出口的方向，钟妧的身影早已消失了。他近日心中那些繁复的念头，似乎也随着她的身影，一同不见了。

"时间到了。"

钟妧走到陆锦行身旁，见他不置可否，不由得出声提醒道："昨天复查的时候医生也说过，您最近腿恢复得很好，所以更是切忌操之过急。"

陆锦行笑得有些无奈，但到底不再继续，任她扶着坐到了一旁的轮椅上。

钟妧拿着毛巾动作轻柔地帮他擦拭着额头和颈间的汗水，等他有些急促的呼吸渐渐平稳之后，把提前凉好的温水递了过去。陆锦行接过水杯轻轻抿了一口，又重新交回到钟妧手中。

陆锦行疲惫地闭上眼，钟妧看着他轻颤的眼睫，即使明知他现在最需要的就是好好休息，可他密集的工作行程却让她不得不出声打破室内的沉静，建议他说："要先回房冲个澡吗？林助理之前来过电话，高总、齐总他们大概还有半个小时就到了。”

陆锦行睁开眼，先前尚显慵懒的神态已经消失无踪：“嗯，叫护工上来吧。”

钟妩等陆锦行回房后，去书房把需要用的资料核对了一遍，整理好拿到了楼下会议室，又重新检查了一遍投影仪等设备，然后估算着陆锦行洗澡的时间，准时出现在了他的起居室门前。

陆锦行坐在镜子前，钟妩拿了吹风机过来，站在他身后，随着吹风机的运转，她白皙的手指穿过他乌黑柔软的发丝，动作轻缓。此时陆锦行换了身米白色的家居服，半干的几缕头发有些凌乱地贴在前额，平日里的距离感此刻几乎消弭，使得他整个人看起来竟有了些温柔无害的味道。

对于这种强烈的反差，钟妩亦觉得不可思议，所以等陆锦行的头发终于吹干的时候，她也暗暗松了口气。

看了看时间，高管们应该已经到了。钟妩动作利落地收拾了东西，正要推陆锦行出门的时候，先前放在桌上的手机突然响了。她看到手机屏幕上妈妈发过来的微信视频邀请，略一迟疑，陆锦行已经看了过来：“不接吗？”

钟妩并非不挣扎，但想到马上要开始的会议，职业道德终是驱使着她有些艰难地从手机上移开了视线。

对于她的这种“轴”，陆锦行不由得笑叹道：“不过是几分钟的事情，还是别让长辈担心为好——等你忙完了，那边已经深夜了。”

“……谢谢陆先生。”钟妩感激地朝陆锦行点了点头。彼时手机已经响了很久，她匆匆拿起手机，一面接通一面朝门外走去：“妈，我刚才有点儿事，等急了吧？”

“没有，我倒是还担心会不会打扰你上课。”

穿了身真丝睡衣的岳清怡半躺在床头，似乎已经准备睡觉了，钟妩看到旁边有人帮她把被子往上拉了拉，盖严了些。她看起来气色不错，显然被照顾得极好。看着虽然经历了人生的大起大落但面容依旧慈祥温和的妈妈，钟妩停下脚步，胸腔间仿佛有热潮涌动着，语调里带着小心翼翼的温柔："怎么会？您在美国玩儿得还好吗？"

"好，这边的空气……"岳清怡的话刚说到一半就停在了那里，她眼尖地发现了屏幕里，女儿身后不远处一个陌生的身影，顿时惊讶地问道，"阿妩，你那边几点？这么早就有朋友在吗？"

钟妩手一抖，手机险些掉到地上，她迅速地稳住心神，不假思索地笑道："九点多，已经不早了，和朋友有点儿事商量。"

岳清怡不疑有他，先前明显的错愕淡去，笑意温柔地打趣："你的朋友我基本上都见过，今天你和谁在一起，怎么不过来打个招呼？"

钟妩几乎能感觉到身后陆锦行的视线，她不敢回头，也无法在妈妈难得情绪清明时，简单粗暴地敷衍了事直接离去。她内心暗骂自己蠢笨，却也不得不努力维持着面上的笑意，撒娇似的嗔道："妈，我们还有好多事要忙呢……"

"伯母您好，"就在钟妩既为难，又窘迫的时候，陆锦行的轮椅驶近她身旁，抬手扶住她的手臂，轻轻将手机转了个方向，抬头对着摄像头露出一个礼貌温和的笑容，"我是阿妩新认识的朋友，陆锦行。"

【2】要多少钱？我可以让锦航哥打给你

镜头前的陆锦行像是一个再平常不过的晚辈，可钟妩已经日益了解他的性情喜好，知道这种礼貌的应对不过是出于他良好的教养，于是眼下这种令人尴尬的场面每持续一秒，她便多一分的手足无措。

而屏幕那头的岳清怡对女儿的心理活动一无所知，笑容可掬地和陆锦行打着招呼，她惊异于眼前青年极为清俊的相貌，随后又想起什么似的，目光有片刻的茫然，之后才笑道：“我怎么瞧着像是见过……以前阿妩是不是带你回家做过客？”

“妈，你认错人了，”钟妩苦笑道，“他是锦航哥的弟弟。”

岳清怡似乎认真回忆过后，才想起女儿提起的锦航是谁，随即有些歉然地看向陆锦行，笑叹一声：“你别介意，我现在年纪大了，记忆力越来越差。”

陆锦行面上带着轻浅的笑意，道：“不会，我也觉得伯母面善得很。”

岳清怡深以为然，过了一会儿，又看向钟妩：“你脸色看起来不好，是不是没休息好？你爸爸也真是的，明明你马上就要高考了，还非要拉着我出来度假。过会儿我和他商量一下，还是尽快回去的好。”

钟妩的呼吸突然变得有些艰难，她几乎需要用尽全力，才能稳住表情，不让自己露出半分异样，轻声哄道：“今天已经晚了，你现在要做的就是什么都不要想，闭上眼睛好好睡一觉，回头再商量这件事，好不好？”

“好好好，都听你的。”岳清怡答应着，但随后又有些疑惑地皱眉，“不过你爸这是去哪儿了，怎么大半天了还不回来？”

钟妩甚至来不及说什么，岳清怡面上的笑意已经完全被茫然取代：“你爸爸他人呢？”

几乎顷刻之间，那些被遗忘在记忆深处的惊惧和痛苦便汹涌而来，她慌张地起身，一面张望一面叫道：“明康？你去哪儿了？明康！”

“妈——”钟妩握着手机的手一直在颤抖，可即使岳清怡在她面前发病时，她尚且别无他法，更何况如今已经远隔重洋，她甚至一个拥抱都无法给予她。

屏幕那头的声音亦多了其他种种，中英文混杂，片刻之后，视频突然中断，钟妩所有试图安抚母亲情绪的话，就这么被暗下去的手机屏幕堵在了口中。她有些徒劳地动了动唇，却发现自己似乎没办法发出任何声音。

她颓然地蹲下身子，有些艰难地呼吸着，随后又想起什么，也不管旁边的陆锦行到底有没有在看她，像欲盖弥彰一样低着头朝他摆了摆手：“我没事，又不是没见过……真的没事，过一会儿就好了。”

没有人说话，回答她的只有满室的沉寂和一块递到她面前的素色手帕。

钟妩看着面前的手帕，不知过了多久，慢慢抬起头，朝着手帕递过来的方向看去。下一秒，拿着手帕的手缓缓地抬起，轻轻擦掉了她眼角的泪痕。随着对方的轻柔动作，钟妩却只觉得视线里那个苍白俊美的男人，面目越来越模糊。

她抓紧他膝上的薄毯，就像是惊涛之中抓住了一根浮木，由于太过用力，指节有些泛白。她看着他，声音哽咽：“陆锦行，人活着……为什么这么难？”

陆锦行的手一顿，看着她模糊的泪眼，面上的波动转瞬即逝，许久之后，终是几不可闻地轻叹：“生而艰难，从来都没有例外。”

可即使被人厌弃憎恶，被艰难困苦折辱践踏，他终究还是要活着——为了自己如今苟延残喘的生命，也为了那些已经付出生命代价的人。

最初微小的波澜之后，日子终是开始缓慢而又平静地前行。当院子里广玉兰的香气渐渐弥散在空气中的时候，夏天便也悄无声息地来了。

陆锦行的伤一天天好起来，医生和复健师为他重新调整了方案，他开始能用拐杖代替轮椅慢慢行走，离开轮椅的时间也越来越长了。

而这些日子里，钟妩却经常回忆起那天早上，她在陆锦行面前痛哭的情景——如今的生活同最艰难的时候相比，早已是柳暗花明，可她短短数日内哭的次数比过去一年加起来还要多。她反省了自身的过错，下定决心将所有脆弱无用的念头抛诸脑后。于是接下来她果然越发谨小慎微，对自己的工作也尽职尽责，只是每次面对陆锦行的时候，心中却总是有些挥之不去的尴尬。

“看来在陆少爷身边的日子过得果然舒心，你现在气色越来越好了。”任茜接到钟妩之后，直到等红灯的间隙，才有时间偏过头细细打量她一番，最后笑着总结，“嗯……越来越漂亮了。”

“开什么玩笑。”钟妩面对着她的调侃颇为无奈。

“夸你可不是为了听你胡乱谦虚的。”任茜故意白她一眼，见她笑了，便不由得也笑起来。

钟妩一直努力坚强地生活，可过重的生存压力和精神负担让她连笑容里都透着疲惫和压抑，明明生了副好相貌，却过于沉默冷硬，如同蒙尘的珍珠，黯然失色。

而如今的她对自己的变化一无所觉，任茜却发现，她眼中曾经那些经久不散的阴霾已经淡去了大半，嘴角稍显冷硬的弧度此时也变得柔和了许多。这样的钟妩和她记忆深处那个张扬明媚的小公主完全不同，整个人都散发着一种压抑许久之后终于渐渐璀璨绽放的光彩。

于是任茜再次想到陆锦行的时候，就带了几分发自内心的感慨——有钱人多得很，但并不是每个人都如陆锦行一般好心。他在得知钟妩的境遇后，会主动提供帮助；在钟妩和陆氏签下长约之后，以送钟妩的母亲出国接受治疗作为相应福利，即使钟妩只是一个普通的小助理。

“你能遇到陆锦行这种悲天悯人的老板真是幸运，人都说否极泰来，果然是没错的。”绿灯亮起，任茜发动车子，唏嘘地叹道。

钟妩到底是有些愧疚的：能送母亲去美国治疗，即使是最好的朋友，她也因着保密协议无法对任茜说出事实，只得安慰自己这一切算是“善意的谎言”。但她此时听到任茜的话，把“悲天悯人”四个字联系到陆锦行身上，总觉得有一种微妙的违和感。

任茜见钟妩不说话，正要再说些什么，一辆白色跑车突然从前面的拐角处冲出来，任茜大惊失色，手忙脚乱地调转方向盘，电光石火之间，她红色的大众几乎紧擦着对方的车尾而过，好在没有酿成大祸。随后她顾不得庆幸，慌忙踩了刹车，把车停了下来。

旁边的钟妩亦受了不小的惊吓，靠坐在座位上缓了口气。惊魂初定的任茜面上已经有了怒色，一把扯掉安全带下车，走到那辆同样紧急刹车之后停在路边的保时捷前，用力拍了拍驾驶室的车窗，看着里面正在打电话的女人：“怎么开车的你！下来！”

钟妩也随后下了车，拉住怒气冲冲的任茜：“你先消消气，好好说话。”

任茜还要再拍，保时捷车主已经打开车门走了出来，随手摘下墨镜，钟妩迎上对方明显带了愠色的目光，有些错愕地蹙眉：“周小姐？”

初夏的阳光尚算不上毒辣，却似乎格外刺眼，周初晓微眯着眼，不耐烦地抬手看了看腕表上的时间，随后视线扫过一旁的任茜，最终定格在钟妩身上：“要多少钱？我可以让锦航哥打给你。”

原本就被周初晓高傲的神情激得满腔怒火的任茜听到这句话，倏然回头看向钟妩：“她说谁？”

钟妩拉着任茜的手微微用力，看向周初晓的目光不卑不亢：“谢谢周小姐的好意，但我觉得还是通知保险公司定损比较好。”

周初晓意味不明地笑了一声，居高临下地说：“钟助理为什么会觉得，我会浪费时间在你这种人身上呢？”

钟妩自认已经足够忍耐，但毕竟不是无悲无喜的木头人，到底还是心生薄怒——即使自第一次见面起，她就不明白周初晓的敌意所为何来。

而她还没来得及开口应对，任茜就已经冷笑起来，她扯开钟妩有些僵硬的手，睨着面前的周初晓，毫不掩饰声音里刻意的讥讽："脑残偶像剧看多了吧你？有本事你用钱砸死我啊！"

即使从未把任茜放在眼里，周初晓的脸色仍是因为她的话有些难看起来。两人正僵持间，短促的鸣笛声传过来，周初晓随后朝声源处看去，一辆熟悉的劳斯莱斯停在对面，身穿黑色手工西装的陆锦航随后下车，朝几个人走来。

"锦航哥你可来了。"周初晓笑靥如花地迎过去，挽着他的手臂撒娇似的抱怨道，"我从来没处理过这种事，头都大了，幸好打电话的时候你就在附近。"

陆锦航任她挽着，两人走到钟妩和任茜面前，陆锦航看着钟妩被阳光晒得微红的脸，声音陌生而冰冷，听不出任何情绪："要多少钱？"

【3】我的确底气十足，所以下一次我不会再忍了

从陆锦航出现的那一刻起，钟妩就在心里不断地告诉自己说，无论接下来事情会朝着怎样的方向发展，其实都没什么可意外的——即使在当年，她和陆锦航亦不曾有过多么和谐美好的时光，既然不意外，也就不需要伤心难过。可是无论怎样的自我安慰，在听到陆锦航冷冰冰的那几个字之后，她的呼吸仍是有一瞬间的停滞。

"陆先生可能误会了，刚刚我们已经和周小姐说过，直接通知保险公司定损就好。"钟妩惨白着脸抬头看向他，态度同样冷硬，"毕竟我们的时间也很宝贵，并不想做无谓的纠缠。"

"你……"周初晓本就对钟妩心生厌恶，更是不能容忍别人对

陆锦航有一丝轻慢，此刻她见着钟妩的态度，怒意陡生。不过下一秒，陆锦航轻轻拍了拍她的手臂："我来处理。"

周初晓感觉到了维护，十分轻易地被安抚成功，整个人的心情都似乎在这一瞬间明朗起来。

而陆锦航的神情丝毫不因钟妩先前的话有任何波动："既然不想纠缠，那直接把钱收下就好。我会通知助理马上把钱打到你们的账户上。"

闻言，周初晓对钟妩的厌恶都连带着淡去许多，认真地笑着附和道："放心吧，一定会比保险公司赔偿的数目更多，不会让你们吃亏的。多出来的部分就算是你的员工福利了，毕竟你拿的也是陆家的薪水。"

声音甜美轻快，却带着说不出的讽刺。

钟妩动了动唇，还没来得及开口，周初晓便已经扯了扯陆锦航的衣袖，抱怨似的低声嘟囔道："耽误这么久了，还要去给爷爷和陆伯伯买礼物呢。你回去可得好好和锦行哥说说，这种得理不饶人的员工，还是赶紧打发了的好。"

钟妩突然就有些想笑。她把鬓边的碎发别到耳后，朝陆锦航扯出一个公事公办的礼貌笑容："修理费用账单我会发给陆先生，您只需要按上面的金额赔偿就好。还有——"她看向一旁的周初晓："我的老板是陆锦行，不是整个陆家，员工福利就不劳周小姐费心了。"

"钟助理有所依仗，难怪底气十足。"陆锦航笑意微冷，"大概也多亏有阿行维护，才让钟助理能如此轻易地不把陆家放在眼里。"

钟妩对他的嘲讽恍若未闻，没有辩驳，亦没有回避，只是神色平静地站在原地，身姿笔挺。在她的沉默中，陆锦航收回视线，看了看拉着自己手臂的周初晓，声音清冷："走吧。"

两人比肩而立的身影看起来极为般配，钟妩发现自己已经能处之泰然，情绪不再有丝毫的波动。

“陆锦航，我真是不明白了！”一直在旁边没出声的任茜突然骂了句脏话，陆锦航脚步停下来，回过身面无表情地看向任茜。任茜用带了打量意味的目光把他从头看到脚，毫不掩饰其中浓厚的嘲讽：“我以前一直以为，就算是条野狗，也总能有喂熟了的一天，看来我还是太天真了。”

“你说什么？你再说一遍！”周初晓气得浑身发抖，上前几步抬手就朝任茜打去，却被陆锦航抓住手臂拦在了身后。同时，钟妩也拉了一把任茜，阻止她想要继续开口的念头：“别说了，茜茜。”

任茜甩开她，抬手指了指周初晓：“你——让我再说一遍是不是？你听好了，我说你身边的这个男人连狗都不如，听懂了吗？还要不要我再说一遍！”

“你闭嘴！”周初晓突如其来的怒火顷刻间便焚尽了所有的理智，她不知道哪里来的力气，不顾陆锦航的阻拦猛地扯住任茜开始动手厮打，“锦航哥，你放开我！”

眼看着任茜不仅不退反而有要还手的意图，钟妩连忙一面挡开周初晓，一面用力把任茜往自己身后扯，混乱中，周初晓抬手一个巴掌狠狠地朝她脸上打去。

“啪”的一声，钟妩被打得偏过头去，脸上瞬间便红了一片。在场几个人都有明显的愣怔，周初晓从最初的震惊中回过神来，犹不肯罢休，还要再上前，陆锦航已经紧紧钳住她了的手臂：“够了！”

“阿妩！”任茜看清她面上清晰的指痕，恨不得当即就要替她打回来。钟妩死死地按住她，看向陆锦航和周初晓的时候，面上没有任何表情。

可她安安静静地站在那里，陆锦航就已经觉得周遭的空气开始沉闷得让人窒息。他想伸手去拉钟妩，可下一秒，就已经被任茜狠狠地推了一把：“陈锦航，你以为你是谁？高高在上的陆家大少爷？可你别忘了，当年你不过就是个连几万块医药费都付不起的私生子！

如果不是阿妩，你妈早就死在医院里了！她为你做的何止这一件事！总是又要帮你，又要顾着你可笑的自尊心，不敢告诉你，换来的就是你现在的这些‘回报’吗？！”

“你说什么？”

陆锦航浑身一震，他看向钟妩，目光里满是不容忽略的震惊。

任茜目光冷厉如刃，不顾他颓然灰败的脸色，红着眼睛冷冷地笑，还要再说什么，钟妩先一步打断了她，看向陆锦航的时候，眼里仿佛有风雪弥漫：“你说得对，我的确底气十足，所以下一次我不会再忍了。”

她说完之后，用力拉着任茜朝车那边走去：“走了！”

陆锦航有太多的话想要问清楚，可时间已经久远到那些往事他都不知该从何问起。他想要拦住她，可茫然地上前几步之后，伸出的手却僵硬无比。

周初晓亦反应过来，拉着陆锦航的手不肯放开，似乎试图将他从有些失神的状态中唤醒：“锦航哥！”

“对不起。”陆锦航和周初晓的身影消失在后视镜中后，任茜一面开车，一面不时地偷觑一眼捂着脸颊兀自沉默的钟妩，为自己刚刚的冲动道歉，“是我太冲动了。”

钟妩几不可见地摇头，神色平静得出奇：“不怪你。”她又想到什么，看向认真开车的任茜：“你是什么时候知道的？”

任茜自然知道她在问什么，扯出一个有些复杂的笑容：“从他在商界崭露头角时起，我从财经杂志上看到他的照片和‘陆锦航’这个名字，就猜到了。也只有你这种人，每天忙到没时间把注意力放在不相干的事情上，才会一直不知道。”

钟妩自嘲地笑了笑。

“就算今天这一切没有发生，我也一点儿都不后悔瞒着你这件事。”任茜直截了当，神情坦然，“即使你可能会怪我。”

“为什么怪你？我知道你是为了我好。”钟妩朝她笑了笑，随后靠在座位上，轻轻闭上眼睛，“再说，他本来就已经是不相干的人了。”

停车为斑马线上的行人让路时，任茜侧过头，看着钟妩平静的神情，并没有发现强撑着嘴硬的迹象，心里也终于松了口气，可是目光落到她脸上红肿的指痕上时，不由得一阵唏嘘：“还疼吗？再过两个路口有药店，我去买个冰袋帮你敷一下。”

“好。”钟妩听出她言语间的疼惜，睁开眼睛看着她，轻声安抚道，“我真的没事，别担心。”

任茜叹了口气：“你啊……我确实是被气昏头了，可我话既然说了，就没想收回来。但那个女人凭什么对你动手？刚刚真应该打回去！”看着她气愤的模样，钟妩抬手轻轻碰了碰刺痛感明显的脸颊：“可以打回去，因为即使她闹起来，有陆锦行在，也不会有事。可是最近……”她想到陆锦行，几不可见地轻叹一声：“我最近不想给他找麻烦。”

陆锦航最近刚谈成一笔大生意，风头正盛，向来吝惜夸奖的陆显文都对他赞叹不已，而陆锦行……他的伤已经大好，可右腿并未随着其他伤处一同痊愈。最近一次的检查，即使顶尖的骨科专家也表示，最好的结果也不过是行动脱离拐杖，想要如常人般看不出痕迹已是全无可能。

幸好陆锦行似乎对许多事都并不在意，甚至包括自己的身体。他看到结果后的神情依旧淡漠，与平时没有任何两样。可他的反应越是平静，钟妩反而越觉得心口发闷。

她能为他做的不多，如今也只不过是尽力不给他惹麻烦罢了。

钟妩进门的时候，外面的天色已经暗了下来，陈嫂迎上来笑道：

“钟小姐回来了？刚刚我还问先生要不要留一点儿鳕鱼羹等你回来吃，先生还说你今天放假，大概会吃过晚饭才回来。”

“谢谢陈嫂。”钟妩笑了笑，但在走近的同时，已经先一步低下了头，状似无意地抬手捋了捋颊边的头发，“陆先生吃过了吗？”

“现在还在餐厅。”

钟妩点点头：“我先回房洗个澡，晚一点儿再下来喝。”

陈嫂应了一声，目送她离开后，也就转身去了餐厅。彼时陆锦行正拄了拐杖起身，陈嫂连忙上前帮他把身后的椅子挪开了些，然后一边收拾桌上的餐盘，一边说道：“先生，钟小姐刚刚回来了，但是感觉好像哪里不对，怪怪的。”

经过长时间的调养，陆锦行已经不再如过去一般苍白消瘦，看起来越发精致清俊。他听了陈嫂的话，微扬着嘴角轻轻笑了笑，面若桃花：“怎么了？”

“我瞧着……”陈嫂想起了刚刚钟妩低头那一瞬间她眼尖瞥见的情形，“好像是被人打了。”

【4】我为你着想也是错吗？

钟妩把头发高高绾起，站在洗手池前稍稍偏过头去看镜子里自己的左半张脸。之前拿冰袋敷了半天，现在已经消了肿，但显然周初晓当时是处于盛怒状态的，所以巴掌印仍是清晰地留在了上面，不知道多久才能消。

钟妩用指尖在上面轻轻碰了一下，当即便倒吸了一口凉气。她低头看了看桌上的药膏，刚拿起了一支棉签，突然如同醍醐灌顶一般想到过会儿还要帮陆锦行敷药，脸色几不可见地变了变。如果不是她运气足够好，进门的时候没有遇到陆锦行，那她先前所有不想给他添麻烦的打算，就全泡汤了。

钟妩一方面暗恼自己的愚蠢，另一方面也不得不为自己刚刚的“幸运”松了口气。她扔下棉签，找了支色号和素颜时的肤色最相近的遮瑕膏，对着镜子仔仔细细地涂抹起来。而此时敲门声传来。她一面加快了手上的动作，一面抬高声音回道：“稍等一下！”

镜子里，脸上的印痕被完全遮盖，几乎看不出任何痕迹，钟妩犹不放心，把绾起的头发解开，对着镜子抓了两下，尽量让散开的头发看似自然地挡住一部分脸颊，这才松了口气，洗完手径直走出了洗手间，打开了房门。

“钟小姐，”陈嫂端着托盘进来，笑容爽利，“先生说今天不急着敷药，让我先趁热送上来，免得放凉了影响口感。”

钟妩连忙道谢，接过来放到了一旁的茶几上，也并没有回避陈嫂看过来的目光：“麻烦您了，陈嫂。”

面对她的坦然，陈嫂猜到什么，却知趣地并不多问，面上也没有露出丝毫异样：“钟小姐哪里的话，我先出去了，你慢慢吃，吃完了我再上来收拾。”

陈嫂一直觉得钟妩是她见过的年轻人里少有的“异类”。她不合群，甚至也不怎么识趣，有时一句话就能把人噎个半死，但同时她也踏实勤勉，待人接物从来是一副老老实实的礼貌样子，不因为年轻貌美自傲，也不因陆锦行器重自得。于是相处时间久了，陈嫂倒有些喜欢她了。

钟妩其实全无胃口，但送走陈嫂之后，她坐在茶几前看着一碗热气腾腾的鳕鱼羹和满满一托盘的食物，又下意识地抬手摸了摸脸，即使满目苦涩，却还是努力地扯出了一个笑容。

她很快便把所有食物吃得干干净净，强烈的饱腹感让她很难再继续坐在原处，于是干脆起身收拾了碗筷，端了托盘开门准备下楼。彼时陆锦行刚刚从楼下上来，拄了根拐杖步调缓慢地走到房间门口，听到门响抬头看去，和正要出门的钟妩打了个照面。

“陆先生……”钟妩内心多少还有些近乎做贼心虚的忐忑，但面上仍是一如往常的爽利笑容，“谢谢您让陈嫂送鳕鱼羹。”

陆锦行不置可否，只是拄着拐杖一步步朝钟妩走过去。他看着钟妩，神情一如往常般平静，语气淡然：“不是要和朋友出去玩儿吗？怎么回来得这么早？”

他的目光幽幽暗暗，始终带着能摄人心魄的星芒。钟妩本就心虚，此刻尤甚，于是在对上他的视线之前，就已经不着痕迹地低下了头：“朋友有事，所以提前回来了。您先休息一下，我这就去楼下准备热敷的药包。”

“好。”陆锦行的声音自头顶传来，没有任何异样。钟妩这才暗暗松了口气，可下一秒，她就已经僵在了原地——陆锦行修长白皙的指尖抵住她的下巴，不容分说地把她的头抬了起来。钟妩全身的注意力都被下巴上冰冷的触感夺走，仅存的理智也在她躲闪之前对上陆锦行淡漠的双眸时，随着呼吸一同消失不见了。

陆锦行的拇指擦过她的脸颊，力道算不上重，但也和温柔相去甚远，以至于钟妩疼得倒吸了一口凉气，原本指痕处的刺痛感越发明显。她终于彻底回过神来，猛地别过脸去，挣开了他的手。

“合同条款之外，你拥有绝对的自由，不需要搞这种小把戏。还是说……你觉得我是多管闲事的雇主，所以才需要这么费尽心思地遮掩？”陆锦行看着指尖上擦下的粉痕，又看了看始终不肯直视他的钟妩，嘴角轻挑，“何必呢？钟妩。”

他行动仍有些不便，慢慢转过身，走到隔壁自己的房门前推门走了进去。

他有些艰难行走的身影犹在眼前，钟妩几乎立刻便想要跟进去解释，可她看着紧闭的房门，抬起的手僵了僵，片刻之后，便有些徒然地放了下来。

和陆锦行在外是雇佣关系，在家是合约夫妻，两种关系无论哪一种，都如同随时散场的露天电影，幕布上明白标注着“各不相干”四个大字。

各不相干，所以她不需要向他解释。

陆锦行的复健已经进入了最后的阶段，他现在每天运动量极大，陆显文为他请了业内最好的中医，配了方子制作药包，每天晚上热敷。而钟妩准备好药包回到楼上的时候，已经面色如常。她来到陆锦行房门前轻轻敲了敲，得到允许之后推门走了进去。

陆锦行躺在窗边的躺椅上闭目养神，即使他不睁眼也不说话，神情也永远疏离凉薄，可钟妩仍旧觉得，如今的陆锦行，和前几个月病恹恹的模样相比，是全然不同的鲜活生动。

钟妩蹲下身子，掀开他膝上的薄毯，然后动作小心地将他的裤脚慢慢卷起，直至膝盖处——就像是上好的玉瓷上出现的裂痕，那些伤疤在他白皙的皮肤上留下了明显斑驳的印记，即使她已经看了无数次，也依然觉得刺眼。

刚刚炒制好的中药即使裹在药袋中，也依然灼烫，钟妩拿起来之后小心仔细地敷在他的两膝处，与往常这时候两人平淡却不乏温馨的谈笑相比，整个过程陆锦行的神情始终沉静而冰冷。

钟妩在躺椅旁的地毯上坐下来，甩了甩被烫红的指尖，轻轻吹了吹。对于眼下近乎尴尬的沉默，她心口有些发闷：“……我可以解释的。”

“有件事你始终都错了。”陆锦行缓缓睁开眼，偏过头看她。在钟妩有些茫然的注视下，陆锦行喉间溢出的那声轻笑依旧温和，却几乎冷到了她的心里去，“你我在外是雇佣关系，在家是合约夫妻，两种关系无论哪一种，在你不侵犯我利益的前提下，你我都是各不相干的。所以，钟妩，你没有任何事情需要向我解释。”

他薄唇轻启，几句话说得再明白不过。指尖的烧灼感明明还在，钟妩却觉得周身都陷入到了极寒境地里，呼吸间都带了冰霜。

她以为自己在成为陆锦行的助理之后，在和他互相了解之后，就不会再面对初见时的难堪场面，可如今他轻描淡写的一句话，就仿佛一个巴掌再次打在了她脸上，让她顿时失去了所有依仗。

是啊，她似乎一直都错了。她凭什么自以为是地认为他需要自己的回护？又是谁给她的勇气，让她觉得自己是有资格回护他的？

她如今明白了，一种熟悉的羞耻感再次油然而生，似乎有汹涌的情绪要从眼底流出，她努力克制着，才没有让眼泪掉下来。

“怎么，觉得委屈？”

清越的声音自头顶传来，钟妩自愣怔中回过神来，有些机械地抬头，和陆锦行的视线相撞，对方平静无波的目光却驱使着她重又飞快地低下了头：“没有。”

陆锦行声音淡漠：“既然承认我说的是事实，那……你又在委屈什么？”

钟妩眼底倏然一热，放在身侧的手渐渐紧握成拳。

她知道自己在陆锦行面前从来都无所遁形，但即使深知这一点，也仍是努力抑制着颤抖，不肯抬头看他。她觉得自己的心似乎正渐渐朝着一个未知的深谷沉下去，仿佛波澜渐起之后，又重归沉寂的一潭死水。

“我没有。”

陆锦行低头看着钟妩，宛如云端的神祇俯瞰众生：“你这人遇事能忍则忍，轻易不肯得罪人，人际关系也向来简单，眼下唯一对你来说能算得上‘得罪’的，我似乎只能想到一个人。也只有这个人，才说得通你为什么会想要瞒我了。”

钟妩蓦地抬头，陆锦行却对她眼中的惊愕视而不见，只是径自继续说道：“接下来不如让我来猜一猜，你为什么要瞒着我？”

“周初晓和陆锦航年内是一定会订婚的，这件事陆家上上下下都已经知道了，而近来陆锦航风头无两，算得上是爷爷面前的大红人。若他的未婚妻一旦闹起来，爷爷即使会选择息事宁人，对我来说多多少少也算是有些麻烦的，更何况又是在我如今自顾不暇的时候。”陆锦行几不可闻地轻笑出声，“所以我的小助理善解人意地决定瞒下这件事，或者不止如此……只怕是她连被打的时候都没敢还手，对不对？”

他的笑容未及眼底，钟妩先前的委屈已经被一种莫名的焦躁所取代——陆锦行远比她想象的更加敏锐，可此时的结果明显不是她想要的：“我只是……”

“只是什么？不想给我添麻烦？”陆锦行面上的笑意越发浓厚，“当真是不胜感激。”

钟妩看着陆锦行的时候，仿佛看到了他眼中狼狈不堪的自己。她勉强克制，却仍是忍不住脱口而出：“为什么？我知道我不该瞒你，可这些也都是客观存在的事实，让周初晓这个时候闹起来对你又有什么好处？我为你着想也是错吗？”

“可你凭什么认为我需要这种忍辱负重的‘着想’？”陆锦行的笑容渐渐消失，眼角眉梢俱是疏离，“就因为你觉得我在陆家的地位受到了威胁，因为我无父母兄弟在侧相助，因为我备受倾轧自顾不暇？”

“我没有！”钟妩的眼泪猝不及防地滚落下来，她用手背抹了把眼睛，别开脸再不肯看他，却从没觉得哪一刻如此时一般委屈，“我从来都没有这么想过……”

大概是因为她的眼泪，两人前一刻的针锋相对最终戛然而止。空气近乎凝滞，降到冰点的沉默直到陈嫂敲门进来，才算勉强打破。

陈嫂端了香草茶进门，随即便察觉到了房内气氛的诡异。彼时钟妩已经擦掉了眼角的泪痕，但仍是欲盖弥彰般低着头一动不动，而陆锦行的面上一片冷然。陈嫂才意识到自己来得不巧，同时也不免觉得眼前的情景，于这两个人的身份而言有些匪夷所思，于是并不多做停留，放下香草茶之后便匆匆转身出了门。

陆锦行心头的薄怒已经渐渐淡去，他重新闭上眼睛，微蹙的眉心也一点儿一点儿地舒展开来："回去休息吧。"

钟妩站起身来，离开前又看了看他精致的面容，声音沉闷道："十五分钟后记得把药包拿下来。"说完之后，转身朝门外走去。

"钟妩——"在她的手覆上门把手的那一瞬间，身后陆锦行的声音突然传来。她停下了动作，却并没有回头，直到陆锦行平淡的、没有一丝波澜的声音再次响起："你是很优秀的私人助理，也是很好的合作伙伴。"

钟妩动了动唇，却发现自己无话可说，于是最终只是沉默着打开房门，然后快步走了出去。

她从没有哪一刻如此时般敏锐，几乎顷刻间便听懂了陆锦行没有说出口的潜台词——她是很优秀的私人助理，也是很好的合作伙伴，但……也仅此而已。

仅此而已了。

【5】我对他们没有躲避的必要

也许是睡前擦的药膏起了作用，第二天钟妩起床之后发现，脸上的指印已经淡了许多，只剩下了浅淡的痕迹。她心里松了口气，不过仍是仔仔细细地用遮瑕膏遮了，顺带着在眼底明显的暗影上涂了涂，照着镜子看不出任何问题之后，才起身出了门。

"早。"陆锦行见钟妩走进餐厅，微微笑着和她打招呼，"睡得还好吗？"

和往常并没有什么两样，似乎昨天语带讥讽的人不是他，面色薄怒的人不是他，态度拒人于千里之外的人也不是他，通通都不是他。

大概由于他的神情太过自然，以至于钟妩心中原本的那一丝尴尬也被压了下去，她朝他点了点头，比往常更为恭谨："陆先生早。"

钟妩姿态端正地在陆锦行对面坐下来，将早餐端进来的陈嫂小心翼翼地揣度着两人的神色，见似乎一如往常，便也稍稍松了口气，笑着问钟妩："钟小姐喝咖啡还是牛奶？"

"咖啡吧——如果方便的话。"钟妩朝她露出一个笑容。

得到肯定的回答之后，钟妩回过头，看向刚刚放下黄油刀的陆锦行："陆先生，林助理把关于恒生集团的并购案合同拟好了，我已经打出来放在了您的书房里。另外高总对最新的对赌协议有异议，他希望您如果有时间的话过来找您面谈。"

陆锦行丝毫不介意她在餐桌前谈工作，不假思索地做出了回答："你吃完早饭把合同里值得商榷的条款标注出来，至于高维那边，让他有什么异议先去找齐文超聊。如果他们无法达成一致，再来找我。"说完之后，他顿了顿，看向钟妩的目光晦暗不明，"今晚大哥带周初晓回家吃晚饭，如果你不想见他们，可以留在这边。"

钟妩面容丝毫未变："谢谢陆先生，不过不必麻烦了，我对他们没有躲避的必要，更何况照顾您是我的职责。"

争执似乎不曾存在，可就连同过去的熟稔也一并消失了，只剩初见时的公事公办和一板一眼。

陆锦行见她神情坦然，便亦不再多说什么。钟妩亦沉默下来，彼时恰逢陈嫂端了咖啡进来，她道了谢，拿汤匙轻轻搅拌片刻，轻轻啜饮一口，苦涩的味道顿时充盈着味蕾，让钟妩顿时皱了眉头。

周初晓的拜访纯属家宴，所以除了钟妩，就只有陆家人在。她跟在陆锦行身边走进主屋大厅的时候，便看见陆祈一个人坐在客厅的沙发里，膝头随意地摊放着一本财经杂志，面上有显而易见的疲惫。陆祈见到两个人进来，他的目光落在陆锦行的拐杖上，随后不着痕迹地移开，合上杂志笑了笑，一副慈爱神色：“气色好多了。前几天朋友推荐了一个有名的德国医生，我已经让人去联系了，到时候请过来给你看看。”

“让叔叔费心了。”陆锦行在另一侧的沙发上坐下，神色自若，“不过身体发肤受之父母，我父母不在，那对我来说，拐杖还是轮椅，大概也是没有什么区别的。”

陆祈笑了笑，语重心长地说：“毕竟你还有阿妩，哪怕是为了她，也该尽快好起来。”说着，他看向仍站在陆锦行身旁的钟妩：“阿妩也坐吧。”

陆锦行抬头看向钟妩，轻笑道：“坐吧，叔叔是自家人，不必这么拘谨。”钟妩对于陆祈颇为忌惮，朝他礼貌地笑了笑，不动声色地在陆锦行旁边坐了下来。陆祈把她的乖顺看在眼里，还要说些什么，放在一旁的手机突然响了，他看了看，一面接起来，一面起身朝不远处的休闲厅走去。

这时候，周初晓也已经挽着陆锦航的手臂自楼梯上走了下来，钟妩的视线虽没有过久地停留在他们身上，但也发现了周初晓显然是精心打扮过的。红白黑的撞色长裙上，精简的重工刺绣奢华而又并不高调，配合精致的妆容，衬得她甜美的笑容也更添了几分稳重典雅，和身旁冷峻的陆锦航越发般配起来。

陆锦航的身世来历在余城商界不算是什么秘密，她不但不介意，反而因此越发心疼。但她从未想过，那些她不敢提、不敢问的过去，会那么轻易地成为攻击他的武器。

清冷如陆锦航，昨日在街头望着钟妩离开的方向，许久之后都掩饰不住眼底的僵硬和失神。周初晓在越发憎恶钟妩的同时，亦不得不自嘲：女人的直觉果然永远精准得可怕，即使她明知自己高高在上，不断告诫自己钟妩这种人是不配被自己放在眼里的，可在她见到钟妩的第一刻起，就知道她们二人终究不能善处了。

周初晓上门之前，就知道此次陆家之行多半会见到钟妩。她知道只要有陆锦行在，自己是不能也不敢对钟妩怎样的，但即便是她已经做好了思想准备，也并没有想到钟妩会直接坐在陆锦行身旁。

周初晓挽着陆锦航手臂的手顿时就僵了僵，带着满腹疑问试探地看向陆锦航，却发现他的神色没有丝毫变化。周初晓的心情顿时更加复杂，她怕钟妩是陆锦航需要花费心思去掩饰情绪的存在，可与此同时，她也仍是因为陆锦航毫不在意的神情而暗觉愉悦，心头一直沉甸甸的巨石似乎被撬起了缝隙，有阳光一点儿一点儿地渗了进去。

于是周初晓努力平复着心情，偎在陆锦航身旁继续朝客厅里的两个人走去。

“锦行哥，”周初晓笑着和陆锦行打招呼，“我给你带了些咖啡豆，虽然说不上是什么稀罕物，但也是我去年去巴拿马玩儿的时候亲自采的，算是全世界独一无二的了，我连锦航哥都没舍得给呢。”

“哦？”陆锦行从善如流地笑起来，精致的桃花眼颇有兴味地看着她，“这么说来，我倒是很期待这全世界独一无二的咖啡了。”

周初晓随着陆锦航在他们对面坐下来，闻言笑起来：“可惜我煮咖啡的手艺实在不怎么样，不然倒是可以亲自煮给大家尝尝。”

【6】我要求你立刻、马上向锦航哥道歉

谦虚也好推托也罢，陆锦行对于周初晓的这番说辞丝毫不以为意。钟妩默不作声地坐在那里，察觉到周初晓扫过来的视线，疑心下一秒自己的名字就会被她提起，或奚落或侮辱，全凭她的心意决定。

“周小姐似乎一直对我的助理很感兴趣。”陆锦行看向周初晓，语气里一时听不出是疑问还是感慨。

周初晓对于陆锦行一直有些莫名的、几乎出自本能的畏惧，但是昨日的情景犹在眼前，她为陆锦航心疼，又为钟妩能在陆锦航心中占有一席之地而嫉恨不已，尤其此刻对方神色淡然，几重情绪不断冲击，她心内也就越发难以平静。

“我就是一直在想，到底怎么才能请得动钟助理，让她和我一起去厨房教教我煮咖啡的技巧呢？”周初晓对着陆锦行做双手合十状，笑得异常甜美娇俏，“钟助理一看就是心灵手巧的人，锦行哥你就发句话，让我偷偷师嘛。”

陆锦行闻言轻笑出声，他看了看钟妩，见她神情未变，于是潋滟的目光又重新落回到了周初晓身上：“你的偷师对象不是我，我自然不能越俎代庖地替她答应。”

这个回答并不让周初晓意外，她转了视线，十分自然地笑着问钟妩：“钟助理介不介意我偷个师？”

即使钟妩脸上的巴掌印还没彻底消失，但大部分时间里，钟妩的思绪都已经停留在了昨天和陆锦行那几乎算不得争吵的“争吵”中。也因为已经见识过周初晓两次的变脸，所以对方此刻的任何姿态，她都已经能面无表情地看在眼里。不过在周初晓抛出这个问题之后，她仍是下意识地看向了身旁的陆锦行。

与陆锦航永远冷冰冰的沉默寡言相比，只要陆锦行愿意，他似乎永远能令人如沐春风，比如此刻，他察觉到钟妩的视线之后，很快便回以了同样的关注，笑意温和儒雅，仿佛昨晚的一切不过是她的错觉。

“钟助理？”

在钟妩短暂的沉默中，周初晓再次出声，一副颇为期待的模样。钟妩回过神来看她，扯出的礼貌笑容因为明显有失真诚，而显得比往常更加冷硬："对不起，周小姐，我不会煮咖啡。"

周初晓一愣，像是听到了什么好笑的事情，随即咯咯笑起来："钟助理开什么玩笑，我可是听说，锦行哥身边的人不说个个三头六臂，也算是样样精通了，你怎么可能连杯咖啡都不会煮？"她看向陆锦行，"锦行哥，你心太软，这样时间久了，下面的人可就忘了自己的本分了。"

"确实是我能力不足，让周小姐见笑了。"钟妧顿了顿，神情不变，"不过周小姐这种大家闺秀，想来琴棋书画插花烹饪应该是样样精通的，自然也不需要向一个小助理偷师。"

"你——"周初晓脸色大变，还未及发作，一直沉默的陆锦航就已经拉住了她："好了。"

往常陆锦航的话之于周初晓，无异佛语纶音一般，可此时在她看来，他虽有希望在家人面前息事宁人的厌倦，更多的却只怕是为了钟妧，想到这里，她的脸色越发难看起来。

周初晓心中几乎有一种五内俱焚的灼痛感，她试图发泄自己的怒火。

可与此同时，接完电话的陆祈已经回到了客厅，他不甚在意地看着厅内神色各异的四个年轻人，笑道："晚饭已经准备好了，阿航，你和初晓去请爷爷下来吃饭。"

周初晓在陆祈到来的那一刻起，就已经努力敛起了所有的情绪，她站起身来，乖顺地答应着："好的，陆伯伯。"可话音刚落，转过身的那一瞬间，她看向钟妧的视线里，仍是带着几乎无法压抑的愤怒。

钟妧有所觉察，却连一丝反应都欠奉——昨天街头的冲突过后，她已经决定了不再一味忍耐。

钟妧托住陆锦行的手臂缓缓用力，小心翼翼地扶他起身。两个人贴得近了，便显得无端亲密，他温热的呼吸轻轻拂过她耳畔，又像是掠过湖畔的微风，留下一丝痕迹之后，便消失无踪。

钟妩扶着陆锦行朝餐厅的方向走去，内心揣测着他的心思，一时以为他对自己的表现应该算是满意的，一时又觉得他心中仍留有昨晚对她自以为是的不悦。可饶是她胡思乱想许久，直到两人走进餐厅，陆锦行都并没有对刚刚的事做任何评价，甚至连一句话都不曾说过。

因近来陆氏集团的斐然成绩，坐在主位的陆显文气色越发红润起来，与平日里的不苟言笑相比，此时的神情亦分明柔和了许多。陆家人丁不旺，但个个都是外界人人皆羡的人中龙凤，陆显文看着座下的儿孙，不禁心有戚戚焉。

视线掠过钟妩沉闷的脸，陆显文几不可见地皱眉，随后见她对面的周初晓一副机灵懂事的乖巧模样，对钟妩的不喜也就越发明显了起来。

“你爷爷的身体还好吗？”

周初晓并不明白，为什么钟妩能以一个小助理的身份，与自己分坐餐桌两旁。她内心暗暗告诫自己，长辈在侧不得不谨言慎行，此时听到陆显文的问话，连忙笑着答道：“一直硬朗得很，他老人家前一阵儿还念叨着，一直想约您一起爬山，可又怕您太忙了，打扰您的工作。”

“哪里就忙到这种地步了。”陆显文想到曾经年轻时亦敌亦友，最后又被自己甩在了身后的伙伴，不由得笑道，“你回去和他说，等过几天忙完了，我约他一起去爬山。”

“好，”周初晓言笑晏晏地答应着，“我爷爷还不知道会有多开心呢！”

主屋的主厨手艺极好，饭菜从来都是色香味俱佳，但有之前少数的几次经验，钟妩也从来都无法在这里体会到用餐的乐趣。她想到自己刚刚对于周初晓的所谓“反击”，陆锦行的全无反应不知究竟是满意还是不满意，想得多了，就难免有些心不在焉，切牛排的动作也渐渐慢了下来。

周初晓对于陆锦行一直以来的沉默，心里多少都是有些自得的——陆家的将来会掌握在谁手里，如今尚未盖棺论定，即使他深不可测，也终究有人掣肘。更何况她如今为的只是要把钟妩踩在脚下，只要尽量不落陆锦行的面子，看在陆祈、陆锦航的分儿上，他也并不能把自己怎么样。

“钟助理，你朋友的车修好了吗？昨天你们气冲冲地就走了，到最后也没把账号留下。”周初晓慢条斯理地把牛排切成小块，偏过头看钟妩，语气里的遗憾不言而喻，而后满意地发现陆显文和陆祈的动作，都因她这句话有了片刻的停顿。

陆祈放下手中的酒杯，颇感兴趣地笑着问道：“哦？这又是怎么回事？”

“没什么，一点小误会。”陆锦航放下刀叉，神情冷淡，下一句却是对周初晓说的，“这件事你不用担心，我来处理就好。”

委屈是做不得假的，周初晓再怎么不意外，也仍是越发酸楚，她强忍着愤愤不平的心情，压低声音嘟囔道：“车怎么样都是无所谓的事，我才不想理呢。可钟助理难道不应该向你道个歉吗？”

陆锦行用餐的姿态一如既往的优雅，他看来对今天的牛排还算满意，一双桃花眼的眼尾微挑，似乎带着些漫不经心的笑意。只是当他放下餐刀拿起酒杯时，从旁边伸过来的一只白皙纤细的手已经紧随其后将酒杯接过去，不容分说地挪远了些。

陆显文将两人之间旁若无人的互动看在眼里，眉头几不可见地轻皱了一下，然后才看向周初晓：“到底是怎么回事？”

陆锦航的神情已是彻底冷了下来。

周初晓原本要脱口而出的话，在意识到他明显的不悦之后，就这样被堵得无法继续，于是眼圈儿终是抑制不住地红了起来——和孤军作战相比，她的心疼如果只换来厌恶，才是让她最难接受的。

陆祈收回落在陆锦航身上若有所思的视线，眼底光芒流转，但面上依旧笑意如初。

在陆显文越发捉摸不透的神情里，周初晓如下了什么决定般，忍住即将掉落的泪水，直直地看向钟妩：“钟助理，昨天究竟发生了什么，你心知肚明，我要求你立刻、马上向锦航哥道歉！”

她的话音落下之后，一时间没有人说话，陆显文和陆祈的神情一时都有些讳莫如深。不知过了多久，餐厅内的沉默突然被一阵轻笑声打破了。

陆锦行慢条斯理地擦拭嘴角之后，放下餐巾：“现在相信我说的话了吗，爷爷？”他支撑着餐桌站起身来，接过紧随他站起身的钟妩递过来的拐杖，看向陆显文，笑道：“你们所看重的联姻，很大程度上选回来的，就是这种蠢货。”

【7】我想要什么只有我自己知道，不需要任何人的自以为是

“阿行！”

陆锦行轻描淡写的几句话说出口之后，就在周初晓几乎顷刻间陷入愤怒和茫然惶恐之中，不知该如何自处时，陆显文皱眉呵斥出声。在他眼中，盛达集团确实是不错的联姻对象，而周初晓愚蠢与否，根本就是无足轻重的事情，不过这并不妨碍他认为陆锦行刚刚的言辞十分不体面：“你的规矩都学到哪里去了？”

陆锦行笑意不变地看向陆锦航：“不过闲话几句，希望大哥不要放在心上。”说完之后却并不等陆锦航的回答，就已经转过了身，

不再看在场的任何一个人，包括钟妩："回去了。"

钟妩不敢怠慢，紧随其后走出了门。

与白日的燥热相比，江畔的夜晚显得格外清凉。夜风把林间的蝉鸣声吹过来，这片柔和灯光笼罩下的庭院反倒显得越发幽静起来。

陆锦行似乎并没有立即回去的意思，只是拄了拐杖，沿着走廊慢慢走着，钟妩也只有小心翼翼地跟在后面。经过昨晚的事，钟妩并不敢自作多情地认为陆锦行是在为自己出头。可这件事终究是因自己而起，即使她觉得周初晓再喜欢陆锦航，也实在没有必要对着自己发疯。

不知走了多久，直到陆锦行觉得右腿原本的伤处渐渐疼起来的时候，才停下脚步，却并没有回头："在你看来，你现在是应该为了给我添麻烦而道歉，还是需要为我刚刚帮了你而道谢？"

夜风中，陆锦行的声音淡漠如水，钟妩无法从中窥到一丝情绪，却知道如果只是简单地二选一，无论选哪一个，只怕都是讨不得好处的。可面对这个挑剔而又刁钻的问题，她实在不知道该如何回答。

或者说，她还不能完全、彻底地看清自己的心意。

与这一刻相比，早上的相安无事像是彼此心知肚明的粉饰太平。如果不是周初晓的再次纠缠，只怕是还要没有尽头地继续下去。钟妩不知道自己该抱怨还是该庆幸，一时间喉头有些发紧，在长久的沉默压抑过后，终是慢慢低下头去，声音有些干涩地说了句："您……别生气了。"

陆锦行缓缓转过身，居高临下地看着她，目光冷凝："我很讨厌同一件事不停地重复。可是在你看来，你真的明白坦诚意味着什么吗？"

钟妩竟有些抬不起头来。

"实际上，我其实不在意别人怎么看我、把我看成什么。可是钟妩，我讨厌有人瞒着我，去做些所谓为我好的事情。你们那些‘为我好’‘为我着想’，不过是为了自我满足，最后能感动的，也只有你们自己而已。”陆锦行不疾不徐的声音里，透着入骨的凉薄，“我想要什么只有我自己知道，不需要任何人的自以为是。”

钟妩把所有想法都死死压在心头，答应的声音极低：“我知道了。”

她骨子里从来都又轴又倔，每次即使嘴上应得痛快，面上也看似乖巧，可偏偏永远学不会低眉顺眼的姿态。陆锦行看她半晌，若有若无地轻叹一声，眼神中的冷意终是退去，语气也平缓下来：“回去吧。”

钟妩抬起头看他时，眸子里还闪着斑驳的水光：“腿疼不疼？您先在这里坐一会儿，我回去把轮椅推过来。”

陆锦行握了握手中的拐杖：“好。”

钟妩直到推了轮椅出来，还是一直有些恹恹的打不起精神。陆锦行的风格从来都是精准而直接的，虽然有时候一些话难以接受，但谁都无法否认他的正确。钟妩知道自己做得不够好，但她也莫名觉得，陆锦行刚刚那些话，似乎说的并不只是她而已。

怎样的过去能造就出如今的陆锦行，钟妩在长久的自我压抑之后，终于开始有了一件越来越好奇的事情。

她脑子里的想法杂乱无章，但因为担心陆锦行，所以脚步反倒越来越快。而在走廊的转角处，迎面走过来的身影却让她一愣。

钟妩推着轮椅，目不斜视地向前走去，陆锦航在她与自己擦身而过的瞬间，拉住她的手臂：“我们谈谈。”

“没有必要。”钟妩挣扎两下之后发现只是徒劳，便任他拉着，脸色却依旧冷冰冰的，没有任何温度，“如果还是修理费的事，你直接让你的助理把钱送过来就好。如果我不在，可以交给陈嫂或者其他菲佣，她们会转交给……”

“医药费的事，”陆锦航直接打断她，声音依旧冰冷，可其中又夹杂着许多无法言说的涩然意味，“还有任茜说的其他的事，你不觉得我需要一个解释吗？”

在主屋的时候钟妧刻意没有看他，她现在认真看了一下，才发现陆锦航没有休息好。他的面色十分疲惫，眼中红血丝明显，神情虽然冷峻，却又透着些不易察觉的黯然。她移开视线，心情越发低落起来：“任茜脾气不好，有些话希望你不要介意。至于其他的事，都已经过去了。”

“我记得当时我打工的快餐店老板说，他妈妈当年也是久病在床，所以他很理解我的心情，愿意暂时先把钱借给我。”陆锦航看着钟妧，因为回忆起了往事，声音变得有些邈远。钟妧亦想起当初那个走投无路的少年，笑意微苦：“那时候再不懂事，被你一直那么讨厌着，我也是多少都明白了些道理的。即使我爸妈当时没有出国旅行，你也不会选择向我们求助。”

那些当初她不明白的事，那些对于他态度的耿耿于怀，在后来她自云端跌落之后，在她几乎尝尽了酸甜苦辣之后，陆锦航的想法、态度和行为，就变得不那么难理解了。钟妧最初的冰冷退去，心里隐隐有些释然。

而对于曾经的自己，陆锦航自己都觉得有些可笑：“所以你把钱给了那个老板。”

钟妧有些唏嘘地看着陆锦航，为了当初敏感自卑的他，也为了那个天真执拗的自己：“不然你说，我还能怎么办呢？”

“你可以不管的。”陆锦航看着她，“你明明知道——”

“明明知道你讨厌我。”钟妧把他明显停顿的话接了下去，自嘲地笑了笑，“其实直到现在我依然认为，锦航哥，你应该没有那么讨厌我的。”

第一次见面之后就再不曾听过的称呼，此时从她口中说出，那么自然，自然到……仿佛两人相识至今，十数年的隔阂分离、冷漠疏远，从来不曾存在过。陆锦航突然有片刻的怔忡。

钟妩自他有些僵硬的手中抽回胳膊，那些原本低落的心情，那些自昨天开始，因周初晓而生的愤怒情绪，在夜色中短暂的交谈之后，她选择将这一切都抛诸脑后："如果你觉得欠我的，可以把那些钱一起还给我。我们之间也许做不成朋友，但我已经不想再和你剑拔弩张地相处了——锦航哥，小时候的事，让它们都过去吧。"

陆锦航觉得仍有些什么话堵在心口，可看着钟妩有些云淡风轻的目光，突然就不知该如何说下去。这似乎是他想要的答案，却又好像并不是他想要的结果。事实上，这种无力的感觉自昨天开始，就已经一点点地漫上了他的心头。

他察觉到钟妩看过来的眼神，却第一次发现不知该如何面对。那些从始至终的冰冷似乎根本就抵挡不了她眼中的光，陆锦航有些狼狈地避开她的视线，迈步向前走去。

钟妩低下头，那些压抑着的苦笑自嘴角一点一点蔓延开来。

即使已经不再喜欢陆锦航的心情越发明晰，可是想到过去，她终究无法做到说的那般轻松。

再怎么云淡风轻，人生终究没有删除键，那些已经存在于生命中的酸甜苦辣，如果真的能够如同书页一般被轻易翻过，世间大概也就没有那么多的痴男怨女了。

"但愿我没有打扰。"

突如其来的声音打破沉寂，钟妩猛地抬起头，才发现在自己兀自失神的过程里，陆锦行不知道什么时候已经来到了自己面前，此刻正看着自己，平静安然的神色里，有着在钟妩看来似乎已经久违了的安抚意味。

说不清因由，她突然就有些委屈。

陆锦行走到近前，看着她微红的眼尾，声音温和清雅，语带轻笑："我的小助理最近似乎越来越脆弱了。"

明明不过一句玩笑，钟妩的眼泪反而噼里啪啦地掉了下来。

陆锦行有些无奈地笑道："好了，好了。"

这两天钟妩觉得情绪一直处于极大的起伏之中，十几分钟前仍在训斥她的人，如今就在眼前，似乎不仅忘记了这件事，甚至连带着昨晚的怒意都一并忘记了。钟妩只觉得心力交瘁，眼泪掉得越发厉害，不知哪里来的勇气，上前不容分说地抱住他，将脸深深埋进了他的怀里。

陆锦行的身体有片刻的僵硬，他低头看着怀里无声掉泪的人，许久之后，抬手轻轻拂过几缕她被夜风吹乱了的发丝，眼角眉梢的轻浅笑意渐渐淡去，只剩了几分晦暗的痕迹。

"阿妩，你应该聪明点的。"

Lu Yuan Wu Ci Xing

第四章 不要喜欢我

【1】我听说她对陆总一见钟情？

灯光为两个人周身笼上了一层薄纱般的昏黄，远远看去，相偎的身影宁静而美好。

陆锦行拂过钟妩发间的动作依然温柔，钟妩却因着他先前的话自他怀中抬起头来，泪眼迷蒙地看着他。

夏夜的微风，柔和的灯光，以及远处的阵阵蝉鸣，周遭的一切都让眼前人精致的面容显得越发不真实起来。钟妩在这一瞬间里，似乎有些懂了自己刚刚那些蓦然爆发的委屈，可又比谁都清楚，眼下片刻的温暖是她这种人无法贪恋的。于是，她那颗上一秒还有些懵懂无措的心，此刻已经缓缓下沉，似乎要沉入到一个再无光亮的深渊里。

陆锦行微微低着头看她，不过寻常动作，在他却有几分纡尊降贵的味道，可他的神情依然平静："你应该比谁都明白，你至今难忘的，究竟是陆锦航这个人，还是那段无忧无虑的日子。"

钟妩呼吸一滞。

对……这明明是她迄今为止仍不愿去面对的事实。

陆锦航为她带来过甜蜜与苦涩，只不过是少年时光里的为赋新词强说愁。除此之外，和过去的陆锦航等同的，是她父慈母爱生活无忧的快乐时光。那才是她明知道早已经成为过去，口中从不提及，内心深处却一直怀恋着的"过去"。

陆锦行总是能一针见血。

"你理智上早知道那些都过去了，感情上却一直无法接受。"陆锦行慢慢放下手，原本带了些审视意味的目光，此时倒有了两分淡淡的笑意，"实在是……有些蠢。"

钟妩下意识地想要反驳，可又不得不承认他的"鄙视"是完全有道理的，于是她没有开口，只是一面擦掉眼泪，一面站直了身体，彻底离开陆锦行的怀抱。

原本有些暧昧的姿态被打破，似乎有些温暖也随着她的动作一并远离了，于是明明是盛夏季节，钟妩却觉得自己冷得几乎打了个寒战。

陆锦行将拐杖递给钟妩，扶着轮椅慢慢坐下，并未注意她对过去有些真正的释然之后，反而越发黯淡的神色。钟妩情绪彻底平复下来，推着轮椅调转方向向前走去，开口说话的时候还带着明显的鼻音："腿疼得厉害的话，明天的复健要不要停一次？"

"好。"

专属电梯直达顶层，正抱着沓资料步履匆匆的人恰好此时经过，见到电梯里出来的人，顿时如同被按下暂停键的机器人，说话都有些结巴：“陆……陆总……”

把对方又惊又喜、难掩激动的模样看在眼里，轮椅上的陆锦行浅笑着颔首：“去忙吧。”

对方应声而去，被急事绊住了脚的林越此时才匆匆赶来：“陆总，关于和陆副董那边的合作计划，计划书已经做好了。高总还在主持论证会，您要过去看看吗？”

陆锦行摇摇头：“先回办公室。”

林越并不算意外，和钟妩打过招呼之后，便在前面引路，一行人朝陆锦行的办公室走去。

总裁办的人听说了陆锦行的到来，因熟知他的秉性，所以仍是有条不紊地继续自己手头的工作，可一个个内心依然激动不已——陆锦行自从受伤后一直深居简出，谢绝了一切探访，重要事宜大多通过视频或电话会议和公司高层共同商讨决策，小事则交给林越等人代为处理。

即使是公司高层，进出过陆家的人亦十分有限。

车祸之初，群龙无首的局面很快便被控制，但陆锦行无异于公司的图腾，一日不回归大众视野，即使公司业绩不曾下降，他们也仍是一日不能真正安心，所以今天他回来的消息在内部一经传开，便造成了不小的轰动。

陆锦行的办公室宽敞明亮，线条简约流畅，色彩单调却又并不乏味，是他一贯喜好的风格。钟妩进门之后，将偌大的办公室简单环视了一周，然后从一旁的茶几上拿起遥控器，把空调的温度调高了两度，才又重新走到陆锦行身边。

看着钟妩依旧面无表情的模样，林越突然就有些想笑，但在陆锦行看过来的那一瞬间，又十分自觉地忍住了：“那您要先看看计划书吗？”

“不必了。”陆锦行接过钟妩递过来的拐杖，另一只手撑着轮椅的扶手缓缓用力，站起来之后，慢慢走到落地窗前，“接下来的工作重心，都放到美国GS影业的并购案上。”

林越一愣，随即眉头微皱：“和陆氏地产这种双赢的合作，董事长乐见其成，多少也算是他一力促成的，如果就这么拒绝的话，只怕董事长那边……”

“我什么时候说过要拒绝？”陆锦行看着窗外亮得分外刺眼的阳光，声音里带着些意味不明的笑意，“只要一直拖下去，到时候GS的并购案成功，这种大出风头的事他更乐见其成，陆氏的内部合作还要慢慢再谈，毕竟拖不起的是陆祈，不是我。”

林越紧蹙的眉头却并未因此而舒展开来：“但是……从GS影业目前的经营状况来看，虽然后期发展相当可观，但前期想要扭亏为盈，需要强大的资金链支撑，如果这期间陆氏一旦有什么波动，GS影业不仅帮不上忙，恐怕反而会拖垮现有的资金链。”

而陆氏将来是否会出现波动，那简直是显而易见的事情。

陆锦行收回视线，慢慢走回办公桌前，在宽大的座椅上坐下来，漫不经心地把玩着手中的拐杖，平静无波的声音里，透出几分残忍的凉薄：“陆氏的将来，是活下来的人需要操心的事情。”

钟妩不知道该如何形容此刻的陆锦行，他的声音里甚至还带着一丝笑意，与其说是再平常不过的玩笑话，倒不如说更像是黑色幽默。在她看来，成年人早已不再轻易说爱恨，如果说如今凉薄至此的陆锦行是陆家一手造就的，那么他所经历所承受的，一定不是三言两语便可言说的痛苦，那么他想毁了它，也就并不是什么不能理解的事情。

钟妩并未察觉到自己的偏颇，而林越在这短暂的沉默之后，已经迅速领会了陆锦行的意图，不过为缓解眼下渐渐变得沉闷压抑的气氛，于是笑着问他："总裁办来了新人，咖啡煮得尤其好，您要不要尝尝？"

陆锦行闻言，看向整个对话过程中始终低头敛目的钟妩，彼时钟妩也已经听到了林越的话，迅速地抬头看过来，两个人四目相触，陆锦行顿时笑起来："这些如今都是要听钟小姐吩咐的。"

钟妩也知道这些日子自己对于陆锦行饮食习惯的要求，几乎到了"严苛"的地步，甚至把陆锦行并不和她计较的态度当作默许，渐渐有些变本加厉的趋势。而此刻她察觉到陆锦行和林越的视线都落在自己身上，本想阻拦的话顿时就有些说不出口了。

林越眼见陆锦行的心情似乎因此好了些，于是心里也松了口气，看着钟妩笑道："钟小姐如果没什么意见，我叫人送两杯咖啡进来？"随后又在钟妩的犹豫中安抚道，"我之前咨询过医生，偶尔一杯还是没什么问题的。"

钟妩终于点点头，林越心里很是叹服，给了她一个佩服的眼神，随后向外走去。

钟妩察觉到陆锦行带着笑意的目光，有些不自在地抿了抿嘴唇："我也是为了您的身体着想。"

陆锦行从善如流地点点头："多谢钟小姐。"

钟妩忍着笑不再看他："咖啡不能过浓，我出去看看。"

随着她朝外面走去的脚步，陆锦行几不可闻的轻笑声也随之传来，钟妩几乎能想象到此刻陆锦行嘴角扬起的弧度，于是不仅没有回头，反而下意识地加快了脚步。

总裁办新来的小姑娘煮完咖啡就已经离开了，林越看着托盘里的咖啡有些好笑地问钟妩："一杯都要钟小姐特批，怎么这会儿反而变成了两杯？”

钟妩笑道：“陆先生之前提起过，林助理对咖啡很有研究，你都说好喝了，我怎么能不尝尝？”

两个人说着笑，正要出茶水间，两位副总裁已经推门走了进来。林越一面打招呼一面笑道：“高总和齐总要喝点什么，我让人准备了一块儿送到陆总的办公室去。”

矮矮胖胖的高维摆了摆手，笑起来一副憨态可掬的模样：“不急，我们喝杯咖啡再去见陆总。”

“林助理、钟助理，我看你们也先别急着过去。”齐文超每每站在高维身旁，被对比得就更像根又细又长的瘦竹竿了，他们两个人常常因为工作争得面红耳赤，不过此时脸上的笑容却又如出一辙，“留下来一起喝杯咖啡吧。”

林越他们自然熟识，钟妩也早就在陆家见过，两个人都可谓天子近臣，是以他们即使身居高管之位，也总不可能在这两个人面前摆什么架子。

在钟妩和林越两人一时都有些不解的注视下，高维笑道：“宋经理刚刚进去。”

林越恍然，见钟妩仍面带疑惑，一时又不知该怎么解释，正犹豫间，齐文超已经笑了起来：“钟助理来得晚，还没见过咱们市场部的宋经理吧？”

林越把先前煮的咖啡帮高维和齐文超各倒了一杯，瞥了眼仍端着咖啡等在原处的钟妩，作为她和陆锦行之外唯一的知情者，他即使明知道这段婚姻关系的真相，此时却莫名地有些心虚，于是清了清嗓子对高维和齐文超说道：“陆总还等着论证会的结果，我看还是……”

“你要是看见刚刚宋真宜听说陆总回来的那个眼神，你就不会急着这时候去打扰他们了。”齐文超打断他的疑虑，找了地方坐下之后抿了口咖啡，笑得颇为感慨。高维在他旁边坐下，两个也堪称日理万机的人就这么无伤大雅地闲聊起了八卦。

齐文超拿汤匙轻轻搅着杯子里的咖啡，不知道是在问高维还是在问林越：“宋经理进公司几年了？”

“满打满算，也快有三年了吧。我听说咱们这位冰美人对陆总可是一见钟情。”

“不过，只怕是落花空有意……除了工作，我看陆总对她可没有什么另眼相看的意思。”

高维老神在在地摇头笑道：“这种事哪里说得准呢？陆总身边这几年一直没见有女人，之前和何家的婚事最后也不了了之，谁知道最后哪片云彩下有雨？说不定还真是宋真宜。林助理你怎么看？”

林越有些不自在地摸了摸鼻子，还没来得及说什么，钟妩的手机突然响了。她看了眼来电号码之后迅速接通：“陆先生。”

陆锦行的声音从听筒里传出来，带着些与往常面对面交谈时完全不同的清越动听：“咖啡还没好吗？”

【2】我早该告诉你的，阿妩，不要喜欢我

陆锦行办公室的房门紧闭，钟妩抬手敲了敲，又稍候几秒才推门走了进去。此时，一个穿米白色套装的女人正坐在陆锦行的办公桌对面，闻声回过头来，目光落在钟妩身上，几秒之后又转回了身子。

虽然只是匆匆一瞥，但对方除了双眼微红之外，脸上没什么表情，以致距离感陡增。也正是因为如此，钟妩亦不得不承认高总口中的“冷美人”名副其实——宋真宜长了一张巴掌脸，五官精致漂亮，微卷的

长发染成了亚麻色，衬得她越发肤白胜雪。

钟妩走到办公桌前，将托盘里的其中一杯咖啡放到了陆锦行手边："陆总，您的咖啡。"

陆锦行端起咖啡杯，闻着空气中渐渐散发开来的咖啡香气，低头轻轻抿了一口之后笑道："果然不错。"

宋真宜看着他与从前无异的温和笑容，情绪已经从最初的激动慌乱中平复了下来，可眼里仍有些酸涩，半晌，才能让自己看似平静地开口："伤没有完全康复，还是少喝些咖啡比较好。"

语气一如钟妩想象中的清冷，却又因为声线的温和悦耳，于是似乎又带着些与众不同的亲切。

陆锦行笑意不变："已经很久不喝了。"

钟妩在见到宋真宜端起另一杯咖啡的时候，就有些闪神，不过也只是片刻，随即就恢复了自然。她把托盘里的茶点拿出来，宋真宜看着其中的抹茶蛋糕，语气里带着些不经意的怀念："时间过得真快，第一次在您办公室喝下午茶，好像还是昨天的事情一样。"

陆锦行但笑不语，神色平和，目光温润。宋真宜见钟妩把抹茶蛋糕放到了陆锦行面前，有些担忧地皱眉说道："在陆总的伤彻底好之前，记得不要再准备抹茶类食物和饮品了。"

和周初晓的高高在上不同，宋真宜的语气虽然清冷，却礼貌而平静。钟妩的不悦鲜少来得这般直接而强烈，而她习惯了用沉默来表达不悦，所以一时之间并未回答。不过她手上的动作并不曾停止，把那碟抹茶蛋糕放到陆锦行桌上的咖啡杯旁，随后终于想要说些什么的时候，又因着陆锦行毫无异色的目光，而默默放弃了。

她突然就有些厌烦，却又不知道在厌烦什么。

与此同时，宋真宜的视线已经重新落到了钟妩身上："如果不介意的话，请先出去一下，我和陆总还有事要谈。"

钟妩对此依旧未做出任何回应，只是面无表情地看向陆锦行，等待他的吩咐。可同时心里又有些莫名其妙的想法：自己是不是该听从宋真宜的话直接出去？如果……陆锦行也觉得自己打扰了他和宋真宜的见面呢？

陆锦行并未放任她出神太久：“通知高总和齐总到我办公室来一趟。”

钟妩点点头，拿出手机找到林越的号码，接通之后语气平静：“林助理，陆总要见高总和齐总。”

宋真宜的眉头几不可见地微皱了一下，随后对上陆锦行看过来的视线，有些无奈地轻笑一声：“这位就是您新招的助理？”

不仅眼角眉梢都带着莫名的傲气，也实在是有些不通情理。

钟妩在她问话的同时，已经挂断了电话，闻言后知后觉地朝她微微颔首：“宋经理您好，我叫钟妩。”

陆锦行这才朝钟妩看过去，目光一时之间若有所思，而片刻之后，随着敲门声响起，林越已经和高维、齐文超一起从外面走了进来。

跟在三个人身后的小秘书把端进来的咖啡和茶点放下，之后便退了出去。彼时宋真宜正坐在原处默默地喝咖啡，林越看了看站在一旁的钟妩，笑着端起杯咖啡递了过去：“新来的小姑娘煮咖啡的手艺实在是一绝，钟助理也尝尝。”

钟妩面上没什么表情：“谢谢林助理，不必了。”

林越把她有些僵硬的神情看在眼里，又看了看一旁不知在想些什么的陆锦行，建议道：“我看你脸色不太好，我让人找间休息室，你过去歇一会儿？”

陆锦行闻言看过来，见钟妩神色果然有些黯淡，轻浅的笑意里便平添了几分无奈：“里面有个套间，进去休息一会儿吧。”

“不用了，谢谢陆先生。”

即使面对他的好意，钟妩的语气仍是硬邦邦的。她实在不想在众人面前发些莫名其妙的脾气，可那曾经引以为傲的忍耐能力，不知何时已经宣布告罄，她甚至疑心自己的亲戚提前拜访了，才会让她如此心浮气躁。

陆锦行淡淡地瞥过去一眼，钟妩有些后知后觉的肃然。她一言不发地转过身，朝办公室更里面走去。直至她消失在休息室的门后，齐文超和高维才默默对视一眼。有些凝滞的气氛里，两个人都从对方眼中看到了明显的盎然意趣，内心都对于眼下的局面有了新的认知，也分外默契地选择了对此不发一言。而宋真宜一成不变的冰冷表情之下，却有些几乎掩饰不住的黯然："您对下属总是这么关心，倒显得我刚才过于严苛了。"

"你也不必自责，"陆锦行安抚似的笑了笑，眼中有些意味不明的深意，"她平时倒也处处尽职尽责，不过脾气到底是差了些。"

眼见着宋真宜还要说什么，林越已经先她一步，把手里的计划书和论证会的相关资料送到了陆锦行面前："陆总，论证会的结果已经出来了。"

钟妩推门进去之后才发现，里面可谓是麻雀虽小五脏俱全。九十平方米左右的套间，外面是小巧的休闲厅，有酒柜、吧台和齐全的音响设备，再往里走，则是宽敞明亮的卧室。阳光透过落地窗洒到偌大的床上，刺得人几乎睁不开眼睛。

钟妩把遮光帘放下来，想到刚刚的情景，有些茫然地坐到了床上。

这几年她见过许多人，有些热情，有些冷漠，有些仗势欺人，也有些善良温柔。所以她也就更明白，宋真宜其实并不是有什么恶意的人。可更可怕的是，即使她深知这一点，仍是愤懑不已。

钟妩下意识地去摸自己的心脏，发现它一下一下，正跳得无比欢畅。她深吸一口气，随后努力地平复着呼吸，却发现心中的不安并没有因此而减少一分。

她有些颓然地躺在床上，茫然无措。

近日时时辗转反侧，时间久了，那些疲惫渐渐如池底的沉疴般被翻搅起来，她的眼睛眨动的频率越来越低，不知过了多久，终于彻底闭紧了，整个人渐渐进入了睡梦之中。

在渐渐昏暗的夜色里，钟妩看着周遭有些熟悉的风景，初秋的风已经带了些寒意，她有些冷，下意识地抱住双臂，朝周围看了又看，许久之后才意识到，自己不知什么时候竟回到了当初和陆锦航约定的地方，傻傻地在等他赴约。

钟妩潜意识里是知道自己正在梦中的，但她即使用尽全身力气，也无法睁开眼睛，从这熟悉的虚无中挣脱出去。与此同时，潜意识里一直有个声音在告诉她——她等不到陆锦航，又或者即使等得到陆锦航，她也早已不再是曾经的钟妩了。

梦境和现实交替出现，当她曾经的遭遇再度重演，两个一身酒气的小混混朝她靠近的时候，她终于还是一面向后躲一面惊恐地哭了起来。

而不等她的眼泪掉下来，画面便已迅速切换，梦境里是昏黄路灯下，眼前人如画的眉眼，和双唇贴到自己唇瓣上时，冰冷却又柔软的触感。

下一秒，周遭突然一片刺眼的光亮，钟妩倏然睁开双眼。

梦中所有绮丽的画面都在须臾之间消失不见，阳光依旧刺眼，钟妩下意识地抬手捂住眼睛，许久之后才慢慢睁开，朝窗外看去。

遮光帘不知何时已经被人拉开，拄着拐杖的人站在窗前，始终背对着她，让她看不清他的表情。

钟妩慢慢坐起身来，面上还带着刚刚自梦境中苏醒的茫然。窗前的人转过身来，神色平静地看她：“醒了？”

这些时日以来，钟妩早已经习惯了从陆锦行的眼角眉梢去努力辨别他的喜怒哀乐。此刻看来，对方显然并不是什么开心的模样，与此同时，钟妩入睡前的记忆已经尽数回笼。她想起办公室里的一幕幕情景，自己在宋真宜面前忍下的不悦和当着众人摆出的脸色，顷刻间便有些泄气——这些是她不知道该怎样解释，更不能去解释的事情。

她没想到的是，陆锦行并不要她解释。陆锦行缓缓走过来，坐在床边，用带了些审视的目光看她。他精致好看的眉眼里，那种仿佛能洞悉一切的光芒让她莫名地心慌，下意识地想要躲闪，可陆锦行仍是残忍地打破了她试图逃避的念头。

“我早该告诉你的，阿妩，不要喜欢我。”

【3】我不会再公私不分，让个人情绪再影响我的工作

不过轻描淡写的一句话，钟妩却觉得这一刻，自己周身的血液都几乎冻结成冰。她有些艰难地抬头看向陆锦行，嘴角努力地勾起一个弧度：“这种玩笑并不好笑。”

陆锦行坐在她身旁，轻轻抬起手，指尖几乎碰触到她的脸颊。钟妩猛地别过头去不再看他，她知道自己根本没有办法更有底气地反驳。

从她听到高维和齐文超的对话开始，她的一颗心就仿佛被酸涩的液体紧紧地裹住了，于是进门的那一刻起，就已经带了敌意，即使宋真宜一言不发，她也仍是意难平。发脾气不是莫名其妙，摆脸

色更不是，所有的一切都有原因，而那个原因……她至今都不敢面对。

在刚刚陆锦行把一切都摆到台面上的时候，钟妩就已经开始回忆了。她试图去理清自己究竟何时开始，对陆锦行动了不该有的心思，最终却发现毫无头绪。也许是在她听到宋真宜用熟稔亲密的语气和他说话的时候；他在陆显文和陆祈面前为自己出头的时候；他轻轻抚着她的头发，帮她理清她和陆锦航关系的时候；又或者更早，在她伏在他膝头痛哭的时候……

她和他在大雨中微笑对视时，甚至是在她第一次见到他，因他的一针见血而难堪时，却仍是忍不住被他吸引……

钟妩这才意识到，明明时间并不算久，可她和他之间，竟已经有了这么多可以回忆的瞬间。

就在她陷入回忆的时候，他已经缓缓收回手，静静地看着她，明明亦在局中，却冷静得更像是一个旁观者："谁都可以，但不能是我。"

钟妩因为这句话，把先前所有的羞恼都压下心头："到底不能是你，还是不能是我？"

陆锦行轻易便洞悉了她的想法，于是看着她的时候，更像是看着一个闹脾气的小孩子："和这些并没有关系的，你明明知道。"他眼中那抹柔和转瞬即逝，在继续说下去的时候，又忍不住露出了些许残忍的痕迹："不要带着你任何的想象去期待我，我什么都不能给你。"

钟妩握住他垂在身侧的手，即使在盛夏季节里，他的手也依然冰凉。钟妩不管不顾地握紧了，声音里因显而易见的挣扎而愈显痛苦："如果可以，我也不希望把事情变得复杂，但是我忍不住，陆锦行，我控制不了……"

即使时光流转，岁月变迁，她曾经的天真、锐气都被生活消磨殆尽，可在沉默压抑的表象之下，敢爱敢恨的情绪始终热切而执着，如同冰川下汹涌的暗流，她害怕，却从来都无法逃避。

“对不起。”

陆锦行看着钟妩，在她热切却又悲伤的注视下，动作缓慢却又坚决地抽出手，拄着拐杖站起身来，向外走去。

钟妩脸上原本带着的些许祈盼的神采顷刻间退去，慢慢归于沉寂。她低下头，许久之后，有水滴落到她身上盖着的薄毯上，瞬间便又消失不见了。

回家的路上，小江开着车，不时从内后视镜看后座上的两个人，总觉得气氛和来时不一样了——来公司的路上，两人还有说有笑，而往常外出时，虽然两个人之间也有话十分少的时候，但似乎从来不像今天这般沉闷得近乎压抑，让他连试图说句话打破沉默的勇气都没有。

小江一路把车开回陆家，到了地下车库之后，钟妩先一步下车，随后打开另一侧的车门想要扶陆锦行的时候，却被他抬手制止了：“我自己来。”

钟妩伸出的手僵了僵，却终究不能拂逆他，只能在一旁看着他有些艰难地缓缓下车。在他踉跄的瞬间，钟妩终是忍不住上前扶住他，她用小江听不到的声音在他耳边颤声说道：“陆锦行，我是你的助理，也是你名义上的妻子，如果你现在才想要躲开我，那已经来不及了。”

陆锦行闻言，只是轻轻地拍了拍她的手，神情里带着若有若无的淡漠：“阿妩，你现在整个人的情绪都太敏感了。”

钟妩内心一窒。她知道他是对的，也正因如此，她才羞愧得不知该如何回应，于是抿紧嘴唇低下头去，直到从地下车库乘电梯直接上楼之后，才放开了扶着陆锦行的手。那一瞬间，她觉得整个人有着前所未有的疲惫。

陆锦行坐在沙发上，看钟妩在一旁整理记录手机内的留言，他自然察觉得到她情绪的低落，终是几不可闻地轻叹一声："如果你需要时间调整，我可以给你假期。"

"不需要，谢谢陆先生。"钟妩头也不抬，回答的声音一如陆锦行之前的冷淡，"刚刚的事是我错了。我不会再公私不分，让个人情绪再影响我的工作。"

说完之后，她更像是要给自己的话加一份佐证一样，抬头看向陆锦行："陆祈先生一会儿要过来，另外盛达影业的周初成先生问您明天有没有时间，想过来拜访，还有位顾小姐留言想约您明天共进晚餐。"

陆锦行自然看得穿她铠甲般自我压抑的保护，于是之前的话题便不再提及："叔叔喜欢喝君山银针，让陈嫂去准备吧。"

钟妩点点头，又问道："晚上准备粤菜？"

陆锦行想到陆祈，面上又一次露出了一抹微嘲的轻笑："不必了，我想叔叔大概不会有什么时间和心情留下来用晚餐的。"

陆祈如约而至，两个人直接进了陆锦行的书房商谈合作事宜，钟妩把沏好的茶端进去之后，就默默退了出去。

夏日的白天总是格外长些，陈嫂已经在研究晚上的菜单了，可外面依然是大好的天光。钟妩坐在沙发上，脑海里满是这些天来她和陆锦行相处的点点滴滴。那些当时自己都不曾察觉的隐秘心思，此刻却在被毫不留情地拒绝之后，开始蚕食鲸吞她这几年来鲜有的安定感。

她格外想念远在美国的母亲，可拿起手机之后，才意识到此刻的美国已是深夜，突然觉得更加透不过气来，于是收起手机，起身朝门外走去。

却从未去见过他。

“东西准备好了吗？”陆锦行出声问道。林越回过神来，连忙应道：“都准备好了。”

陆锦行点点头，迈步朝门外走去。

“真的完全好了啊……”始终盯着钟妩灿若晨星的眸子，任茜红着眼睛颤声说道。

刚刚见面后的激动情绪已经平复了些，但任茜、程乔乔和宋真宜围坐在钟妩身旁，仍是十分唏嘘感慨的模样。

程乔乔忍不住伸手在她眼前挥了挥，钟妩笑着任她比划：“之前在医院，这种事你是不是没少做？”

确认她的眼神一如受伤之前那般灵动后，程乔乔收回手：“一个人好端端的就瞎了，又莫名其妙就好了，你要是我，你也会觉得奇怪啊！”

任茜笑着推了她一把，程乔乔顺势歪在一旁的沙发里，跷着二郎腿感慨道：“反正都是好事儿，不管什么样的现实，你都能很快接受，也算是很酷的。”

这显然是属于程乔乔式的夸奖，而听她一句夸奖其实并不那么容易，所以钟妩闻言顿时笑了起来：“倍感荣幸。”

“你应该的。”程乔乔挑挑眉。

任茜看着钟妩一路走来，知道她到底吃了多少苦才有如今苦尽甘来的日子。大概一个人无论困顿或是顺遂，最终都是会落在面容上的。如今的钟妩看上去目光越发平和沉静，而原本眼角眉梢的冷硬痕迹早已不见了踪迹，笑容里更多的是一种踏实安然，尤其是在偶尔和陆锦行对视的时候，微扬的嘴角和眼底流动着的光彩，甚至有几分让人为之侧目的妩媚。

真好，任茜默默笑起来。

几个人几乎玩儿到深夜，陆锦行安排人送任茜、程乔乔和宋真宜回去。钟妩一直送

Happy Ending

到大门外，目送她们的车开走了，和陆锦行往回走时，不由得抬头看向天空："下雪了。"

陆锦行闻言，有些意外地抬头看去，发现不知什么时候，天空已经开始有细小的雪花飘飘洒洒地落了下来。

这还是今年冬天的第一场雪，钟妧一手挽着陆锦行，另一只手伸到半空中，小小的雪花飘落到掌心里，顷刻间就化成了几不可见的水珠，凉丝丝的。

雪中散步的情形实在是很浪漫的，但是钟妧担心陆锦行的腿受凉，所以也就在心里对这种浪漫敬而远之了。她裹了裹身上的大衣，正要提醒他快些回去，却见他嘴角缓缓勾起，就像是突然而至的雪花给了他什么惊喜似的。

钟妧正有些奇怪，突然听见一阵响动之后，偌大的庭院正中央，无数小小的水晶灯倏然亮起，围拢成一个巨大的心形，与此同时，无数焰火接连腾空而起，在空中绽放出绚烂而又瑰丽的色彩。大半个夜空都被焰火点亮，连同飘落的雪花，似乎都染上了颜色，变得五光十色起来。

钟妧倒吸一口凉气，下意识地捂住嘴，才没有惊呼出声，而短暂的错愕过后，是涌上心头的极大惊喜和感动。

她整个人都有些迟钝，任陆锦行拉着走到那颗心的中间。彼时他手里是一个不知从哪里突然变出来的首饰盒，打开之后，在她有些不知所措的注视下，单膝缓缓跪地，看着她的目光深情缱绻。

"阿妧，很抱歉当初没有戒指，没有婚纱，甚至也没有婚礼，就让你因为那样的理由，仓促地嫁给了我。你一直都在为我付出，而我过去对你从来都不够好。但是我还是自私地希望你能答应我，让我给你最美的婚纱，最盛大的婚礼，让我用以后一辈子的时间来爱你，好不好？"

"阿妧，我爱你，嫁给我吧！"

纷飞的雪夜里，陆锦行英俊得像是天上神祇，带着温柔的、蛊惑的气息。钟妧几乎不假思索，就已经用力地点了点头。她原本还在笑着，可不知道为什么，眼泪无论怎散心，又去美国看望了她的妈妈。岳清怡如今的情况有了很大的改善，虽然依旧记不清她爸爸出事后的事情，但钟妩觉得这对她来说，其实也算是好事儿。

两个人在美国陪着岳清怡过完了春节，才启程回国。如今时差刚倒过来，就约了任茜等人上门。但试戴了几顶不同款式的假发之后，最初的乐此不疲，已经到了如今“左右为难”的境地。

陆锦行始终笑着看她忙忙碌碌，此时忍不住走过去在她背后站定，俯下身，从镜子里看着钟妩：“应该说怎么看都觉得很美。”

钟妩忍俊不禁，身子微微向后，靠在他怀里，偏过头在他颊边吻了一记，无奈地笑道：“就知道哄我开心。”

看着此刻钟妩神采奕奕、笑靥如花的模样，陆锦行突然觉得，曾经所谓的煎熬痛苦，也许都不过是遇见钟妩前所必须经历的磨难，如今柳暗花明，也就一切都值得了。

过去的所有压抑晦暗，早已经在不知什么时候彻底远去了，陆锦行叹息着吻上钟妩柔嫩的唇瓣，姿态温柔缱绻。只是这个吻还未及转深，敲门声突然响了起来，陆锦行动作一滞，随后钟妩就已经笑着推开了他：“请进。”

林越推门进来：“任小姐她们已经到了。”

钟妩眼睛一亮，匆匆就起身下了楼。唇齿间先前升高的温度尚未完全退去，但转眼就已经被撇在了身后，陆锦行看着钟妩出门的身影，终是忍不住又笑起来。

感觉到这些日子以来陆锦行愈发愉悦的心情，林越不由得暗暗感叹：总算是苦尽甘来，自家老板也算是爱情事业双丰收了。

陆氏集团内部掀起巨大的风波，是以陆氏地产和陆氏金融合并，更名为陆氏商业集团，并由四家公司共同注资而收尾的。四家公司入股后，预计两年内消化掉内部所有项目并推动上市，而这四家公司，注资最多的两家，背后的实际控制人都是陆锦行。而陆氏商业的第二大股东，据林越所知，是陆锦航。

而陆祈，大概后半生都要在监狱中度过了。这些日子他一直要求见陆锦行，陆锦行么都止不住，顺着脸颊滚落下来。她还来不及擦，手就已经被陆锦行拉了过去。在她朦胧的泪眼里，一枚造型精美的钻石戒指被他缓缓套在了无名指上。

陆锦行站起身来，看着钟妧又哭又笑的模样，笑着帮她轻轻拭去眼角的泪水，下一秒，钟妧已经主动吻上了他的唇："阿行，我也爱你，比谁都爱……"

揽在她腰间的手臂缓缓用力，随着唇齿间的温度逐渐攀升，陆锦行慢慢闭上了眼睛。

焰火始终没有停过，璀璨的夜空下大雪纷飞，不远处的房子里灯火明亮而温馨，那里是他们的家。

大概见惯了陆锦行宵衣旰食，所以当他婚后完全一副君王从此不早朝的模样时，钟妧意外之余，又觉得有些心疼：他心思太深，从小到大不曾有一刻放过自己，只有如今尘埃落定之后，身体和心灵才拥有了真正的自由。所以两个人从国外度蜜月回来之后，陆锦行又开始计划国内的旅行路线时，钟妧只装作没有看见林越仿佛看昏君一般的眼神。

第一站是南方一个小城，因为风景秀美山水如画，近几年已经俨然成为国内第一旅行胜地。

"怎么样，还算符合你的期待么？"钟妧的目光自远处的群山处收回，落在身旁的陆锦行身上。陆锦行一手拄着拐杖，一手任钟妧挽着，步履闲适，不过眉头微微皱起，"还好，只是人太多了。"

钟妧故意哼道："是你长得太好看，引得那些小姑娘追着你跑吧。"

彼时雨刚停不久，天色渐晚，古城里沿街的路灯还没亮，有些店铺和客栈里已经开了灯，半明半暗的青石板路上。两个人慢慢走着，耳边有旅人的欢声笑语，也有当地人口音浓重的叫卖声，伴随着潺潺水流和悠扬的乐曲，好像整个世界的节奏都就此慢了下来。

嫁给我

“这款怎么样？看起来更自然一点儿吗？”

钟妩对着镜子前前后后地检查着头上的假发，有些不放心地问站在身后不远处的陆锦行。问完之后不等他回答，就已经先泄了气：“算了，怎么看都觉得很假。”

她利落地把发套扯了下来，露出了长出一层极短头发的头皮。

三个月前，她刚刚出院的那天晚上，因为陆锦行不在，她由陈嫂陪着吃过了晚饭后，在客厅休息。陈嫂去拿药的时候，她因为茶几上的手机铃声响起来，于是摸索着伸手去拿，却忘记了当时身处的地方，于她而言是一个全新的家，一切物品摆放和格局布置都是陌生的，于是她因着错记了沙发到茶几间的距离而不小心向前摔了一下。

让她瞬间几乎要惊叫出声的却是，扑倒在茶几上的同时，眼前突然闪过的一道晦暗不明的光。

即使再怎么晦暗不明，也仍是有痕迹的。犹如一个快要溺毙在水中的人，突然见到了救命稻草，钟妩顾不得从茶几边站起身子，眼泪就已经滚落了下来。

确定她的身体可以承受长途飞行之后，陆锦行便立即带她启程前往德国。经过一段时间的精心治疗，钟妩的眼睛终于彻底恢复了光明。

结束德国的治疗之后，钟妩和陆锦行并未直接回国。陆锦行陪着她在欧洲几国散了没有听到陆锦行的回答，钟妩有些好奇的停下来。刚刚转过头，唇瓣上突然传来微凉的触感，那个低头靠过来的人身上带着干净清新的气息，强势又温柔地将她和周遭的一切喧嚣隔离开来，而当街造次的人只是浅尝辄止，她还没缓过神儿来，对方就已经带着那颗被他偷到的心退开了些，满意地看着她绯红的脸，低低笑出声来。

钟妩下意识地抬手捂住嘴唇，不敢看周围人们的目光，只能嗔怪地看向陆锦行："你怎么……"

陆锦行低头看着她，笑道："网上不是有人说过么，女孩子吃醋的时候，亲一下就好了。"

知道这不过是他随口胡诌的歪理，但钟妩脸上还是一阵阵发烧，忍不住低声抱怨道："那也不能在大街上啊。"

"亲我自己的老婆，在哪里不行？"陆锦行故意逗她，看着她越来越红的脸，眸光似水，唇角的笑意也越来越温柔。他精致的面孔宛如初降的神祇，在渐次亮起的街灯下，因着刚刚那个突如其来的吻，而沾染了人间烟火，变得温暖踏实起来。

钟妩原本小小的娇羞和懊恼，在陆锦行的注视下，顷刻间就荡然无存了。看着这样的陆锦行，看着他终于和那个她记忆中的寂寞身影渐行渐远，成为了如今温柔安定的模样，她一颗心就柔软的有些不像话，只觉得无论在何时何地，只要他能像此刻这么开心的笑着，其他的一切就都不重要了。

钟妩抬眸看着陆锦行，突然问道："那如果亲了一下之后，盯着看过来的小姑娘更多了，女孩子觉得更吃醋了呢？"

"嗯？"陆锦行微愣，随即听懂了她的意思，笑容愈盛，"那就……再亲一下？"

夜幕降下的古城里，钟妩站在陆锦行身旁，红着脸笑。

"那就再亲一下。"

非卖品

陆园夫妇 甜蜜番外

文／红桑
图／刺猬

钟妩在第一天来陆家应聘的时候，就已经发现了陆家庭院中几座造型独特的雕像，她当时便心心念念。只不过，等她真正来到陆家之后，每天要处理的事情都颇为烦琐，甚至有时候连梦里都在整夜整夜地整理文件，做日程安排，反而没有时间好好地在院子里走一走，看一看。

她从小到大爱好不多，兴趣不广，唯独对雕塑情有独钟，即使明知自己没有天分，也仍旧认准了不打算回头。只不过如今想来，当初那些颇为任性的坚持，也不过是父母做后盾，才有得依仗罢了。

不过好在，那些一边握着雕塑刀一边哭，觉得自己当初不该任性地选择一个毫无助益专业的日子，已经过去了。

想到这里，钟妩不得不再次想到陆锦行。其实她并不意外他的拒绝，也许意识到自己心意的那一刻，她就已经知道自己没有希望，那么她如今也就并不会对这段没有希望的感情感到绝望。

爱上陆锦行是多么自然的事情，他睿智而深沉，清贵又优雅，在她几乎有些坚持不住的时候，一手将她拉出了泥沼。

只是时移世易，她再也不是从前那个为了爱情可以不顾一切的钟妩了。她如今的热切和诚挚，到底还是背负了沉重的负担，让她学会了压抑，学会了退让，更学会了更加得心应手地打压自己的感情，不去打扰他的生活。

太阳渐渐西沉，余光依旧带着浓浓的暑气，钟妩行走在行道树繁密的阴影里，看到陆锦航静静地坐在不远处的时候，脚步有一瞬间的停滞。

她下意识地想要转身，可几乎同一时刻，陆锦航已经抬头看了过来，仿佛精准地察觉到了她想要离开的意图，扯出一个同往日的冰冷不甚相同的微笑："既然已经说清楚了，现在又有什么可躲的？"

那抹笑容与其说是在嘲笑她的言行不一，倒不如说是自嘲，又隐约带着几分意味不明的唏嘘，钟妩敏感地意识到什么，停下了脚步：“你怎么了？”

【4】毕竟不是所有历史都会重演，不是吗？

“你当初总觉得我是为了追你，所以故意讨好陈妈妈的？”钟妩在陆锦航身边坐下，得知今天是陆锦航母亲的忌日，钟妩才终于知晓了今天他有些反常的原因。

她看着人工湖上盛开着的睡莲有些出神，思绪也一并被拉回到了过去：“可我真的很喜欢她的。那阵子我爸爸妈妈一直很忙，没什么时间陪我。反而是我每次去你家的时候，她只要身体还好，就会给我做吃的，和我聊天，比我妈妈还要温柔。”

陆锦航想到那段日子，目光亦渐渐变得柔软了些：“她身体不好，出不了门，大多时候都是一个人在家，我陪她的时间太少了。”

“毕竟你放学之后还要忙着打工赚钱。”回忆里，那张虽然美丽却又病弱的脸已经有些模糊了，但钟妩仍然怀念，“不过她很喜欢我的，经常说如果有我这样的女儿就好了。只是你每次回家看见我都会不开心，后来我也只能尽量躲着你去看她。”

陆锦航的视线落在水光潋滟的湖面上，脸上没什么表情：“其实你每次去我都知道。”

“哎？”钟妩有些意外地看他，随即不假思索地否定，“怎么可能！我和陈妈妈每次都很小心的，我走的时候连拖鞋都会特意摆好，你怎么可能会发现？”

“香水。”陆锦航言简意赅，也不看她，“你似乎只用一个牌子，留香很久，又难闻得厉害。”

钟妩一愣，随即笑起来，有些无奈，也有些释然：“也没有很难闻吧，很贵的……”

陆锦航从来不理解女人眼中贵等于好的认知，无奈地笑了笑，向后靠在树干上，看着钟妩被风微微吹起的发梢：“谢谢你那段日子一直陪着她。”

两个人相识多年，鲜少有过如此宁静平和的气氛。钟妩知道所谓的安慰，于此刻的陆锦航没有丝毫意义，所以很多话在心中斟酌多时，最后也只是微笑着回头看他：“她一直很为你骄傲。”

陆锦航看着她眼角眉梢轻浅的笑意，没有再开口。

时隔数年，钟妩依旧能给予他温暖，可这份温暖过去救赎不了他，现在也同样不能。

书房内——

“我竟然不知道，原来陆氏文化现在竟面临着这么多的困难，”陆祈接过陆锦行递过来的茶杯，不甚在意地轻笑，“这么看来，你我叔侄间的这次合作，倒不知要被拖到什么时候了。”

陆锦行感受着唇齿间清冽的茶香，面色温和：“都是一家人，又怎么谈得上‘拖’字？只是眼下收购GS影业算得上是头等大事，我也没有办法，希望叔叔能理解。”

“在商言商，我自然是理解的。”陆祈眼底的光芒流转，笑意不变，“可是阿行，你不要忘了，你永远是陆家的人，即使GS影业被你成功收入囊中，好莱坞的扩张和欧美院线的筹建，最后也仍然是要交给陆氏地产的。”

“那是自然。”陆锦行轻声笑起来。

微风拂过，窗前的薄纱被轻轻吹起，覆在陆锦行的轮椅边缘，他抬手掀开。已经失去了热度的夕阳斜斜洒进来，陆锦行朝落地窗外看去，目光不经意间注意到湖边两个人比肩而坐的身影，面上顿时有了些意味深长的笑意。

茶几对面的座位上，原本低头品茶的陆祈察觉到陆锦行的目光，沿着他的视线朝外看去，片刻之后，神情淡然地放下茶杯，眼底却有幽暗的光芒一闪而逝。

“大哥和阿妩，认识也已经有很多年了。”陆锦行的视线不着痕迹地自陆祈面上掠过，指尖轻轻摩挲着手中的茶杯。

陆祈再次看向窗外，淡淡地笑道：“难怪我觉得她面善，如果也是来自珉城，那倒并不是什么值得奇怪的事情。”

缭绕的茶香里，陆锦行看向陆祈斑驳的双鬓，嘴角微挑：“如果我没有出车祸，阿妩大概也不会来陆家，同样，她可能也就不会有再见到自己初恋的机会——命运向来无常，我也是生死线上走过了一遭，才看明白了这件事。”

“我最欣赏阿航的一点，大概就是无论怎样的处境下，他永远都知道自己的目标是什么。”陆祈端起茶杯，话里带着笑意，但目光始终如看客般冷淡，“怎么，担心你大哥，还是担心阿妩？”

“不，您错了，叔叔。虽然这些关系似乎正在变得有趣又复杂——”陆锦行神色自若地反驳，对陆祈的反应也并不意外，目光中的笑意越发清晰起来，“但这两个人，我都并不担心。”

在陆祈看过来的时候，陆锦行放下茶杯，从容地和他对视，在那毫无温度的笑意中，他眼底的光芒带着显而易见的轻嘲：“毕竟不是所有历史都会重演，不是吗？”

陆祈的呼吸有一瞬间的停滞，他握着茶杯的手上青筋浮现，下一秒，看向陆锦行的目光里有着掩饰不住的寒意。他缓缓开口，声音里带着若有若无的森然：“阿行，我不太明白你在说什么。”

“不明白也没什么，毕竟只是个玩笑而已，”陆锦行面上的笑意始终如一，“叔叔何必放在心上。”

片刻之后，陆祈面上的寒意尽敛：“我欣赏有幽默感的年轻人，不过这样的人同样也总是难免自视甚高。”他轻轻啜了口茶，抬眸看向对面的陆锦行：“阿行，你可不要让我失望才是。”

陆锦行笑意渐深：“您放心吧，叔叔。”

钟妧重新走进书房的时候，陆祈已经离开了。彼时陆锦行仍坐在落地窗前，看着面前的茶杯有些出神。夕阳的余晖仿佛尽数洒在了他身上，为他镀了一层温和的金光，却并不能中和他面上的寒意。

这样的陆锦行陌生而遥远，钟妧犹豫着该不该上前，下一秒，宛如雕塑的陆锦行已经听到响动，自沉思中抬起头，朝她的方向看了过来。

他的眼神中有被打扰之后隐隐的不耐，在看清走近的钟妧之后，眼底的微光转瞬即逝，片刻之后便恢复如常。钟妧小心翼翼地上前，蹲下身子动作利落地收拾矮几上的茶杯，尽量不再发出任何声响。陆锦行几不可见地皱眉：“这套茶具以后不要再用了。”

陆锦行鲜少露出这种近乎嫌恶的眼神，钟妧知道他此刻的不悦是因为陆祈，于是应声：“好。”

陆锦行闭上眼，抬手轻轻揉捏眉心：“煮杯咖啡上来。”

钟妧知道自己不该在这个时候拂逆他的心思，但咖啡不仅于他复健无益，更因为他的睡眠质量从来都不好，和陆祈喝了许多茶，如今再喝咖啡，只怕晚上越发难以入睡。她正有些犹豫的时候，陆锦行已经重新睁开眼朝她看了过来，将她的迟疑看在眼里，神情疏淡：“阿妧，我的睡眠质量并不会影响你的薪水。”

钟妧倏然蹙眉，可也仅仅是一瞬间，她就已经压下了心头所有的情绪：“我知道了。”她到底也明白他心底对于陆祈，恐怕有着比她所认为的恨意更为明显的情绪，于是即使自尊心被刺痛，也仍是安抚道：“我马上就去，您不要生气。”

她收拾了茶具，匆匆转身出了门，在等待咖啡煮好的时间里，一直想着楼上的陆锦行。来陆家已有一段时间，她对于陆锦行和陆祈两人之间不死不休的争斗，也早已有了认知，可她即使心知肚明，也仍是看不得这样的陆锦行——看不得他温和笑容之下的寥落，更看不得他独坐一隅时，神情里一览无余的孤独。

钟妩端着咖啡重新回到书房时，陆锦行依旧闭目静静地靠坐在轮椅上，像是睡着了，面上终不见先前的凉薄，却有着难掩的疲惫。

钟妩把咖啡放下，看着他疲惫的神色，心口突然有些发闷。就在她眸底的涩意越发明显的时候，陆锦行毫无预警地睁开了双眼，对上了她的视线。

四目相对之初，钟妩有一瞬间的慌乱，可陆锦行有些蒙眬的目光看过来，是和往常从不相同的柔软澄澈。钟妩突然有一瞬间的失神，仿佛被海妖的歌声蛊惑的水手，慢慢俯下了身。

在唇瓣碰触的前一秒，陆锦行眼神微闪，看着面前的人，慢慢伸出手来，修长的指尖沿着她白皙的面颊缓缓下滑，直至抵住她的下颌，轻轻抬起她的脸，微凉的声音里带着若有若无的叹息：“阿妩，你总是这样。”

仿佛刚刚从梦境中清醒，钟妩的脸颊上似乎还残留着他指尖留下的冰冷温度，她看着陆锦行，对他的话有刹那的茫然。

两个人靠得极近，近得甚至能感觉到彼此温热的呼吸。陆锦行轻轻托住钟妩的脸，姿态温柔缱绻，目光中的温度却一再下降，直至冰凉：“当你在陆锦航那里得不到自己想要的，便会试图从其他人那里寻求温暖，阿妩，这就是你所谓的喜欢。”

他说的每个字钟妩都听得清清楚楚，可组成一句话的时候，钟妩却发现自己完全听不懂。她不知道陆锦行的话所从何来，更不知道眼下两人或亲密或疏离的姿态，又和陆锦航有什么关系。

“我没有！”钟妩甚至不知该从何解释，她试图起身，陆锦行却并没有立刻放开她。他直视她微红的双眸，声音轻得宛若叹息：“这么多年过去了，阿妩，你还是老样子。”

【5】干吗？以身相许吗？

这些年，陆锦行已经很少想起当年那趟珉城之行了，直到钟妩提起她当年对陆锦航的那次夭折的表白。

“这都几点了，我看陆锦航今天八成是不会去了。”电话那头的任茜即使压低了声音，语气中的愤愤不平仍是极为明显，“你也别傻等了，天这么冷，如果冻病了可就惨了。”

事实上穿着长裙在秋风里坐了一下午，钟妩早已经冻得几乎麻木了，说话的时候也已经开始有了鼻音：“他功课忙，还要打工，被什么事耽误了也很正常。我再等等吧，说不定一会儿就来了。”

任茜顿时就有些急了：“他能有什么大事一下午都赶不过来？我现在根本就有些怀疑，你当时约他的时候，他那个‘嗯’到底是答应了出来约会，还是只是表示他知道这件事情了而已。”

“当然是答应出来啊……”钟妩理所当然地答道。任茜顿时就有些想对着电话翻白眼，她知道钟妩一对上陆锦航，本来也算不上多么聪明的人更是智商陡降，于是有些烦躁地扯了扯电话线，嘱咐道：“早知道这样，陪你去就好了。天都黑了，你赶紧回家，免得你爸妈担心。”

“他们今天晚上要参加一个酒会，顾不上我。”钟妩冷得打了个哆嗦，“不过你别担心，我等到八点，如果他还不来我就回家。我的手机要没电了，茜茜，先不和你聊了。”

钟妩看了看电量即将告罄的手机，在自动关机前再次尝试着给陆锦航打电话，可陆锦航的手机仍然关机。

珉城的秋天早已随着几场大雨不期而至，尤其此时天色渐晚，秋风甚至已经有了几分凛冽的意味。钟妩为了这次见面，特意选了自己最喜欢的蕾丝长裙，大概因为出门时满心欢喜，根本感觉不到寒冷，但此时已经在游乐场等了几个小时的她，整个人早已手脚冰凉。

天已经完全黑了，道路两旁的路灯也早已亮起，钟妩满怀希望的心情，随着时间的流逝而渐渐只剩下了一片黯然。其实她知道自己并不讨陆锦航的喜欢，但对方毫无缘由的爽约，给她的痛苦远比往常被忽视、被慢待更深切一些。

大概她已经从陆锦航那里受惯了委屈，所以明明心里越来越空，眼底却一片干涩，哭都哭不出来。

一个小时很快就过去了，钟妩只觉得头越来越疼，她终于决定不再等。可打给家里司机的电话还没来得及拨出去，早已电量不足的手机就自动关机了。她有些泄气地站起身，可随之而来的，是强烈的头晕目眩。她扶着椅背站好，最初的晕眩感缓解之后，抬手试了试额头的温度，却又觉得根本感觉不出烫还是不烫，于是只能打起精神朝游乐场外走去。

游乐场的夜场已经关闭了，如今的街头灯火阑珊，偶尔有落在后面的年轻情侣言行亲密地相携离去，等在路边打车的钟妩看着他们的背影，并没有意识到自己的目光到底有多么的寥落。

由于这片刻的失神，所以她并没有听到身后的脚步声，以至于有人拍她肩膀的时候，她在最初的惊吓之后，回头的时候眼角眉梢满是难以置信的惊喜。

可面前陌生的脸和扑面而来的酒气，让钟妩的眉头一下子皱紧了，她有些惊慌地后退几步，声音颤抖："你们有事吗？"

看起来流里流气的两个男人仿佛听到什么好笑的话，笑得更加不怀好意："我们没什么事，倒是你啊小美女，这里打不到车的，用不用我们送你回家？"

"谢谢，我爸爸马上就来接我了。"钟妩白着一张脸虚张声势，说完之后佯装镇定地转过身，一面向前走着，一面从随身的小包中拿出手机。关机一段时间之后，手机尚能维持再次开机的电量，她手忙脚乱地按着号码，可下一秒，手机就被跟上来的人强行抽走了："哎，别忙着打电话啊妹妹，哥哥们可不是什么坏人。"

钟妩的身上一阵冷一阵热，对方靠过来的时候，浓重的酒气更是难闻得让她想吐。她不敢贸然去抢手机，用力打开对方再次伸过来拉她的手，脚步虚浮地向前跑去。

"跟爸爸回家有什么意思？走，哥哥们带你去个更好玩儿的地方。"两个男人嬉笑着紧随其后，一把扯住她的胳膊。钟妩用尽全身力气都挣不开，胳膊被钳住的地方痛得如同要断掉了一般，她终于忍不住哭叫起来："放开我！我可以给你们钱，你们去联系我爸爸，要多少钱他都可以给你们！"

其中一个人钳住她的脸蛋儿，指尖柔嫩的触感让他被酒精控制的大脑越发心猿意马起来："过了今晚你就知道了，有一些事儿……可比钱有意思多了……"

"放开！"钟妩哭喊着叫救命，却仍是被他们一左一右拖住，往人少的地方拽去。

就在钟妩哭得近乎绝望的时候，她左边的男人突然被人从身后猛地踹倒在地，钟妩被连带着一个趔趄几乎摔倒，下一秒，她已经被一双结实有力的手臂扶住，用力拉到了身后。

钟妩整个人都尚未从巨大的惊恐中回过神来，陌生的少年已经挡开了另一个男人的反击，一拳狠狠打在对方脸上，将他打倒在地。

“你是哪里来的小畜生，敢来管老子的闲事？”被打倒的两个人恼羞成怒地站起来，满面狠戾。路灯下少年微弯的眼尾仿佛桃花般精致风流：“强扭的瓜可不甜。”

两个人不管不顾地扑上来，少年的拳脚动作矫捷利落，可面前两个醉酒的男人此时血气上涌，仿佛疼痛神经也被麻痹了一般，怎么打都毫不退缩，而且还手的时候毫无章法可言，他反而占不到什么便宜。

钟妩自过度惊吓中回过神的时候，眼见着面前三个人已经打成一团，她一边擦着眼泪，一边心慌意乱地四下搜寻着，在路边的灌木丛旁捡起一根木棍，可举起来之后又生怕打错了人，迟迟不敢挥下去。

片刻之后，少年已经寻到间隙，伸手将木棍从她手中抽了过去，抬手便朝那两个人狠戾十足地抽了下去。在钟妩短促的惊呼声中，他丢了木棍，一把抓住钟妩的手：“走！”

钟妩一个趔趄，站稳身子之后反握住他的手，紧到几乎用尽了全身的力气，两个人拉着手，如亡命鸳鸯般大步向前跑去。

出租车上，少年揉着肩头被拳头扫到的地方，一阵钝痛让他不由得倒吸一口凉气，他收回了原本颇为新奇地看着窗外的视线，有些反感地皱了皱眉：“你们珉城的治安也太差了。”

上车之后的钟妩仿佛陷入一片死寂，不曾发出任何声响，此刻听到他清朗的声音，有些茫然地抬头看他。枯等许久的委屈，险些被侮辱的惊惧和命运垂怜逃过大劫的后怕，所有累积的情绪几乎瞬间爆发，钟妩如同抓住了救命稻草一般，紧紧抱住身旁陌生的少年，蓦地大哭起来。

“哎，你……”少年低头看着在自己怀里痛哭的女孩，一时不知该作何表情，不过对方身体传来的温度倒是让他好看的眉头再次皱了起来。他用手背贴到对方前额试了试体温，果然一片滚烫。

“已经没事了，有什么好哭的。”他看了看钟妩身上单薄的衣服，完全不能理解现在的小姑娘都在想些什么，但还是把运动服外套脱下来盖在了她身上。看着怀里的小姑娘哭得惨兮兮的模样，少年到了嘴边的话也尽数咽了回去，手臂虚搭在她肩上，一言不发地任她发泄。

不知过了多久，钟妩终于哭够了，接过前面司机递过来的抽纸，一面擦着脸，一面抽抽噎噎地道谢。

问明她家里的地址之后，出租车提高车速，在夜色中疾驰而去。可不久之后，钟妩就觉得自己似乎颤抖得更加厉害，头晕晕沉沉的，甚至意识都开始模糊不清起来。她有些吃力地睁开眼，面前英俊的少年面白如玉，唇红似血，带着几分熟悉的模样。

钟妩呢喃着问：“你叫什么名字？”

她的呼吸仿佛也因为高烧的缘故，而带了几分灼热的气息。他觉得颈间有些发痒，低头看她时，又因为她蒙眬的眼神愣了愣，笑容里顿时有了些孤高桀骜的意味：“干吗？以身相许吗？”

他没想到的是，自己话音刚落，柔软的唇已经贴了上来。

少年倏然僵住，微弯的桃花眼睁大了些，眼见着对方的唇与自己紧紧相贴，怀里小姑娘由于高烧，身体有些瘫软，可姿态又似乎有些不受自我控制的僵硬。这是个毫无任何技巧可言的吻，突兀又生涩，可她的唇瓣却是柔软的，滚烫的，让他觉得周身的血液，似乎都随着唇瓣间的温热触感，而在那一瞬间凝固在了心头。

不过十几岁的少年，终是因着一个突如其来的吻而乱了呼吸。

许久之后，他扶着怀里有些烧糊涂了的女孩，声音暗哑地轻声说：“我叫阿行，陆锦行。”

【6】同样的游戏，我已经不想陪你再玩儿第二次了

“是不是连你自己都很意外，你口中那个挺身而出救了你的过路人会是我？”

陆锦行冰冷的指尖轻轻摩挲钟妩的脸颊，神情堪称温柔，声音里却听不到一丝暖意：“无论你当时是烧糊涂了，还是把我当成了陆锦航，无论当年的事你记得，还是忘了，对我来说根本一点儿都不重要。可是阿妩，同样的游戏，我已经不想陪你再玩儿第二次了。”

钟妩当然听得懂他在说什么，可她看着陆锦行，震惊之余，目光越发茫然。

她记得那次失败的表白，以及劫后余生的所有庆幸和惧怕——即使当初的那些痛苦和惊慌后来回想起的时候，像是褪色的老照片，早已不再那么清晰了。她也记得救下她的少年，可回忆已经太过久远，她早已忘了他的脸。她怀疑是当晚自己便大病一场的关系，以至于她甚至记不清，对方救下自己之后又发生了些什么。

可她经常梦到他，又或者说，直到今天她才知道，原来自己一直梦到的那个人……是陆锦行。

在那些半梦半醒的画面里，她在和一个面目有些模糊的英俊少年静静拥吻，她也想试图看清他的脸，甚至无数次午夜梦回时，以为对方隐约有些熟悉的眉眼是陆锦航，以为梦境不过是折射了她面对残酷现实时心底的美好祈愿。

可那个人……竟然是陆锦行。

那些遗落在记忆深处的片段，直到此刻才终于被一帧帧拼凑完整。钟妩的脸色一阵红一阵白，再次看向陆锦行的时候，声音里有着掩饰不住的颤抖："对不起，我……"

可究竟对不起什么，她一时之间却不知道该怎样说出口。

陆锦行却只是似笑非笑地看着她。

"我那次大病了一场，后来又发生了很多事……"话说出口之后钟妩才意识到，在巨大的情感波动之下，语言究竟有多么的贫乏。她有些哽咽，再要说下去的时候，陆锦行已经抬手制止了她："我希望你明白一点，阿妩，我并不需要任何解释。"

钟妩的身子僵了僵，这个瞬间，突然就感觉满心颓然。

他是陆锦行，永远高高在上，知道自己要的是什么，更知道自己不想要什么，于是大概也永远不会在意这些毫无意义的过去。与此同时，她骨子里却始终有一份倔强支撑着，几乎喷薄而出，使得她眼神中立时便透出了几分决然。

"是啊，你什么都不需要，也什么都不在乎。"钟妩直直地看向陆锦行，"可是这对我来说很重要，陆锦行，我在乎。"

陆锦行轻笑："显而易见。"

钟妩被刺得心口发疼，她看清陆锦行眼底的轻嘲，呼吸更加急促："对，你说得没错，我确实把你当成了陆锦航。你们兄弟两个小时候眉眼确实很像，我那时候烧糊涂了，以为自己在做梦，以为他虽然迟到，但到底还是赴约了——我以为你就是他。"

陆锦行嘴角的笑意不变，眸底却仿佛一望无际的寒川："滚出去。"

钟妩恍若未闻，只是死死地盯着面前的人，眼都不曾眨一下地逼问道："不是不在乎吗，那为什么要生气？"

陆锦行的目光里随之多了几分冷然："如果这是你拙劣的激将法，

那我告诉你钟妩，无论我是否生气，都不会是因为你。”在钟妩越发苍白的脸色里，他嘴角的弧度越发疏离：“如果我是你，我就不会——”

他的话并未说完，钟妩已经吻了上去。一时间，所有冷漠的、能够轻易伤人的话，都被尽数堵在了唇边。

四目相对，唇瓣相贴，温软的触感既陌生又熟悉。时光仿佛瞬间倒流，两人似乎仍然身处于那辆光线晦暗、空间逼仄的出租车内，光阴未曾逝去，两人也从未长大，不曾面对后来命运的翻云覆雨。

陆锦行的身体有一瞬间的僵硬，可顷刻间就回过神来，一把推开钟妩，面上犹带着罕见的冷厉。

钟妩几乎摔倒，但仍是固执地抬头盯着陆锦行：“你是不是以为我当初不懂事，现在也毫无长进？你以为我蠢到连自己的心意都看不清吗？”可即使神情果毅，她声音里仍带着些混杂了羞怯和气愤的颤抖：“我以前确实喜欢陆锦航，可我知道怎么把过去的感情放在过去。难道就因为我喜欢过他，就再也不配喜欢别人了吗？”

看着陆锦行面无表情的脸，钟妩用力擦掉渗出眼角的一滴泪，重新靠近他：“如果那天我不是认错了人，我不会吻你。所以你知道吗，我不仅一点都不后悔，反而很开心当时那个人是你。”她以一种不容拒绝的姿态握住他的手，倔强的目光里带着掩饰不住的温柔：“现在让我动心的人是你，我那么喜欢你，为了你我心慌意乱，你是陆锦行啊……你怎么可能不懂？”

在陆锦行的沉默中，钟妩再次吻上他的唇。这个吻不同于少年时的生涩，亦不同于先前的僵硬，钟妩闭着眼睛，宛如飞蛾扑火一般，虔诚而炽烈。陆锦行垂在身侧的手倏然紧握，甚至指节都有些泛白，可随着时钟上秒针的一步步前行，这个吻也因为钟妩眼角猝不及防滑落的泪水而渐渐多了几分苦涩的意味，他的手，终是有些徒然地松开了。

时隔数年，钟妩没有丝毫进步可言，只是凭着本能去试图撬开陆锦行紧抿的双唇。

可下一秒，陆锦行已经唇瓣轻启，她明明是闯入者，却茫然又无辜。直到陆锦行的手指穿过她的发间，按住她的后颈缓缓用力的时候，这个逐渐加深的吻才让钟妩有一瞬间的恍然。

可也不过只是一瞬间。

陆锦行的温和疏淡退去之后，是和他本人极不相符的侵略性。在他强势的主导下，原本和风细雨的亲吻变了味道，两人的唇舌缠绵缱绻，呼吸渐渐急促，钟妩的意识亦随着唇齿交融而一片混沌迷乱。

突然，有敲门声传来，三下清脆的敲击声仿佛打破了幻境的魔咒。两具紧贴的身体都有瞬间的僵硬，两个人几乎同时回过神来，钟妩有些慌乱地起身，心还在扑通扑通地剧烈跳动着，先前孤注一掷般的勇气消失殆尽，如同做贼心虚一般，不敢看陆锦行的眼睛。

陆锦行脸色鲜有的难看，但不过片刻就已经恢复如常，如同之前的意乱情迷从未出现过一般："进来。"

他话音落下之后，书房的门被推开，陈嫂站在门口笑道："先生，钟小姐，晚饭已经准备好了。"

陆锦行的声音低沉暗哑："知道了，你们先出去吧。"

钟妩含混地应了一声，低着头匆匆出了门。

陈嫂从外面把门重新关上，书房内再次剩下陆锦行一个人。他有些疲惫地闭上眼睛，脑海中的画面杂乱无序，鲜有地失了清明，眉头皱得越来越紧，许久之后，终是几不可闻地轻叹了一声。

第二天一早，黑色奔驰缓缓驶出陆家大门。大概运气并不算好，遇到的红灯极多，小江在等红灯的间隙不时从内后视镜瞟一眼后座的两个人。他也说不上什么原因，只觉得今天气氛似乎有些不对。正想着，恰逢钟妩看过来，两人视线相撞，小江笑了笑：“钟小姐脸色看起来不太好。”

原本再平常不过的一句话，钟妩听起来却莫名地有些不自在，她轻咳了一声，欲盖弥彰一般抬手理了理鬓边的碎发：“昨天没睡好。”

事实上，她几乎整夜没睡。她甚至晚饭都没吃，就匆匆跑回了房间，脑子里满是陆锦行。她还记得他紊乱的呼吸和渐渐被沾染了温度的双唇，几乎有冲动去问他这个吻的意义，是不是代表着动心，或许并不只有她一个人。可她又怕心中这仅有的一丝幻想，会再次遭逢陆锦行的冷漠而转瞬成空。

她宛如初坠爱河的少女，患得患失，辗转反侧。

小江正要再说句什么，手机突然响了。他连忙第一时间挂断了，回头看了眼后座始终面无表情的陆锦行，面带歉意地说道：“对不起陆先生，我马上调静音。”

不过就在他说话的期间，手机已经再次响了起来，钟妩抬头征求意见般看了看陆锦行，见他并无被打扰的不悦，于是对小江说道：“也许有急事，先接吧。”

小江见红灯还有四十多秒，于是从善如流地打开了蓝牙耳机，接通之后听电话那头的人说完几句话，原本有些担心的脸色顿时缓和下来，压低的声音里带了几分无奈：“我在忙，过会儿打给你。”

挂了电话之后，他有些不好意思地笑道：“女朋友太黏人了。”

红灯过去，他重新发动车子，听到钟妩带了些笑意的声音问道：“前些日子听到你和陈嫂聊天，你好像还说自己单身。”

小江倒有些意外——以这段日子来他对这位钟小姐的了解，她对工作之外的闲事或者八卦都不太感兴趣，即使热情如陈嫂，鲜有地几次拉着她聊天，她也如同做工作报告一般几句就能把人噎回去。

这倒也并非眼高于顶，因为她即使面对陆锦行，也一直都是这副模样。于是此刻她的反应让小江意识到：今天钟助理的心情简直不是一般地好。

“也刚谈不久。”他挠了挠头，笑容愈显憨厚，“是我以前的同学，最近才联系上。”

车里最初的奇怪气氛似乎不知什么时候不见了。钟妩面上的笑意犹在，陆锦行轻轻闭上眼睛，安静地靠坐在那里。小江见气氛不错，也恢复了平时闲聊的心情，感慨道：“人嘛，不管过去多久，初恋毕竟是最难忘的。”

小江后知后觉地发现，自己似乎说错了什么，因为内后视镜里钟妩的神情一下就变得有些奇怪，下意识地看向陆锦行的时候，嘴角的笑意也不禁有些莫名的僵硬。

一阵诡异的沉默之后，陆锦行突然轻笑出声，温和从容的声音里，却有着不知来路的寒意：“显而易见。”

【7】我爱陆锦行

一路上，陆锦行始终沉默，他看起来一如既往地波澜不惊，神情温润而平和，仿佛先前眼底一闪而逝的冰冷和微嘲从不曾存在过。可钟妩分毫不曾错过，于是她脑海中难得一见的些许绮思，此时也只剩下忐忑难安，仿佛被人骤然戳破了粉色泡沫，疑虑而又怅然。

只是在进入公司之前，她早已习惯性地敛起了所有情绪，脸上挂上了一抹职业化的笑容，跟在陆锦行身后，身姿笔挺、目不斜视地走出电梯，朝办公室走去。

陆锦行坐到办公椅上，随意地把手中的拐杖递给钟妩，钟妩接过去放到一边，重新看向他时，斟酌着词句问道：“你早上似乎没有什么胃口，需不需要我去买些吃的回来？”

陆锦行并没有直接回答，声音亦听不出什么情绪：“去泡壶香草茶。”

钟妩还未出门，林越已经敲门进来，难得地面带喜色：“陆总，《昨夜》昨天首映破亿，打破了国内文艺片首映纪录，网媒和纸媒的口碑都已经开始发酵了，公司股价一个交易日就上涨了5%，接下来只要宣发跟进得当，后续涨幅还大有空间。”

陆氏文化到了陆锦行手上之后，发展势头一直良好，那时候的林越也从不把某一部电影的得失看在眼里，但陆锦行车祸重伤的消息一经传出，陆氏内斗传闻甚嚣尘上，公司股价大幅下跌，最后陆氏集团出面宣布了高层的增持计划，才稳住了局势。陆锦行养伤的日子里虽然几近“避世”，但也罕见高调地接受了两家权威级经济周刊的访问，又经过后续的一系列挽救措施，股价才终于见底回升。如今持续上涨，林越等人的压力也顿时减轻了许多，自然喜笑颜开。

陆锦行看着林越，嘴角微扬：“没睡好？”

林越见他笑意淡然，这才后知后觉地发现自己未免有些太过于喜怒形于色，有些不好意思地笑道：“昨晚看到票房粗报之后睡不着，就等了等美股收盘结果。”

“难怪，”陆锦行抬手示意让他坐下，笑道，“顾雪晴昨天突然约我吃晚饭，如果她自导自演的第一部作品成绩不好看，大概也就不会这么志得意满了。”

彼时钟妩已经走到了门外，隐约听见顾雪晴的名字，立时便想到了昨天电话邀约的那位顾小姐，只是她还来不及多想，宋真宜已经迎面走了过来。

钟妩礼貌地笑了笑：“宋经理。”与此同时，视线不动声色地掠过对方手中的文件夹，和另一只手中的保温桶。

宋真宜轻轻颔首："钟小姐这是？"

"陆先生想喝香草茶。"钟妩解释道。宋真宜恍然，她的笑容从来都清冷孤傲，不过看到昨天钟妩和陆锦行之间有些奇怪的互动之后，此刻的目光里也就不自觉地多了几分探究："听说陆总伤还没完全好，所以我熬了些骨头汤送过来。"

钟妩猜测在宋真宜的心里，大概并不觉得真需要向自己说明什么——即使连她自己也这么认为，不过如今面对宋真宜的"闲聊"，她跟在陆锦行身边久了，自觉已经能把他的气定神闲学得十足像："宋经理有心了。"

随着钟妩的离开，宋真宜想着刚刚她转身前嘴角莫名熟悉的笑意，又想起昨天陆锦行对着她时和对待其他人微妙的不同，隐隐有些什么堵在心口，使得她有些难以维持最初的笑容，一种于她的性格而言有些陌生的情绪——危机感亦油然而生。

钟妩端着香草茶回办公室的路上，脑子里一时是宋真宜，一时又是陆锦行和林越对话中的顾雪晴。钟妩突然觉得，自己似乎随着陆锦行在陆家足不出户太久，久到……她已经忘了在陆家的高墙之外，尚有五光十色的世界在等着他。

抬手敲门之前，钟妩极为自然地敛起了眼中那抹自嘲的笑意。

办公室内的情景与她想象的并不相同，宋真宜的保温桶放在桌上，人却并不在。而除了林越之外，另一个她既熟悉又陌生的人正坐在里面，姿态轻松熟稔地和陆锦行聊天。在钟妩眼中，眼前的人之所以熟悉又陌生，是因为没有人会不认识国民影后顾雪晴，而这也的确是钟妩在镜头之外第一次见到她本人。

和宋真宜的清冷自持仿佛完全相反，顾雪晴有一种骨子里透出的妖娆。她坐在沙发上，穿了条颇具民族风情的吊带长裙，裙摆有暗红色的精致刺绣和长长的流苏，栗色长发烫成大波浪状，举手投足间的性感一览无余。

而这样的顾雪晴，看着陆锦行的眼神里仿佛带着光。

她和宋真宜一个像热烈的火焰，一个像高洁的雪莲，却有着同样炙热的目光和感情。钟妩看着自己端在手里的香草茶，突然就有些想笑——不是颓丧，也不是自嘲，她此刻没有任何用可以正面或者负面来形容的情绪，只是觉得几个人的视线几乎同时落到自己身上时，眼前的一切都荒诞得让她想笑。

“陆先生。”她走到陆锦行身旁，将壶里的香草茶倒了一杯递给他，随后又倒了两杯，分别送到了林越和顾雪晴的面前。

林越向她道谢的时候，看着她的目光里带着不易觉察的微妙。

顾雪晴随意地朝她点了点头，继续之前的话题：“你先忙，我今天没什么安排，不介意的话我可以直接等到你下班。”说完之后，她将指间夹着的烟掐灭在烟灰缸里，抬头看着陆锦行笑：“我如果不是明天就要开始全国跑路演，今天也不会这么死缠烂打了。就当是开门红之后，我奖励自己的一个私人小庆功宴，陆总真不肯赏脸？”

她恰到好处地开着玩笑，却更像是撒娇，声音里有着一览无余的娇媚笑意。在她说话的时候，与坐在另一侧等待汇报工作的林越不同，钟妩站在一旁，存在感薄弱得几乎像是一个影子。

陆锦行端起茶杯，鼻息间茶香萦绕：“今天晚上有什么其他行程安排吗？”钟妩应声答道：“盛达集团的周初成先生要登门拜访。”

“推了吧。”陆锦行放下茶杯，面上疏淡的笑容依旧，“订间安静点的餐厅。”

在顾雪晴妖娆的笑意里，钟妩面不改色地问陆锦行：“中餐还是西餐？”

顾雪晴突然发现，原本觉得不怎么起眼的小助理一板一眼起来实在是有趣得很，又或许是陆锦行类似的行程安排实在有限，以至于她直愣愣的问题比初出茅庐的学生还傻——成年男女相约之处，自然是灯光摇曳气氛暧昧便可，女人在面对陆锦行的时候，从来都是意不在酒的醉翁，什么时候在意过吃的是什么？

陆锦行却难得有些怔忡，他看向钟妩，她倔强的眼神和昨晚如出一辙，仿佛即使明知会得到怎样的答案，也一定要亲口问出个结果，他终是没来由地皱眉："随你。"

钟妩答应着转身出门去安排，林越心里却有些唏嘘——这两个人在彼此之外分明已经渐渐有了别人都靠近不了的壁垒，却不知为什么，关系反而越来越僵硬起来。

钟妩订完餐厅，觉得自己的心里竟有一种诡异的、近乎麻木的痛快。她并不想再返回去看两个人的言笑晏晏，她也并不觉得会有人需要自己回去，于是起身朝茶水间走去。

宋真宜的身影让钟妩推门的动作一滞，她还来不及离开，对方就已经回过头来，仿佛看穿了她的意图般，笑容里难得多了分烟火气："既然已经躲出来了，这会儿从这里出去又能去哪儿呢？"

钟妩也笑了笑，走过去倒了杯咖啡，坐到了她旁边。

宋真宜来回搅着杯子里的咖啡，淡淡地笑道："顾雪晴是不是很漂亮？"钟妩答非所问："你也很漂亮。"

"谢谢。"宋真宜对她究竟真心还是假意的夸奖并不放在心上，"我其实一点儿也不在意她，我只是生自己的气。"

气自己明明已经难以压抑心中的感情，却还是不敢亲口告诉陆锦行。她太了解陆锦行凉薄的性格，所以也就越发不敢承担将感情宣之于口之后的结果——她不想被他冷淡地拒绝，不想被同事在背后议论指摘，更不想被调离他身边……她怕的东西太多了。

感情是一场豪赌，可她早已丧失了下注的勇气。

而无论昨天醋意明显的钟妩，还是今天毫不掩饰自己目的的顾雪晴，都远比她勇敢得多。宋真宜放下杯子，只觉得自己唇边的笑意比杯中的黑咖啡还要苦："我昨晚想了很久，他对你有些不一样，是不是因为……你心里最重要的人是他，而不是你自己？"

她爱上的这个男人，似乎从来可以轻易洞察人心。

"不。"就像钟妩并不知道宋真宜为什么会突然和自己说这些，她也不知道自己究竟是为了什么，对她的问题既不想逃避，也并不想试图敷衍，"我爱陆锦行，但对我来说最重要的人是我妈妈，然后才是他。"

第五章 我爱你

Lu Yuan Wu Ci Xing

【1】阿妩，我是不是对你太好了

接下来的一整天，钟妩都并没有太多时间为陆锦行先前的态度伤春悲秋——陆锦行接连开了三个不同议题的会，总裁办的人忙得脚不沾地，她也同样要面对繁复的工作，直到下午临近下班，才终于能歇口气。

下班前，钟妩再次和餐厅确认了一下时间，而她心里大概很难用语言来形容，亲自为心上人和其他女人订餐厅是一种怎样的心情。她说不清自己是否吃醋，在她看来，毕竟陆锦行对顾雪晴并没有什么不清不楚的暧昧，可这并不能让她开心。

或许只不过是因为，她突然发现对他示好的女人多如过江之鲫，他却从始至终都不在乎。无所谓这一个是不是足够关心他，也无所谓另一个是不是蓄意讨好他。就像他前一天晚上可以和她激烈地拥吻，今天也能面色冷淡地指挥她处理其他女人的邀约。

她从来都看不清他的心。

可钟妩突然想起了上午在茶水间时，宋真宜笑意微苦的话：“我以前总觉得，即使不说出口，一直默默陪在他身边也很好。即使他不需要爱情，时间久了，他也总会发现我是不同的那一个。可这两天我突然发现，我似乎搞错了很多事——我只是用我以为安全又正确的方式去爱他，仰望他，但是陆锦行真的需要别人去仰望吗？”

钟妩又想到昨夜的那个吻，慢慢抬起手，指腹轻触下唇，似乎还记得他唇齿间灼热的温度，于是她又不自觉地陷入茫然。

陆锦行从来都足够冷静理智，似乎已经强大到不介意有人恨他，也不在乎有人爱他。可被她遗忘在记忆深处的那个少年，如今已经随着答案的揭晓而逐渐清晰鲜活起来。可又会是怎样的人生轨迹，能造就出如今刀枪不入的陆锦行？

钟妩放下手，原本的茫然渐渐退去，取而代之的，是带着几分倔强的坚韧——陆锦行高高在上，但爱情不是单方面的顶礼膜拜，她不是宋真宜，没办法守着自我塑造的一个神位岁月静好。

考虑到顾雪晴的职业，钟妩特意选了陆氏旗下一家环境不错的花园餐厅，那里的顶层露台是一个整体的半封闭玻璃包厢，有专属电梯直达，安静清幽，能俯瞰整个余城的夜景，几乎能称之为隐秘约会的首选之处。

“你这位小助理真有心。”由餐厅乔经理引路走出电梯，顾雪晴跟在陆锦行身后，并没有试图跟上去挽他的手臂——陆锦行不喜他人贸然碰触是大家心照不宣的事，所以这一点小小的不完美并不影响她今晚的心情，环顾四周之后仍是笑得千娇百媚。她换了一条银色的贴身真丝长裙，勾勒出身体完美的曲线，性感又妖娆。陆锦行不疾不徐地走到座位边坐下，笑意始终温文。

钟妩把他递过来的拐杖放好，又查看了一下空调温度，离开前又和乔经理再次确认了一下菜单里没有陆锦行忌口的食物。顾雪晴瞧着她一副严肃认真的模样，颇觉有趣地笑起来："放心吧，我会照顾好你们陆总的。"

察觉到陆锦行看过来的目光，钟妩低下头去，语调板正平静："我就在外面，有事您随时吩咐。"

随着钟妩的脚步声远去，顾雪晴回过头对陆锦行眨眼笑道："这种细心程度，我那几个助理和她比起来真是差得远。不知道陆总有什么调理手下的秘诀，能不能找个时间教教我？"

陆锦行迎着她的视线，嘴角微扬："顾导演档期这么满，我就算想耽误，全球影迷只怕都不会同意。"

顾雪晴打蛇随棍上，笑意更深："那陆总呢？你是我的影迷吗？"

"我希望是。"陆锦行轻声笑道，"那代表着我可以有很多的空闲时间用来看电影，而不是整天坐在办公室里看枯燥的财报。"

顾雪晴嗔怪似的看他一眼，但也不得不承认，这种并不能让她满意的答案大概也只有经由他说出，才能让她这么开心。这么想着，顾雪晴不由得轻笑出声。

钟妩坐在外面花丛间的一个秋千椅上，手里拿着杯柠檬水，听着里面隐隐传出来的笑声，觉得心口似乎有什么堵在那里，阻碍着她的呼吸，让她整个人看起来都沉闷压抑。紧盯走菜流程不敢松懈的乔经理出来时看见了，礼貌地上前问道："钟小姐想吃点什么？我安排后厨去做，一起送过来。"

钟妩回以礼貌的微笑："不用了，谢谢。"

她其实无意亏待自己的肠胃，可也实在没有本事，可以听着里面两个人隐隐的谈笑下酒。她内心很有些学自阿Q的精神胜利法，觉得自己和陆锦行朝夕相处，又有过一个亲密的吻，和被礼貌对待的顾雪晴相比，至少能算得上是占了上风的。

可是陆锦行如今对自己，似乎已经再不见曾经的温和，只剩了疏离和沉默。再想想顾雪晴连个正眼都没给过自己，又不得不承认，自己在对方眼中大概连“对手”的边儿都挨不上。

钟妩喝完杯中的柠檬水，看着外面流光溢彩的夜景有些发呆。

只是很快，她的思绪就被熟悉的脚步声打断了——陆锦行拄着拐杖走路，比常人稍慢一些，脚步声中也因为多了拐杖敲击地面的声音，所以格外与众不同。她猛地朝声源处望过去，对上陆锦行的视线，整个人都有些怔忡。

陆锦行出来之后第一时间就看到了钟妩，她安安静静地坐在光影交汇的地方，指尖无意识地摩挲着手中的水晶杯，像是被遗弃在路边的玩偶，看向窗外的神情孤独又落寞。而下一秒，她已经敏锐地看了过来，那一刻，她眼底有明显的意外和错愕，却也隐隐带着一丝莫名的惊喜。她凝望他的时候，寥落的目光也随着情绪的变化而有了温度，渐渐灼热逼人。他静静地看着她，握着拐杖的手握紧又松开。

乔经理原本想要上前，可不远处的两个人视线相撞的那一瞬，鬼使神差般，他的脚步不自觉地止住了。

钟妩回过神来，下意识地站起身来，抿了抿唇，有些迟疑地开口问道：“有事吗？”

陆锦行移开视线：“去洗手间。”

“……哦。”钟妩跟上去的脚步停了下来，低下头干巴巴地应了一声之后，便不再开口。前方脚步声渐渐远去之后，钟妩才抬起头，直到陆锦行的身影消失在走廊的尽头，她才靠在走廊边，缓缓吐了口气。

陆锦行回来的时候，钟妩正靠在走廊边偏着头看他。他猜她是想要对自己说些什么的，可他一路慢慢走来，直到经过她身旁的时候，她才出声叫住他，与此同时，她先前眼神中所有的情绪已经消失得干干净净："陆先生。"

陆锦行停下脚步，抬眸朝她看过去，光影之下他的目光像浩渺的深湖，静谧又幽深。被他这样看着，钟妩只觉得心突然就软了一些，原本要嘱咐的话听起来也更像是一声轻叹："回去还要敷中药，您不要喝酒。"

"好。"

他答得痛快，声音低沉，神情自然，钟妩却反而不知如何回应。她本来还想再说些什么，可动了动唇，终是沉默了下来。陆锦行继续向前走去，目光始终平静，嘴角却挑起了一个几不可见的弧度，像是释然，又像是讽刺。

可是下一秒，便有小小的、却又不容忽视的力量阻止了他的前行。

陆锦行回过头去，钟妩不知什么时候已经伸手拉住了他的衣角，看着他的眼神里，带着孤注一掷的勇气。

"别去。"

钟妩这些年来处处谨小慎微，但面对陆锦行的时候，那些压抑许久的情绪，却像是渐生了尖角的小恶魔，叫嚣着想要破土而出，并且随着时间的推移愈演愈烈。只是，在她鬼使神差般伸出手去，拽住陆锦行衣角的同时，内心除了近乎执拗的孤勇，也仍然有着难以言说的怅然——如果再早一些遇到他就好了。

如果再早一些，她还是当年没经历过什么风雨的那个自己，也许拉住他的动作会更果决一些，能够坚持得更加理直气壮，毕竟那时候的她一言一行不需要瞻前顾后，大概……也会更有勇气面对他接下来的任何回应。

陆锦行面色不变，声音亦听不出情绪："你又想做什么？"

钟妩的手指微颤，却对他疏淡的目光不避不闪，她更加用力地攥紧了陆锦行的衣角，一字一句地说道："我知道我现在可能没有资格也没有立场说什么，但是陆锦行，如果对你来说……我和其他人比起来有那么一丁点儿的不同，那我能不能再自作多情一些，请你不要——”

她的话还没说完，陆锦行已经按住她的肩膀，将她整个人推到了墙边。他的拐杖已经滑落到了地上，但他恍若未觉。陆锦行半个身子的重量几乎已经全压在了钟妩的身上，一手按在她的肩头，另一只手已经钳着她的下颌把她的头抬了起来，迫得她不得不仰着脸看他。他微微低下头，和她额间相抵，缓缓开口的时候，两人温热的呼吸纠缠在一起，在本就极为亲密的距离中，更添了无尽的暧昧意味。

他眼角眉梢的笑意清冷，即使动作里带着明显的不悦，但仍然温文清贵。

“阿妩，我是不是对你太好了，才让你明知道我已经容忍了你许多，却还是要不断地得寸进尺，嗯？”

【2】机会我给你，希望你不只是说得好听而已

在陆锦行一贯的优雅清和里，钟妩却感觉到被他捏紧了的下颌处正隐隐作痛——陆锦行在生气。

“是。”钟妩盯着他好看的眸子，放弃了所有挣扎，“就是因为你对我太好，一再地容忍我……陆锦行，如果你对待其他人和对我完全一样，不要对我笑得那么温柔，不要让我看到你寂寞的样子，也不要那么投入地吻我，我或许就不会这么得寸进尺了！”

陆锦行怒极反笑：“自作多情。”

“那也是你给我的这个自作多情的机会。”钟妩需要不停地深呼吸，才能抑制住心中的刺痛，可即使如此，她仍是抬手抓住他的

手，丝毫不肯退让，“我只是想要对你好，想为你分担痛苦，即使有一万个女人想要做同样的事，如果你对她们都只是像对顾雪晴这般敷衍，那你凭什么怪我自作多情？”

他手上的力道松了些，冰冷的指尖摩挲着她发烫的肌肤，直至滑上她微红的眼尾：“别对我露出这种深情的眼神，说到底，你只是为了你自己而已。”他低头看着她，两人鼻尖几乎相抵，可他微扬的嘴角讽刺意味却越发明显起来：“是不是你以为过了几天没钱的日子，就有资格跟我谈什么痛苦？钟妩，你觉得自己苦大仇深，可惜实际上骨子里和过去一样，还是那个被宠坏了的任性大小姐，一旦想要什么东西，就一定要握在手心里，拼了命也不肯松手。”

察觉到钟妩身体微颤，陆锦行眼底的凉薄微退，松开禁锢着她身体的手，但在想要离开之前，钟妩已经抬手环住了他的脖子，将他重新拉回到了自己面前。

陆锦行冷着脸看她：“放开。”

钟妩的神情固执又委屈，却又像是怕被他看见眼里的脆弱，把头埋进他怀里，脸颊贴着他微凉的颈间，声音低哑：“你总是让人没办法反驳，陆锦行。我过去就像你说的那样，喜欢了的就放不了手。我以为我现在学乖了，不敢再任性了，可是面对你的时候，我还是不知道吸取教训。”

她自他颈间微微抬起头，看着他精致却又疏离的侧脸，在他耳边一字一句地说道：“但你有一件事说得不对，我想为你分担痛苦，从来不是因为我自认为吃过了什么苦头，而是因为我爱你。”

陆锦行，我爱你。

陆锦行身体微僵，他低头看着钟妩，目光里有隐忍的暗光一闪而逝。

其实钟妩有什么好的？她长得大概还算漂亮，性格却从不讨喜，对周遭人的看法，与其说是不在意，倒不如说是近乎迟钝。该示弱的时候不知道示弱，不该退让的时候却又偏偏不懂得据理力争。她是固执的，执拗的，也是不懂变通的，要小心机的时候，甚至还不等旁人看穿，她自己就已经掩饰不住内心的尴尬和难堪了，就像他在书房第一次见到她时一样——即使他和她在彼此还年少的时候，就已经见过面了。

平生第一次，陆锦行说不清究竟是在和钟妩僵持，还是和自己对抗。

钟妩静静地看着他，微红的双眼里有着坚定而专注的光芒，陆锦行并不觉得自己会被蛊惑，但原本试图拉开她的手却仍是停在了半空中，不知过了多久，他几不可闻的叹息声终是响起。

算了。

陆锦行的吻猝不及防，微凉的唇瓣贴上来的一瞬间，钟妩倏然瞪大双眼，震惊远远大过惊喜。

可渐渐地，她的所有情绪都已经随着这个吻的来势汹汹而被抛诸脑后。陆锦行环在她腰间的手臂缓缓用力，两个人身体紧贴，勾缠的唇舌间带着柠檬水的清甜香气，钟妩只觉得舌尖被陆锦行不轻不重地噬咬着，酥麻的触感让她大脑一片混沌，却又不肯认输似的，本能地去纠缠他，回应他。

直至这个吻结束，两人的气息都紊乱无序，粗重的呼吸分不清究竟是谁的。这个发现让钟妩的脸上一片滚烫，几乎有些不敢看陆锦行的眼睛。

两人前额相抵，昏黄的灯光却仿佛在陆锦行眼中折射出了璀璨的华彩，他的手轻轻覆上她的脸颊，原本清冷的声音此刻低沉暗哑，几近耳语："机会我给你，希望你不只是说得好听而已。"

钟妩仿佛刚刚从先前的热吻中回过神来，有些停滞的思维此刻才重新开始运转起来。如果说先前的吻已经让她足够惊喜，那么此刻陆锦行的话则更是让她觉得，似乎正有无尽的喜悦正叫嚣着要将她淹没。

她想笑，又有些想哭，一时之间悲喜交加的情绪主宰着她，让她几乎没办法说出一句话。

她再次去吻陆锦行的唇，只是和之前的激烈相比，这个吻格外温情，带着十足的郑重和珍视，更像是在剖白着她无以言表的心情。陆锦行眼底的光芒也渐渐柔和起来，他抬起手，指尖轻轻穿过她的发间，动作缓慢而又轻柔。

蓦地，短促的低呼声打破了眼前的温馨宁静的一幕。陆锦行和钟妩几乎同时朝声源处看去，顾雪晴正站在包厢门口，发出惊叫的那一瞬间就已经下意识地捂住了自己的嘴，但眼里仍是难以置信的震惊之色。

最初的震惊退去之后，顾雪晴试图让自己看起来更有风度一些，但陡然而生的被愚弄的怒意仍是让她无法释怀。她几乎想上去痛甩钟妩几巴掌才能解气，可即使是在这个时候，她也不得不承认，陆锦行的身份让她承受不起这么做的后果。所以她即使气红了双眼，也不得不努力平复着呼吸，阴着脸一言不发地大步朝电梯口走去。

一直躲在角落里的乔经理此时也不好再装聋作哑了，连忙跟上前去。

凌乱的脚步声渐渐远去，钟妩也从刚刚的错愕中回过神来，看了看陆锦行，突然有些忍不住似的，埋进他怀里笑出声来。

和陆锦行挑明之后的这些天里，钟妩被他的一举一动影响着，一直心绪不宁。纷乱复杂的心情在这一天几乎达到顶峰，像是坐过山车一样，起伏过大，让她仿佛如坠云雾。但今晚又情势急转，有了天渊之别的变化，陆锦行的亲吻和拥抱无比真实，于是直到坐在回陆家的车上，她面上的笑意一直都没有退去过。

车内幽静昏暗，小江认真地开着车，但他因着白天诡异的气氛和此时的沉默而心有余悸，一句话都不敢再多说。

原本闭目养神的钟妩悄悄睁开眼，看似不经意地打量一旁的陆锦行。彼时对方亦闭着眼睛靠坐在座位里，和过去的冷淡没有丝毫区别。钟妩还记得陆锦行之前在她耳边低语时的模样，可无论是当时眼神中光华流转的他，还是此刻安静沉默的他，都让她怦然心动。

钟妩看着他膝上白皙修长的手，坐姿依然端正，手指却动了动，蜷曲握紧又再度张开。她最终还是忍不住，小心翼翼地慢慢覆上去，有些试探的意味，更像是为了安心的一种变相确认，面上看似不动声色，心底却又有些微妙的紧张。

陆锦行眼睑微动，一动不动任她握着，却并没有睁开眼睛。

他的体温始终偏低，即使盛夏天气，手依然微凉，钟妩温热的掌心贴在他的手背上，渐渐地，两个人都有些分不清，究竟是谁的体温传递给了谁，以至于肌肤间分明的温差慢慢缩小，直至相同。

陆锦行才是始终不动声色的人。他双眸紧闭，膝上的手微动，下一个瞬间里，钟妩的手就已经落在了他翻转过来的掌心，变成了十指交握的模样。

钟妩的心倏地漏跳一拍，下意识地朝他看去，却发现他的神情没有丝毫变化。钟妩无声地笑起来，轻轻靠在他肩上，重新闭上了眼睛。陆锦行任她靠着，昏暗的光线里，嘴角的弧度几不可见。

小江把车开到陆家大门口的时候，钟妩靠在陆锦行的怀里，两人不知何时已经睡着了，此时的呼吸依旧均匀而平稳。而小江早在半路时，就已经因为无意窥见了后座的情形而又惊又叹，直到此刻也没办法完全恢复镇定。

迎面车灯大开，一辆黑色路虎从门内驶出，小江把车停了下来，等对方先过去。陆锦航一面打着方向盘，一面不经意地朝对面的车内看去，不过只是这不经意的一眼，他握着方向盘的动作却有些难以觉察的凝滞。

迎面而来的光线照亮了原本幽暗的车厢，后座上钟妩正靠在陆锦行怀里，睡颜安恬。陆锦行同样闭着眼睛，但手臂环着她的身体，姿态亲密无间。

两个人依偎的情景像是一幅画，沉静又美好。

小江见对方的车突然停在对面不再有丝毫移动的迹象，有些奇怪地鸣笛，可手按下之后他才想起后座上的人，内心一时后悔不迭。

钟妩自睡梦中被吵醒，揉着眼睛抬起头来，彼时黑色的路虎已经利落地从一旁驶过，很快便消失在了夜幕里。而她的眼神里还带着几分茫然，对上一旁陆锦行的视线，才发现自己被他搂在怀里，远比她入睡前更加亲密。

她坐直了些身子，沿途路灯的光芒洒进车内，也照亮了她微红的双颊。陆锦行几乎和她同时醒过来，此时的目光落在她身上，黑曜石般幽暗深邃："钟小姐害羞的样子，倒是难得一见。"

【3】陆锦行，我会一直陪着你的

一直到下车之后走进家门，钟妩觉得脸上的热度似乎始终没有彻底退去的迹象。而陆锦行面色疏淡地走在前面，除了一丝疲惫之外，神情看上去和往常没有任何不同。

钟妩跟在他身后，看着他的身影有些出神。在默许了两个人的感情发展之后，他们已经在最初的上司下属、合约夫妻双重关系之外，又新鲜出炉了一项崭新头衔——男女朋友。但只可惜她的感情经历乏善可陈，凭借着一腔热忱告白，得到了结果后，反而不知该如何是好。

感情要怎样发展，关系要怎样维护，两个人之间要秉持着怎样的相处之道，这些钟妩一无所知，但心里始终有个模模糊糊的念头——在这偌大的陆家，陆锦行似乎永远只有一个人，她对他好一些是没错的。

“钟小姐？”

陈嫂的声音打断了钟妩的沉思，她回过神来，见陈嫂正有些好奇地看着自己，连忙敛起了所有思绪：“怎么了？”

陈嫂压低声音笑道：“先生回房洗澡了，他刚刚让我准备些紫米燕窝粥，还问你要不要喝，结果你始终没什么反应。”

钟妩这才看向已经径直走向电梯的陆锦行，想到刚刚陆锦行的话自己竟然一个字都没有听到，她有些不好意思地对陈嫂笑道：“那就麻烦陈嫂了。”

钟妩洗完澡下楼的时候，陈嫂的紫米燕窝粥已经熬好了，正准备送上楼。她于是上前把粥接了过去：“先生在起居室还是书房？”

“书房。”陈嫂答道，“不过我看先生接了个电话之后，脸色似乎不太好。”

钟妩一愣，随后礼貌地朝陈嫂笑了笑：“我上去看看。”

她端着粥敲响了书房的门，之后走了进去。彼时陆锦行正躺在落地窗前的躺椅上，看着远处的静谧夜空不知在思索着什么，眼角眉梢仍带着掩不住的疲惫。

钟妩轻手轻脚地上前，把粥放到一旁的茶几上。陆锦行眉眼微动，收回的视线落到她身上。他眼中的光芒明明灭灭，而在他的注视下，仿佛连空气都变得更加宁静悠远。钟妩喉头有些发紧，但心中原本关于感情的纠结突然就被抛开了。她迎着他的目光走到他身旁，低声问：“喝粥吗？”

“嗯。”

陆锦行只回了一个字，随后坐直了些身子。钟妩在一旁扶着他，身上的玫瑰香气似乎是浴液的味道，浓郁但不刺鼻。她散落的发梢拂在他颈间，有一丝痒。陆锦行抬头看向她的时候，恰逢她低头看过来，两人视线相撞，钟妩率先别开脸去，拿粥的动作看似镇定，耳边却有一丝可疑的暗红。

陆锦行差点儿要轻笑出声。

两个人并没有多说什么，只是安静地喝粥，一时间只剩下汤匙和碗壁偶尔轻轻碰撞时发出的些微声响。钟妩原本的忐忑被此刻的安恬极好地安抚了，即使彼此并不说话，她也仍很开心，甚至觉得，此刻哪怕是一杯白开水，大概也会被她喝出些蜂蜜的清甜味道。

粥很快便喝完了，温馨的气氛却似乎格外绵长。陆锦行先前眸底的凝重已经不觉间淡去了许多，可钟妩仍然心下难安，忍不住问道："有什么事吗？"

"没什么。"陆锦行抬手轻轻揉了揉眉心，"不过接下来的这段时间，没什么事尽量不要单独出门。"

陆锦行察觉到她眼中越发明显的担忧，笑意里便有了些安抚的味道："刚得到消息，爷爷已经决定下个月召开临时股东大会了，别太担心，不过这期间小心些总没错的。"

钟妩自先前的怔忡中回过神来，她敏感地意识到很可能是陆显文的身体出了什么问题，否则依靠陆氏集团现有的良好运转，即使陆氏文化一扫颓势发展迅猛，最近的股价更是一路上涨，几乎打破内部三足鼎立的平衡，也并不是陆显文突然决定召开临时股东大会的理由。

在陆锦行身边的这些日子，对于车祸的始末她多少都窥见了一丝端倪，所以此时也更怕到时候一旦结果尘埃落定，陆祈会再次对陆锦行下手。

陆锦行看着钟妩瞬间苍白的脸色，笑意温和："不过是未雨绸缪，事情远没到那么坏的地步，不过……还是把你扯进来了。"

他其实良心有限，但也许夫妻间总是会有些不同于常人的羁绊，无论真假。她和其他人最大的不同大概在于，她不仅在他身边讨生活，也在他身边安身立命。而在他决定对自己妥协的那一瞬间，他和她也就再无法做到简单的银货两讫了。

钟妩无法得知陆锦行的内心想法，不过在他话音落下之后，就已经忍不住起身走过去，坐到了他身旁的地毯上，头轻轻枕在他膝前：“你说得对，我其实又倔又笨，但你既然答应了，就不能反悔了。”

陆锦行的手碰到她的发梢，片刻之后，才慢慢穿过她的发间，动作温柔地抚摸她的头顶，笑声宛若叹息：“大概又倔又笨的人，蛊惑人心的时候才会格外有煽动性。”

钟妩偏过头看他，目光熠熠生辉：“你被我蛊惑了吗？”

陆锦行薄唇微扬。大概没有人比他更有理由厌恶所谓的爱情，所以哪怕到了此时此刻，他也并不认为自己对钟妩产生了什么近似于爱的情绪，但那些已经分不清何时开始不停扰乱着他的陌生心情，声势也一天比一天更加浩大。

“大概……是吧。”

只是，究竟是什么时候呢？

在她看着病发的母亲终于撑不下去，在他面前痛哭的时候？在她温柔体贴地照顾自己，可紧接着就用强忍悲伤的目光看向另一个男人的时候？又或者是在更早之前，滂沱大雨中她一身狼狈，却对着自己笑的时候？

也许在当年初遇之后，两个人的命运轨迹就已经发生了变化。几年后重逢时，那个早已忘记他的，面对他时呼吸都不敢大声的钟妩，开始一步步蚕食鲸吞他的生活。

她渐渐敢和他梗着脖子争吵，不经他允许就大胆地上前吻他，甚至明明前一秒内心尚因为两人的感情忐忑不安，眼下又为他的安全担忧惊惧，却也还是要貌似“强横”地让他不许反悔。

她的“得寸进尺”也许都从来不符合一个合格下属的特质，而他却一直在有意无意地纵容。

陆锦行目光幽暗，闪着复杂难辨的光芒。而大概因为他在身旁，就已经足够让钟妩安心，她握着他的手，把他的掌心轻轻贴在自己的脸颊上，看着他的目光温柔又坚定："陆锦行，我会一直陪着你的。"

《昨夜》的票房一路高涨，打破了多项票房纪录，顾雪晴更是凭此作品入围了戛纳电影节最佳导演、最佳女主角、最佳艺术成就奖三项提名，陆氏文化股价也因此直接涨停，全线飘红。在陆显文的主导下，为期三天的庆功宴在余城远郊的另一座陆氏庄园酒店里举行，各界名流以及陆氏高层陆续入住，一时间华盖云集，门庭若市，盛大而隆重。

而这些日子以来，钟妩从假太太晋级真女友，一言一行其实和过去并没什么分别，但这其中微妙的变化，林越反而是感受最为直观的人之一——此时他正坐在沙发上，喝咖啡的间隙不时交代钟妩一些最近的工作，偶尔闲聊几句。

第一天的晚宴即将开始，钟妩穿了一条迪奥纱质绣花的酒红色吊带礼服裙，并不算多么惹眼的打扮，但大概因为心情足够好，所以她看起来格外神清气爽。

第二天虽然依旧从容沉静，但过去嘴角冷硬的弧度如今已被温和的笑意所取代，即使话依旧不算多，但周身到底不再萦绕着些内敛到近乎压抑的气息。

林越看了看钟妩，斟酌着说道："网上有些捕风捉影的八卦传言，公关部都有关注，不会翻出什么风浪，你如果看见了也不要太在意。"

不过是些圈外人为搏眼球的虚假"爆料"，顾雪晴不同于那些想要热度的小明星，她爱惜自己的名声，也自恃身份，更重要的是对方是陆锦行，并不是她敢去炒作的对象。

不过即使钟妩对于陆锦行的性格已经算是了解，但林越仍是给她提前打了预防针。钟妩看了看远处半掩房门的会客室，陆锦行正在那里接受财经杂志专访。她收回视线，对林越的善意感激地笑了笑：“没事的，我其实平时上网的时间不多，也不会刻意去看这些消息。”

林越不由得笑起来，他想到自己那位似乎永远不食人间烟火的老板，又想到初次面试时钟妩精致却严肃刻板的脸，不禁觉得这两个人的组合虽然看似迥异，也实在堪称绝配，世间缘分当真是再奇妙不过了。

两个人又把这两天陆锦行的行程前后梳理了一遍，确认没有什么遗漏之后，钟妩才松了口气。林越接了个电话之后，抬手看了看腕表上的时间，站起身来：“恒生集团的人到了，我先过去一下，陆总这边结束之后你记得通知我一下。”

钟妩一面答应着，一面起身把他送至门外。陆锦行入住的是庄园西北角最偏僻幽静的独栋别墅，林越上车前环视着周围的环境，对钟妩笑道：“这两天人多，好在这里也算是闹中取静，重头戏还在后面，你的神经不用绷太紧。”

钟妩笑着点头，目送他离开之后，正要转身回去，就看见一辆黑色迈巴赫远远朝这个方向驶来。

钟妩站在原处，目视着车子驶到近前停下来。陆显文的助理从副驾驶下车，打开左侧车门将陆显文扶了下来，而右侧的车门同时打开，下车的人身穿一套黑色手工西装，走在陆显文身后，高大挺拔，目光沉静——是已经许久不见的陆锦航。

即使如今人人知道陆显文器重陆锦行，实际上陆锦航却似乎更像是陆显文更偏爱的孙子，不仅言传身教的意味浓厚，重大场合也必有他相随。陆显文并不是亲情至上的人，钟妩甚至想过是不是因为陆祈的存在，相比之下陆锦行的路才并没有陆锦航那般顺遂。

“董事长，陆总，”钟妩垂首敛目，“陆先生正在接收专访。”

“让他结束后去书房找我。”陆显文的脚步有些蹒跚，却并不因钟妩的话有丝毫停顿。钟妩嘴角职业化的笑意不变：“好的，董事长。”

陆锦航并没有一起上楼，钟妩站在路边看向他，彼时已经有些微凉的晚风吹起她耳边的几缕碎发，她抬手轻轻整理着头发。暮色四合，华灯初上，她纱质的红裙上仿佛被撒上了星光，整个人仿佛都退去了过去沉郁的气质，有一种脱胎换骨的美丽。

陆锦航神情不变，却几不可见地移开了视线："好久不见。"

【4】您看起来脸色似乎不太好

也许是因为如今的感情成熟而明确，所以钟妩再次面对陆锦航的时候，过去那些或难过失望或尴尬不安的情绪，早已经不再有了。她笑道："好像确实有一阵子没见了，你一直神龙见首不见尾的。"

"一直忙着出差。"陆锦航答得言简意赅，显得格外冷峻。不过看着她嘴角轻浅的弧度，他的目光却远比他的神情更柔和些："最近怎么样？"

钟妩突然觉得，也许陆锦航才是那个从始至终都不曾真正有过什么改变的人——即使他已经从穷小子变成了商业巨子，但面具之下，很多特质仍然和过去一样，比如实在并不擅于寒暄，总是有把一句再平常不过的问候变得格外生硬的本领。

眼见着钟妩掩饰似的低下了头，陆锦航多少能猜到些她忍笑的理由，看着她的发顶，原本晦涩的目光中闪过几分难得的舒朗。

两个人的身影，和谐而自然。

财经周刊的三个工作人员已经陆续走了出来，自然没有人不认识陆锦航，但他们同样也对余城各路神佛的性格有最起码的了解，所以礼貌地打了招呼之后便匆匆离开了。

钟妩回头看过去的时候，陆锦行正拄了拐杖站在会客室门口看她，剪裁合体的白色西装平整挺括，衬得他越发清贵俊美。钟妩面上没有什么变化，目光却倏然亮起来，似乎整个人都因为陆锦行的出现而更加生动鲜活。她走到他身旁，见他面上并无疲惫之色，才放了心，轻声道：“董事长来了，在楼上的书房等你。”

陆锦行微微颔首，和随后进门的陆锦航打招呼：“大哥。”

陆锦航的神情早已恢复了最初的冷峻：“上去吧。”

“好。”陆锦行笑意轻浅，上楼前吩咐钟妩，“晚宴前安排人把准备好的礼物给顾雪晴送过去。”

“好的。”钟妩答应着，想到之前见到的一个精致的紫色首饰盒，抿着唇低下了头。

陆锦行转身上楼前，随意而自然地抬手，把她的碎发别到耳后，微凉的指尖轻轻擦过她的脸颊和耳垂，轻声笑道：“别胡思乱想。”

陆锦航面色平静，随后兄弟俩一起上楼，只剩下钟妩站在原地，轻轻地捂了捂似乎仍有一丝凉意残留的脸颊，后知后觉地红了脸。

晚宴即将开始，宾客和受邀媒体已经开始陆续进入宴会厅。守在入口处的记者们个个长枪短炮，闪光灯、快门的按键声此起彼伏，光线亮如白昼。钟妩跟在陆锦行身后入场，她不知道他们在书房谈了什么，只发现陆显文离开时脸色并不算好，陆锦行则是依旧看不出情绪。她的目光一直在他身上，彼时他正在入口处和遇上的商业伙伴寒暄，顾雪晴和她的团队已经到了。

顾雪晴穿了条黑色深V镂空长裙，一如既往的性感妖娆，举手投足间都是十足的风华。不过钟妩的视线，却不自觉地落在了顾雪晴颈间那条鸽血红宝石项链上。

项链造型别致精巧，红宝石艳丽剔透，贴着她颈间白皙的肌肤，在灯光下熠熠生辉。

顾雪晴摆了造型拍照，陆锦行和人一面交谈，一面朝宴会厅里走去。顾雪晴随后进去，跟上前面的钟妩，低声在她身旁说话的同时，也不忘朝迎面打招呼的人回一个颇有风情的微笑：“替我谢谢你们陆总的礼物，我很喜欢。”

钟妩礼貌地微笑道：“好的，顾小姐。”

看着钟妩不痛不痒的神情，顾雪晴以为早已压下去的那些不甘，又冒出了头，使得她整个人此刻不只是一点点的狼狈。而这一切竟然是因为面前这个貌不惊人的小助理。

顾雪晴停下来，看着不远处人群中央的陆锦行，说不嫉妒是假的，但更多的是一种无法言说的怅然。

“凭你的身份能走到这一步，确实让我不得不佩服。”顾雪晴嘴角的弧度有些讽刺，语气却又不自觉地带了几分真切的苦涩，“但大概也仅此而已了——陆锦行不会爱任何人，包括他自己。”

钟妩终于停下来。她看着顾雪晴，嘴角的微笑稍敛：“我没想过那么多，只是做自己想做的事，至于最后能换来什么，都要看缘分。”在顾雪晴近似于嗤笑的神情里，钟妩继续淡淡地说道：“换不来也不要紧，总好过以后后悔现在没有去争取。”

顾雪晴笑容里的讽刺放大了些：“你到底把陆锦行当成什么人了，你以为他会在意你争不争取？所有主动权都在他手里，他高兴的时候，不过像对待小猫小狗一样逗弄逗弄你，他一旦不高兴了，你以为你算什么？”

钟妩抿了抿唇：“原来顾小姐这么了解陆先生。”

她平板的声音里微妙的讽刺一览无余。顾雪晴却只是冷笑：“你是不是觉得……我不过就是个想攀龙附凤拿资源的小明星？小姑娘，人确实都是现实的，但我和陆锦行做校友，看他和郁心出双入对的时候，你还不知道在哪儿呢。”

钟妩眼中有瞬间的茫然和讶异，随后心中也不得不承认，她虽然自认已经算是了解陆锦行的性格，可似乎也仅限于他的性格而已。

她对他曾经的生活，仍然一无所知。

在钟妩短暂的沉默中，顾雪晴的面容已经恢复了往常的无懈可击，眼角眉梢的笑意妩媚动人："放心，郁心早就出国定居了，不过你最好不要在陆锦行面前提起她，这件事算是你们陆总的逆鳞——当然了，你既然以为自己够特别，去触一触清醒清醒，我也不拦你。"

钟妩动了动唇，正要说什么，身旁经过的人已经开始自觉地避让开来，原本就宽敞的走廊变得更加开阔。钟妩回头看过去，原来是陆祈带着几个高层正从外面走进来。顾雪晴和钟妩比肩而立，气质相貌各有千秋，如今又站在他们的必经之路上，几个人自然注意到了。钟妩礼貌地颔首，陆祈虽然眼底毫无波动，但面上依旧笑得一如既往的慈祥。他看起来并不打算做任何停留，但下一秒，他的脚步却停在了两个人面前。

钟妩有些疑惑地朝他看过去，却发现，仿佛有不知来路的石子被投入平静的湖水，陆祈的眼中突然就起了波澜。

陆祈面上没有表情，目光却死死地盯着顾雪晴颈间的项链，隐藏在温文慈祥面具后的阴郁狠厉，一瞬间就在眼底凝聚起来，面色也清晰可见地有了苍白灰败的迹象。他有些艰难地把目光移向顾雪晴的脸，又不动声色地看了看钟妩，眼神中逼人的寒意让两个人有一种不约而同的毛骨悚然。

钟妩甚至疑心，他下一秒就要把这个世界撕碎。

顾雪晴有些颤抖，低头看着自己的胸前，惧怕里还带着几分茫然。原本价值连城的红宝石此时却仿佛因着陆祈的眼神而有了温度，叫嚣着想要烫穿她的皮肉，让她整个人都随着它一起灰飞烟灭。

陆祈短暂的停留并未引起过多人的注意，但也仍有人有些好奇地看了过去。不远处的陆锦行察觉到动静，和正在交谈的对象打了招呼，便朝这边慢慢走了过来。

他走到几个人身旁，似乎对于眼前的情景不需多问就已经了然于心一般，看着顾雪晴的神情里有几分安抚的笑意：“没事了，去吧。”

陆锦行的到来终是让顾雪晴从先前的惊惧中挣脱了出来，但她仍是心有余悸，见陆祈并未开口，便如蒙大赦一般快步走进去，很快就消失在了人群里。

“叔叔。”陆锦行这才看向陆祈，和陆祈的阴狠相比，他的神情越发平静温和，嘴角扬起的弧度恰到好处，不亲近，也不疏远，“您看起来脸色似乎不太好。”

厅内的悠扬乐曲和门外的欢声笑语，像是都隔得有些遥远，远得……就像是另一个世界。最初近乎失态的境况终是被勉强压制住了，陆祈看向陆锦行，那些敛起的厉色依旧在眼底盘桓：“阿行，你很好……”

钟妩觉得陆祈面部的肌肉有一丝不易察觉的抖动，简简单单的几个字，似乎带着不容错会的刻毒，她不由得呼吸一滞，可下一秒，陆锦行已经挡住了她的视线。

陆锦行拄着拐杖，步伐缓慢，却反而透着几分与众不同的优雅。他站在陆祈身旁，莞尔道：“有叔叔做榜样，我需要学习的地方还多得很。”

陆祈抑制不住地咳嗽几声，冷笑道：“那我有没有教过你，越是志得意满的时候，越要小心乐极生悲？”

陆锦行的神情依然愉悦：“当然。股东大会毕竟还是下个月的事，如果叔叔到时候能顺利升任总集团执行总裁，那对您来说大概算是件志得意满的事情。”他的喉间有笑声溢出来，但眼神终究是淡漠了些：“可我想要的从来不是这些，所以乐极生悲这种事，实在不知道叔叔是从何谈起。”

【5】你就这么……喜欢钟妩吗？

陆祈的神情已经从最初短暂的失态中恢复如常，只是嘴角的笑意带着些让人不容忽视的阴冷。他深深地看了陆锦行一眼，一言不发地越过他，向前走去。

钟妩站在陆锦行身后，虽然被他挡住了视线，但陆祈先前的反应就已经足以让她觉得后背发凉。她抬头看着陆锦行平静的目光，不无担心地问道："这个时候故意激怒他，不会有问题吗？"

其实她想问的还有很多，比如那条红宝石项链到底是怎么回事，陆祈又为什么会被轻易地激怒，而他和陆祈之间除了公司的股份争夺，到底还有些什么仇怨。可陆锦行敏锐如此，如果想让她知道的，大概早已说出了口，他至今讳莫如深，只能说明这些事他并不愿意让任何人知道——包括她。

"以他的性格，早晚都会下手，与其被动地等待，倒不如在他身后推一推。"陆锦行笑意依旧，但眸底的嘲讽意味一览无余，"毕竟这么多年，能真正激怒他的，也永远只有那一个理由了。"

所有想问的话都咽了回去，钟妩不得不承认自己多少都有些失望。但她也知道，即使目睹了陆祈的失态，此刻陆锦行的心情远远称不上愉悦，而她因着眼下的境况，甚至一个拥抱都不能给予。

"阿行。"

陆锦行不动声色地看她。

她也在看他，靠在墙边，目不转睛，眼中还残留着尚未完全退去的疑惑和探究，但更多的却是一抹温柔的、缓缓流动着的光。她似乎无时无刻不想告诉他，即使他骨子里淡漠凉薄，有许多不足为外人道的过往，即使他真的并不打算爱这个世界，哪怕她也是这大千世界里的一员。

周围人来人往，聚了又散，她无法靠得更近，于是只能这么无声地看他，始终试图用眼神去告诉他：这一切又有什么要紧的呢？阿行，我陪着你呢。

陆锦行对此却没有任何回应。他面色始终温和，不动声色地转过身，走进前面半敞着的一扇门内，几个服务生正在里面准备宴会要用的酒水，听见声音的瞬间几乎同时回头，连忙颔首：“陆总。”

“先出去一下。”陆锦行微微笑道。

几个人答应着鱼贯而出，直到最后一个人出去之后，跟在陆锦行身后进门的钟妩有些疑惑地问他：“怎么……”

话未说完，顶灯突然灭了。在陷入黑暗目不视物的一瞬间，陆锦行的手已经从墙壁的开关上移开，把她抵在门板上用力吻上了她的唇。

钟妩剩下的几个字早已被尽数吞吃入腹，唇齿间被入侵的压迫感让她的呼吸蓦地急促起来。门外宾客的欢声笑语犹在，门后两个人的心跳和呼吸却早已在热吻中一片紊乱。

那种下一秒就会被发现的紧张感笼上心头，钟妩又害怕又沉醉，她的唇舌回应着他，可试图拥抱他的双手却被他牢牢固定在了头顶，动弹不得。她有些不满地动了动，被礼服勾勒出的玲珑曲线却和他的身体贴合得更加紧密。

陆锦行吻她的动作停下来，越发灼热的呼吸拂过钟妩的脸颊，闻着她身上玫瑰花的香气，听她呢喃着在他耳边叫他“阿行”，于是他的轻笑声在一片黑暗中就显得格外意味深长：“我果然是自作自受。”

钟妩也后知后觉地察觉到了他身体的变化，此时听了他的话，脸上更是一阵阵滚烫，一动都不敢动。

短暂的沉默之后，陆锦行的手松开来，慢慢地拂过她的头发。钟妩就势低头，额头轻轻抵在他肩膀上，呼吸渐渐平复下来。她双手环住他，依偎着他的姿态格外温情。其实每当他露出那种表情的时候，她都很想抱抱他——每当他若无其事地微笑，却又像是同整个世界割裂开来的时候。

外面宾客盈门，温情的二人世界终究短暂，所有的悸动也只能被暂时压在心头。两个人简单整理之后，面色如常地走进宴会厅，并没有人看出异样，但钟妩仍有些欲盖弥彰地低下了头。

此次的庆功宴以《昨夜》为陆氏文化带来的丰厚投资收益为由，不过仍由陆显文主导，只是今晚的情况显然并不能让他舒心——不仅陆祈晚到，陆锦行亦姗姗来迟。小儿子往常喜怒不形于色，偏偏今晚却露出了端倪；小孙子看上去倒和往常无异，却是又时时不忘把那个碍眼的小助理带在身边。

陆显文看着陆锦行拄着拐杖一路走来，终是留下了痕迹的脚步，又想到早逝的大儿子，内心不是不唏嘘的，也不免又想到晚宴前书房里的谈话。

他的身体每况愈下，很多事已经等不及了。陆祈和陆锦行叔侄俩的矛盾早已不可调和，但孙辈的两兄弟之间，却还有大把的未来可期，只是他既然早就选择了不插手，如今能做的，也不过是尽量促成他们的更多合作罢了。

陆锦行到主桌和陆显文的一众老友打招呼，一如既往地礼貌又矜贵。在众人欣赏的目光和言辞里，陆显文原本的不悦和忧虑也多少都压下去了一些。他和众人打了招呼，离席准备上台致辞，在经过陆锦行身旁的时候，看到他身旁的钟妩，眉头又几不可见地皱了皱，终究还是忍不住压低声音斥道："怎么这个时候还把助理带在身边，像什么样子！"

钟妩对他的不喜心知肚明，但心中仍是不禁一颤。

陆锦行却只是微微偏过头去看他，不以为意地笑了笑："爷爷这是怎么了？"

为避免吸引众人的视线，陆显文并未多做停留，离开前，却撂了句话过来："你姜世伯家的小女儿最近刚从外地调回余城，过会儿让你姜世伯介绍你们认识。"

看着陆显文已经有些蹒跚的身影，陆锦行收回视线，朝不远处自己的桌位走去。

台上几束追光大亮，而厅内的灯光也相应地调暗了些，尚未坐定的宾客开始各自归位。钟妩一面跟在陆锦行身后朝不远处他的桌位走去，一面低声说道："我去找林越他们，有事的话你打电话给我……"

她的座位本来就是和林越等人在一起的，这些日子以来，她和陆锦行的关系虽然有了变化，但同时也牢记着当初答应陆显文的条件，并没有什么"逾矩"的念头——他是没什么必要在此时敲打她的。

即使明知陆锦行的性格，但对于陆显文试图"做媒"的意图，她内心多少也都是有些颓丧的。

可就在她话音未落，自己尚在胡思乱想的时候，白皙修长的手已经伸到了她的面前。

钟妩抬头看着手的主人，目光里带着明显的错愕和茫然。有些朦胧的灯光里，陆锦行不知什么时候已经回过头来看她，轻浅的笑意在精致的眉眼间荡漾开来，竟带着些难得的少年意气："敢吗？"

钟妩并不知道他是因为心情已经转好，还是单纯源于对被命令、被操纵的不屑，可她自做他助理伊始，便习惯了听从他，爱上他之后，又出自本心地心疼他。所以此时钟妩看着他带笑的好看双眸，不知自己究竟是在对他妥协，还是对自己内心的真实渴望投降。

"有你在，我有什么不敢？"

她抬起手臂，动作缓慢但坚决地把手放在他掌心里，陆锦行的手慢慢收拢，牵着她向前走去。

周遭终于有人开始注意到他们，目光渐渐汇聚，议论声影影绰绰，听得并不是特别清楚，其中甚至夹杂了有些人颇为夸张的吸气声。

钟妩却似乎听不见，也看不见。身边的一切景象都仿佛古旧的黑白默片，唯有陆锦行是其中唯一的华彩。只要他在，其他一切都不再重要。

钟妩任陆锦行拉着，在他的座位旁边坐了下来。陆锦行和同席而坐的众人简单寒暄了几句，又朝邻桌的陆锦航颔首打了招呼。陆锦航的视线如蜻蜓点水般在钟妩微肿的唇瓣上停留一秒，随后便不动声色地移开了。周初晓坐在陆锦航身旁，却久久未能从先前看到的画面中回过神来，直到陆显文开始致辞前，全场的掌声响起，才让她如梦初醒般恍然。

陆锦行最初对钟妩的维护，还有后来对自己毫不留情的嘲讽，原来并不只是因为钟妩是他的助理吗？

“原来是这样吗？”她看着不远处的钟妩和陆锦行，又看了看身旁的陆锦航，突然有想要掉眼泪的冲动，声音低得连自己都有些听不清，“锦航哥，所以你最近这段时间……才会这么频繁地出差，是吗？”

她再迟钝，也看得出当初自己找钟妩麻烦的时候，陆锦行和钟妩之间并无男女之情，而她再傻，也不会认为自己被陆锦行当着陆家长辈下了面子之后，陆锦航的依然故我是因为真的爱她。

她从前想不明白，现在却如同醍醐灌顶。

也许因为陆锦行和钟妩的关系不知从什么时候开始有了改变，从那之后，陆家大概也就成了陆锦航想要远离的地方。她认识他几年，他也只是从几个月前才开始频繁出差，辗转国内外各个地方，可无论过去多久，只要他回来，依然能一眼就劈开人群，精准地看到钟妩的身影。

她知道自己从不是什么聪明人，陆锦航更是无法被轻易看穿的人，可她爱他，于是竟能轻而易举地看到他眼中的光，眼底的影，看到他因钟妩而变化的眉眼，即使这些……可能他自己都意识不到。

周初晓放在腿上的双手紧握，指节都几乎有些泛白："锦航哥，你就这么……喜欢钟妩吗？"

【6】这是你今晚第二次提起郁心

"什么？"

正听陆显文致辞的陆锦航听到身旁周初晓的声音，但她的声音轻得几不可闻，于是他收回视线，看向她："你刚才说什么？"

周初晓试图逼退自己眼中的泪意，但终是徒然，于是并不抬头，沉默片刻，才努力让声音听起来平静自然些："没什么。我只是好奇锦行哥什么时候和钟妩在一起的。"

陆锦航并未听出她的异样，他的右手在桌下无意识地握紧又松开，看了看不远处的钟妩，开口说话的时候，声音就显得有些邈远，同时又透着一丝连自己都难以觉察的疲惫："也许一见钟情，也可能是日久生情，感情的事，外人说不清。"

毕竟他只是外人而已，是他们的故事里无关紧要的看客。

周初晓的眼泪打在手背上："是啊。"

说不清。

陆显文的致辞简短而突出，也并不乏幽默感，台下不时响起掌声和欢笑声。

陆锦行把玩着手中的高脚杯，唇边犹带着笑意，却显得有些讳莫如深。钟妩总觉得今天的陆锦行内心的情绪起伏格外难以捉摸，她也并不想让他沉浸在某种看起来并不算多么愉悦的思绪里，于是看着他低声笑道："你说……董事长会不会私下找我，开条件软硬兼施让我拿上支票离开你？"

"有可能啊。"陆锦行放下酒杯，眉眼间的笑意反倒真切起来，"不过送到面前的支票，哪有不收的道理？更何况你这么缺钱。"

钟妩抬头看他："那然后呢？"

陆锦行低头在她耳边轻笑道："当然是想办法让他加钱。"

钟妩忍俊不禁，使劲咬住嘴唇才没有笑出声来。片刻之后，陆锦行已经在桌下握住了她的手："不过那也都是以后的事了，你有时间担心这些，倒不如担心过会儿的姜小姐，说不定她长得国色天香，让人……"

他话说了一半就突然停了下来，拿出手机看了下屏幕，笑意微敛："我出去一下。"

他并没有让钟妩跟随的意思，于是钟妩只好点点头："好，我在这里等你。"

直到陆锦行的身影消失在宴会厅的入口处，钟妩也并未表现出丝毫异样——即使她已经在不经意的一瞥中，看到了手机屏幕上顾雪晴的名字。而陆锦行大概也并非没有察觉，但两个人都选择了沉默。

钟妩又想到顾雪晴说过的话，她不得不承认，顾雪晴不过几句话，就勾勒出了一个她从不了解的陆锦行。而在那些她从不曾了解的过往中，陆锦行藏着的不只是些沉重的记忆，还有一个她从不曾听他提起的名字。

同席而坐的几个人都是陆锦行的商界同辈，因着初时陆显文仍在台上讲话，也只能在入座时和陆锦行简单寒暄几句。后来陆显文致辞完毕，厅内俨然一副宾主尽欢的热闹场面，于是他们带着的女伴也就和钟妩攀谈起来。

只是在对方再三试探钟妩和陆锦行究竟是什么关系之后，一直疏于交际的钟妧越发左支右绌，看到陆显文的助理过来的那一瞬间，竟反而有一种“得救了”的感觉。

“陆总不在吗？董事长让他过去一趟。”

对方没有看到陆锦行，低声在钟妧身旁问道。毕竟同在陆氏，钟妧和他也早已相熟，一面起身一面说道：“刚刚出去接个电话，董事长那边有急事的话，我过去找他。”

陆显文的助理远比其他人对于钟妧的身份了解得更清楚些，态度自始至终十分友好：“也好，你尽快吧，董事长那边我过去说一声。”

钟妧点点头，从手袋里拿出手机，朝陆锦行离开的方向走去。

和宴会厅内鲜花着锦的气氛相比，外面却冷清得有些突兀。钟妧穿过长长的走廊，一直找到后面的花园，却始终都没有看到陆锦行的身影。

带着凉意的阵阵夜风袭来，钟妧在花园里走了一段路，到底还是不自觉地瑟缩，于是放弃了盲目寻找的念头，正准备在手机屏幕上按下陆锦行的号码，就听见不远处的枫树下有隐约的熟悉声音传过来。她按号码的手指顿了顿，朝着声源处走去。

“我说过了，这些事情你不需要担心。如果没有其他事，我先回去了。”陆锦行温润的声音里带了些安抚的意味，在夜风里格外清晰。

“你是不是自始至终都没有相信过我？”顾雪晴的声音因为过于激动而有些颤抖，再不是众人面前风情万种的模样，“因为是你交代的事情，所以即使我知道会得罪陆祈也不惜去做，这不是因为我有多大的胆量，更不是因为我只想着可以从你手上拿到多少资源，而是因为我喜欢你！”

钟妧的脚步不由自主地停了下来。

沉默的气氛因周遭幽静的环境而平添了几分暧昧，短暂的静默之后，陆锦行的声音不疾不徐地响起来，仍带着十足的温文，却让人听不出丝毫的感情：“我支付相应的报偿，你照我的吩咐做事，这本身也是一种信任。只是我并不喜欢把公私混为一谈，我以为……你向来清楚我的处事原则。”

“不喜欢公私混为一谈，那你和你的小助理又是怎么回事？”顾雪晴的感情既然已经宣之于口，于是也就不再有丝毫的遮掩，但她并非理智全失，所以话一出口便意识到了不妥——她本就是没有任何资格用这种质问的语气对陆锦行说话的。

可陆锦行的一言不发更像是一个无声的巴掌，猝不及防地打在她的脸上，于是她的眼圈儿终于红了，声音也有些哽咽起来：“这些年我舍不得离你太远，又不敢靠你太近，人前人后都规规矩矩地喊你一声陆总，生怕不知分寸惹你厌烦。我知道我比不上郁心，她家世好，性格也好，和你又是青梅竹马的情分，如果你身边的人一直是她，我大概连豁出脸去争一争的勇气都没有。可为什么是那个小助理？即使是宋真宜都好，为什么偏偏是她？”

有些昏暗的光线里，钟妩看不清陆锦行的表情，却莫名觉得不知道从哪一刻开始，气氛陡然压抑。她不自觉地抿了抿唇，心口微窒。

“那么顾小姐，你是以什么样的身份问出这些话的呢？我公司旗下的签约演员，还是……我曾经的学妹？”陆锦行的声音里带着漫不经心的冰冷，“如果你真像你自认为的那么知道分寸的话。”

顾雪晴被陆锦行一句轻描淡写的话钉在原地，久久不能动弹，但眼见着他要转身离开，她几乎已经凝固的血液终是再次滚烫起来。

不甘心。

即使当初面对各方面和他都无比般配的郁心，她默默隐忍着的爱意里尚且有不甘心的成分，更何况是如今名不见经传的小助理？

“我也希望自己可以永远恪守本分，”她泫然欲泣地看着陆锦行，内心情绪激荡着，眼泪终是掉落下来，“可我爱你，我没办法再亲眼看着你去爱别人了！我没办法看着你始终对我那么客套，却用那么温柔的眼神去看钟妩！”

她哭起来的时候，仿佛带着一种易碎的脆弱和美丽，让人难免心生怜惜，陆锦行却始终无动于衷：“把‘爱’挂在嘴边的人始终是你们，从来不是我。如果我是你，大概会选择珍惜过去的客套，而不是因为这些无关紧要的理由丢掉理智。”

顾雪晴承认自己被嫉妒冲昏了头脑，她不是十几岁的小姑娘，早已知道理想和现实的差距——即使她已经名利双收，在业内各种荣誉加身，可她依然没有任何底气承受陆锦行的怒意。更何况，她今晚刚刚不管不顾地得罪了陆祈。

这片刻的犹豫里，陆锦行薄唇微抿，扬起的弧度里有明显的轻嘲意味。

顾雪晴看得清楚明白，一刹那的难堪过后，之前所有挣扎终于败给了自己的心魔。

“无关紧要？”她其实想笑，眼泪却难以抑制地滚落下来，“如果现在站在你面前的不是我，你也依然认为是无关紧要的理由吗？如果是那个钟妩呢？郁心呢？”

“这是你今晚第二次提起郁心，”陆锦行面无表情地打断她，听不出多少怒意，可语气是罕见的凛冽，让人无端发冷，“不要再让我听到第三次。”

以前他和钟妩争执的时候，在陆祈面前眼神沉郁冰冷的时候，那些极少外露的情绪里仍然带着克制，此时的陆锦行却让钟妩觉得陌生。

顾雪晴亦如遭雷击般倏然清醒，窥见陆锦行眼角眉梢明显的冰冷之后，有些惶然地退后两步，随后却猛地上前抱住了他，声音急切而慌张：“你不要生气，我知道我没有资格，可你应该知道我心意的，我……”

突兀的手机铃声骤然打破周遭的沉静氛围，也把顾雪晴未说完的话拦腰斩断。钟妩有些手忙脚乱地按掉了掌心里亮起的屏幕，可再抬起头时，不远处的两个人已经同时朝她所在的方向看了过来。她内心挫败又尴尬，却也只能硬着头皮走过去。不过大概她已经习惯了掩饰情绪，看起来没有太多表情的脸倒是和陆锦行有着微妙的相似。

“顾小姐。”

【7】陆氏未来女主人的位置，绝不是钟妩那种女人配得上的

顾雪晴在最初一瞬间的僵硬之后，下意识地放开了抱着陆锦行的手，只是看向钟妩的目光却越发复杂。钟妩按下心头所有纷繁的思绪，直视着她：“我有事要向陆先生汇报，很抱歉打扰了，顾小姐。”

顾雪晴看了陆锦行一眼，脸上犹带着尚未擦干的泪痕，眼底还残留着一抹令人心折的脆弱，但整个人已经恢复了人前的傲然姿态，像骄傲的孔雀一样挺直了身子，看也不看一旁的钟妩，昂首朝酒店里走去。

钟妩看着她的背影，不由自主地想到当初，自己有些相似的举动得到的是截然不同的回应，可她如今的心情莫名有些沉重。

陆锦行辨不出温度的双眸看着她，兀自轻笑：“吃醋了？”

“没有。”钟妩扯出一个微笑，“董事长有事，所以我出来找你。”

陆锦行也不再继续问，只是一边慢条斯理地整理着西服袖口，一边说道：“陆祈的事，她毕竟只是听我吩咐，所以自然也需要我来善后。”

他的声音依旧听不出太多情绪，但早已不再如同面对顾雪晴时那般冰冷。

“我知道。”钟妩干巴巴地应了一句，她抿了抿唇，声音有些喑哑，“陆祈……是因为那条项链吗？”

陆锦行闻言看了看她，半晌，才漫不经心地应了一声：“嗯。”

钟妩见他朝着酒店的方向走去，于是迈步跟了上去。她跟在他身后一面走着，一面问道：“同样的方法不能再用第二次的，那接下来还要怎么做？”

她话音未落，陆锦行已经停下了脚步，他突然轻笑一声，转过身来：“得了吧阿妩，收起你那些自以为聪明的小心思。”他目不转睛地看着她，眸底的光影沉郁，却又带着不容她闪躲的锐利锋芒：“你其实根本不在意我接下来会怎么对付陆祈。”

钟妩原本就有些强撑的笑容，此刻彻底僵在脸上。

陆锦行一针见血地拆穿她：“你心心念念的，不就是想问郁心的事吗？”他的不悦如此明显，钟妩忍不住抬头看他。

陆锦行微微闭了闭眼，随后重又睁开，眼中先前的复杂已经恢复了昔日的冷淡：“这个名字没有任何意义，不要放在心上。”

像是一个不算解释的解释，可钟妩没有半分被安抚的愉悦感，心中反而有疲惫感漫上来，让她甚至摆不出一个息事宁人的笑容：“也许对我来说确实没有任何意义，因为显然把这个名字放在心上的人，不是我。”

陆锦行几不可见地皱眉，目光也越发淡漠起来：“我以为你并不是无理取闹的人。”

钟妩原本的执拗顷刻间似乎被染上了无尽的颓丧，她轻轻叹了口气，声音轻缓：“是，这个名字，今天刚见到顾雪晴的时候，她就对我提过了。我很好奇你们的事，就像我好奇你从前的人生一样。可我对你的性格也了解得很，那些你从不喜欢提起的事，即使我直接问了，你就会告诉我吗？”

“了解得很？”陆锦行像是无意识地重复着这几个字，笑意疏离，

"你倒告诉我，你都了解些什么？"

钟妩对他言语间的讽刺恍若未觉，心里却泛起了一阵尖锐的疼痛。那个不久前还拉着她躲在门后偷偷接吻的人，此刻看着她的眼神里却有着无尽的距离，似乎先前所有的甜蜜，都不过是他随手就能打破的梦境，脆弱得不堪一击。

那些在她心中压抑许久的话，却终是忍不住脱口而出："你恨陆家，这种恨甚至并不只针对陆祈，你恨陆家的每个人，包括你自己。你也恨你的父母，所以在你住的地方，不仅没有他们的任何一张照片，你甚至不肯在你的生活里留下他们存在的痕迹。"

她到他身边已有不短的时日，却在他的生活里看不到一丝成长的轨迹，就好像他生来就已是这副冷淡疏离的模样，孤独地坐在窗前看楼下的一花一木，一个人肩负起所有重担，也一个人消解所有的悲喜。

"你什么都不说，我就什么都不问，如果你觉得这种日子没什么不好，那我可以永远都不问。"钟妩努力抑制着声音里的颤抖，手却无意识地握紧了些。

陆锦行呼吸微滞，离开前，他看着钟妩，一字一句地说道："你知不知道，钟妩，我最讨厌自以为是的人。"

陆锦行出现在陆显文面前的时候，神情已经恢复了往常的淡然平和。只是休息室里的陆显文面色却并不算好看，他心中的怒意在见到陆锦行的时候，更是达到了顶峰，他将手中的茶杯不容分说地砸了下去。

茶杯砸在厚厚的地毯上，却并未摔碎，只是发出了一声闷响就骨碌碌滚向了一旁，余下地毯上一团明显的茶水渍痕。

"你答应过我什么？你们的关系不能让外界知道，可你刚刚在做什么？带着那个女人招摇过市吗？你让我的脸往哪里放！"

“爷爷，钟妩还不至于差到能让您丢脸的地步，”陆锦行拄着拐杖绕过地上的污迹，不以为意地看向对面的陆显文，“更何况……眼下最多只能算是公布恋情，和公布婚事是两码事。”

陆显文一巴掌重重拍在桌上：“胡闹！”

他还要再说什么，可勃发的怒气已经让他的呼吸有些困难起来，他捂着胸口坐下来，半晌，呼吸才终于平复了些。陆锦行递了杯新茶到他面前：“这些事并没有重要到那种地步，您不要再操心了，保重身体要紧。”

陆显文虽然没有再把茶杯摔出去，但脸色仍是十分难看。他看着这个近年来对他一直不算亲近的小孙子，那种无力感又再次涌上心头——这种感觉，在他的子孙一个比一个更优秀，也更有主见的时候，他就已经不陌生了。

两叔侄间的争斗早已到了无法调和的地步，一个冷静，机敏，才智卓绝，一个心思深沉，手段激烈，他支持过，也打压过，可数年来苦心维持的平衡，也终将随着他的寿数将近而被打破。小孙子最后还是占了上风，所以他到底还是想在自己最后的这段日子里，为他选定的这个继承人把道路铺得更平顺些，也唯有他站得更稳，陆家才不至在子侄辈的交锋中败落下去。

“并不是我想逼你，阿行，你自己也应该明白，陆氏未来女主人的位置，绝不是钟妩那种女人配得上的。”陆显文的声音苍老而疲惫。

陆锦行并未开口，只是不以为意地笑了笑。

第二天任茜见到钟妩的时候，被她眼下的黑眼圈儿吓了一跳：“你这是怎么了？一晚上没睡？”

“最近有点累，没睡好。”钟妩笑得轻松，“不过这两天我也能放松一下，可以陪你四处玩一玩。”

事实上，她但凡有些心事就很难入睡，昨晚和陆锦行不欢而散之后，就径自回了房间，一晚上更是辗转反侧。早上起床之后也始终恹恹的，接到任茜的电话听说她已经到了门口，才勉强打起了精神下楼。

被她拉着到客厅里坐下，任茜四处打量着厅里的环境。彼时陈嫂已经端了咖啡过来，任茜道了谢，等陈嫂离开后，才压低了些声音笑着问钟妧："你的那位陆总呢？"

钟妧第一时间就和她分享了恋爱的消息，这对她来说无异于天方夜谭，听说之后久久不能回神。而如今收到陆家的邀请函这种事，对她这种小人物来说，更是直到进了陆家的大门，都还有一种不真实感。

"他还在楼上做复健。"钟妧不想多谈他，不着痕迹地转移话题，"你如果昨天有时间来参加晚宴就好了，有几个你一直喜欢的明星都在。我听说你一直心心念念的影帝男神，也因为行程太赶，今天一大早就走了。"

"你不是说他这三天都会在吗？"任茜顿时恨不得捶胸顿足，她欲哭无泪地瘫倒在沙发里，想到自己很可能为了赚钱错过了这辈子唯一一次能和男神近距离接触的机会，只觉得生无可恋。过了一会儿，她格外悲愤地看着身旁的钟妧，尚且抱着最后一丝希望："帮我要签名了没有？"

钟妧想到昨晚那一脑门子的官司，只能回给了她一个抱歉的神情。

任茜的手刚要掐到钟妧脖子上，身后的脚步声伴随着拐杖敲击地面的声音就已经响了起来。她闻声看过去，张牙舞爪的动作顿时僵住，随后便有些慌张地从沙发上站了起来，面上有掩饰不住的拘谨。

陆锦行走到两人面前，他已经一扫昨夜的阴郁，朝任茜伸出手去，面上的笑意十分温和："任小姐是吗？阿妧经常提起你。"

第六章
他是现在，也是将来

Lu Yuan Wu Ci Xing

【1】和你家陆先生好好过日子吧

任茜一直以心大自居，但想着刚刚拉着钟妩没什么形象的胡闹被陆锦行看在了眼里，更何况陆锦行仍然一副谦和的模样，反而威压感更重，于是和他握手的时候，多少都还是有些尴尬：“陆先生，您好……”

“阿妩的朋友自然也就是我的朋友，任小姐不必这么客气。”陆锦行轻声笑道，“我已经给阿妩放了假，这两天让她陪你在这边好好放松一下，等我忙完手头的事，再请任小姐吃饭，尽地主之谊。”

如果陆锦行愿意，他永远能让人如沐春风。

可他总是给自己套上各式各样的面具，钟妩在一旁看着他挑不出任何错处的淡然笑容，想到他昨晚透着凉意的目光，心里只觉得唏嘘。

话虽这么说，但任茜的拘谨也不可能轻易便消散，口中仍是客套了几句，然后才被钟妩拉着上了楼。

到了钟妩的房间，率先进门的任茜见她关上房门之后，才有些夸张地呼出口气，把包扔到一旁，整个人又栽进了沙发里。钟妩有些无奈地笑着看了她一眼："我还以为你永远自来熟呢。"

"不是我胆子小，实在是您那尊大佛……"任茜见到陆锦行后一直绷紧的神经此时才彻底放松下来，她揉了揉肩膀，停顿几秒，斟酌着词句，"不怎么接地气啊……"

钟妩忍不住笑起来，她倒是头一次听人这么说陆锦行，可又觉得实在没有比这个更贴切的形容了。任茜见她这样，也笑了起来："他这身份、这地位，也难怪。不过我实在是很难想象你们谈恋爱时会是什么画风。"

看清她眼底的戏谑，钟妩抿了抿唇，并不想多谈："现在还早，待会儿下楼先吃点东西，然后再出去玩。这里可以钓鱼、攀岩、泡温泉，还有马场、高尔夫球场和射击馆。你喜欢哪个？"

任茜一时选择困难症爆发，直到简单收拾了一下被钟妩拖下楼吃早餐时，都没有想出个结果。彼时陈嫂已经布置好了餐桌，知道任茜第一次上门，怕她不自在，把餐点准备好之后就出了餐厅。

任茜吃完早餐之后又喝了口热牛奶，胃里已经熨帖许多，老怀甚慰地看着钟妩："看见陆锦行对你很好，我也就放心了。"

"你又知道了？"钟妩闻言看向她，不置可否地笑了笑。

任茜放下牛奶杯："这个陈嫂一看就是个精明能干的人，对你和对女主人没什么两样，连带着对我都格外周到细致。你那位陆先生呢，邀请函就不说了，你这大黑眼圈儿和刚刚那个别扭样子，显然是最近和他闹了别扭。他知道我来了，还肯专门下楼一趟，态度那么平易近人，说明什么？难道会是因为我是什么重要牌面上的人？"

任茜一连串的话说完，神情里分明还带着自认为洞察力惊人的自得。和她洋洋洒洒的分析相比，钟妩却更因她对自己的了解和关心入微而觉得眼睛发酸。她轻咳一声，用力眨了眨眼，眼底的酸涩才终于淡去，看着任茜笑道："你本来就是重要的人啊。"

这几年难得见她笑靥如花的模样，任茜也开心："也对。不过……那位一看就是八风不动的狠角色，你能追到手就算了，竟然还敢这么闹别扭，我倒是对你越来越佩服了。"

钟妩知道自己和陆锦行此时的情况其实并不是单纯的"闹别扭"，可又不能三言两语解释给任茜听，于是也只能任她调侃。

任茜见她沉默，反而笑起来："话说回来，正常谈恋爱哪有不闹别扭的？你当初对陈锦航那种就像飞蛾扑火一样的感情反而不正常了。"

任茜仍是习惯用过去的名字来称呼陆锦航，她也是说完才意识到提起他会不会有些不妥，但她见钟妩的神情并未因此有什么变化，也就松了口气，拍了拍她的肩膀："所以啊，和你家陆先生好好过日子吧。"

林越小心翼翼地觑着陆锦行的脸色，见他始终面无表情，顿时觉得心情……更加复杂。

这几天事务繁忙，陆锦行原本规律的生活也被打乱了些，今天更是在早餐前就提前完成了复健。而林越本来是要陪他下楼吃早餐的，但到了餐厅门口听到钟妩和朋友仍在聊天，陆锦行转身准备离开，可还没走几步，就听到了这么几句。

林越一面跟在陆锦行身后离开，一面暗自腹诽：本来听了前面他还是暗暗欣慰的，但后面两句却突然走了样。有些话一旦用词出现问题难免就谬以千里——对陆锦航是飞蛾扑火，怎么到了陆锦行这里，就成了好好过日子了呢？

任茜性格爽利，爱好也更偏向一些格外帅气的运动项目。两个人吃完早饭在外面逛了逛，钟妩就陪她去了射击馆。钟妩对这些向来是一窍不通的，不过打了几枪，就被手枪的后坐力震得虎口发麻，她实在有些吃不消，见任茜在教练的指导下正玩儿得不亦乐乎，于是打了招呼先出去休息。

钟妩把隔音耳罩交给一旁的工作人员，轻轻揉着仍有些酸麻的虎口和手腕，刚出射击室没多远，就看见陆锦航和几个人从外面走进来。

陆锦航见到她也有些意外，回身和身边的人交代了几句，几个人先一步进了射击室，只剩下陆锦航一个人朝钟妩走过来。

“怎么一个人在这儿？”

“茜茜在里面。”钟妩笑了笑，放下手，“我对这些实在没什么天分。”

陆锦航看到她原本皓白的手腕已经被揉得有些发红，突然想起曾经偶尔有一次看到她在美术教室做雕塑的样子，那时候她白皙修长的手指上沾满了泥灰，可眼神格外专注明亮，就像……她望向他的时候一样。

“你现在还做雕塑吗？”

钟妩没想到他会突然问起这个，微微一怔，随即摇了摇头：“很久没做了，没什么时间。怎么？”

陆锦航并没有回答，他兀自沉默下来，神情一如既往的冷峻。可他也并没有离开，两个人站在明亮的落地窗前，钟妩觉得他有些奇怪，却又说不出因由，于是也不再多话，只是朝窗外看去。

外面是进行飞碟射击的宽大草坪，更远处是几面攀岩墙。钟妩想到任茜酷爱攀岩，知道过会儿自己少不得要陪她，一时有些头疼。正想着，不远处几辆观光车由远及近，到了楼下的时候，下车的几个年轻人俱是身姿挺拔，气质卓越，其中一个身影格外出众。

陆锦行拄着拐杖，走得慢一些，虽然腿伤使他在行走时留下了痕迹，但也因为他的清贵从容，不疾不徐的姿态更显气度。又或者因为五官格外出色，所以很多人第一眼见到他，也总是容易先惊艳于他的容貌，反而忽略了其他。钟妩盯着那个熟悉的身影，几不可闻地轻轻叹了口气。一旁的陆锦航并未错过她倏然亮起的目光，不动声色地沿着她的视线朝楼下看去。

楼下的工作人员早已迎了上去，场地里的一切都调试好之后，就已经有靶碟放了出来。有人紧接着开了几枪，准头并不算很好，那人摇摇头收了枪。钟妩随后看到有人在陆锦行的身边说了什么，陆锦行和对方交谈片刻，随后就把手中的拐杖递给了一旁的林越。

陆锦行低头检查了一下手里的双管猎枪，随后颇为随意地挥了挥手。

靶碟腾空，他抬手举枪，动作利落地连扣两下扳机，两个靶碟应声碎裂，随后便有粉色的闪光粉自空中散落下来。他停下来换弹后再开两枪，又是连续命中。这种虽是娱乐但也难免会带些肃杀感觉的运动项目，在陆锦行始终漫不经心的神情里，有着奇异又鲜明的反差感。

钟妩看着陆锦行把枪递给一旁的工作人员，隔得不算太远，她能清楚地看到他嘴角慵懒的轻笑，她目不转睛，嘴角也无意识地扬起了一个轻浅的弧度。

陆锦航看着陆锦行，眼底有转瞬即逝的沉郁。

大概每个人都有恣意纵情的时光，唯独不包括他。他从小和母亲相依为命，省吃俭用地生活，稍大了些就开始一面读书一面打工维持生计。所以他被陆祈带回陆家的时候，见到和自己成长轨迹完全不同的陆锦行，两人面上都不动声色，实际上却始终无法亲近。

少年意气，他当时也并不能免俗，习惯性地暗自两下比较，发现陆锦行并不是一事无成、浮躁自我的富家子弟之后，他在课业上下的功夫更多，甚至一些陆锦行擅长的运动，他也要私下堪称严苛地去练得更好些。

如今他早不是当初那个和陆家格格不入的少年了，也不需要再妄自菲薄地去和谁比较。如今的陆锦航已经在余城商界有了一席之地，和合作伙伴骑马打球时亦是谈笑风生，技术娴熟出众。

可他直到今天才突然发现，陆锦行似乎永远都有他从未涉足的擅长领域，即使这些领域，陆锦行不过是心血来潮的一时喜好，却可以等闲视之，信手拈来。

陆锦航自嘲地轻笑，右手无意识地握紧又松开。

“阿妩。”

任茜的声音自身后传来，钟妩闻言转身，笑道：“舍得出来了？”

“我刚才在门口就看到对面有攀岩墙了。”任茜早已看到陆锦航，但想到很久前街头的争吵，心里仍是为钟妩不平，所以只当他不存在，甩了甩有些发酸的右手走过来，一脸“你懂得”的笑意，“你今天彻底逃不掉了。”

她先前看到两个人比肩而立，神色各异地看着窗外，此时也走过来，往外一看，笑道：“哟，我当你看谁呢，原来是你家陆先生。”

【2】我在呢，没事了

任茜知道有些意气实在没有必要去争，但一想到钟妩被陆锦航的女朋友当街甩巴掌的事，她就一肚子火气，现在也就格外想让陆锦航知道——如今的钟妩身边已经有了更好的人，陆锦行从相貌、性格、能力各方面来看，都更胜于他，现在哪怕他回来求钟妩，钟妩都不会再多看他一眼。

钟妩太了解任茜的性格，所以在她再次开口之前，就已经扯住了她的胳膊：“你不是想去攀岩吗？快走吧。”说着，一面拉着她往外走，一面和陆锦航告别：“我们先走了，锦航哥，你好好玩儿。”

直到一路走出射击馆，任茜仍是一副意难平的模样：“他之前那么对你，让我说几句又怎么了？”

“知道你是因为心疼我，但无论在谁看来，拒绝一个不喜欢的人也不是错啊。”外面阳光正好，钟妩心情已经比昨天好了许多，微眯着眼朝远处看去，“再说现在我们也都有了各自的新生活，没有必要在意那些过去的事儿了。”

任茜也不得不承认她说得有道理，于是干脆不再纠结于这个话题，一面向前走着，一面朝远处的攀岩墙抬了抬下巴：“快走吧，那里还等着我去征服呢。”

钟妩顿时忍不住笑起来，跟在她身后向前走去。

两个人刚换完运动服，几个女孩子就说笑着从门外走了进来。任茜看到其中一张熟悉的面孔，当即就有翻白眼的冲动，低声骂了句脏话：“今天真是活见鬼了。”

钟妩自然也看到了周初晓，她走在几个女孩子中间，一副言笑晏晏的模样，看上去实在是再青春美好不过的女孩子，丝毫没有面对钟妩时的刻薄骄横。

而周初晓看到钟妩之后，面上的笑意顿时有些僵，不过也没说什么，只是视若无睹般径直从她们身旁走过，进了更衣室。她的女伴里有两个认出了钟妩就是昨晚和陆锦行牵手的人，顿时觑着钟妩窃窃私语起来。钟妩拉起任茜，匆匆出了门。

“要不要比赛？”任茜做完热身，看着身旁还在戴护具的钟妩，指了指最高的那片岩壁前，“让你两米。”

钟妩瞥她一眼，敬谢不敏：“谢谢，我这种半吊子选手只想去征服那面最矮的墙。”

任茜顿时连耻笑她的兴趣都没有了。

以前钟妩也陪任茜玩儿过几次，而且陆氏这边的攀岩墙虽然在户外，但难度其实和室内攀岩相差不大，所以对于她来说，好歹比射击更“擅长”一些。眼见着任茜已经开始挑战难度最大的一面岩壁，她也加快了速度，戴好护具之后正了正安全帽，和身边的工作人员一起朝最矮的那面墙走去。

钟妩的保护人是个年轻的小伙子，皮肤黝黑，但一脸的青春洋溢。他拉了主绳，详细地为钟妩讲着注意事项，随后见钟妩的姿势动作都远比新手熟练些，把绳索往螺栓上系的动作也格外利落，也就放心了：“把安全绳放长一些？”

“好。”钟妩笑着点点头，额上已经开始有细密的汗珠渗出来。

保护人自然爬得游刃有余，密切注意着下面的钟妩，瞥见一旁一个女孩子眼看着后来者居上，不由得赞道：“不错啊。”

钟妩也察觉到一旁有人上来，扭过头便看见了快要超过自己的周初晓。她面不改色地收回视线，继续默默向岩顶爬去。

陆锦航一行人路过攀岩场的时候，正好遇到从飞碟射击场离开的陆锦行等人，兄弟俩停车寒暄片刻。准备离开的时候，陆锦行见一旁的林越目不转睛地盯着不远处的岩壁，眉头微挑：“怎么了？”

林越指了指岩壁上的人：“好像是钟小姐。”

陆锦行和陆锦航几乎同时看了过去。

周初晓很出乎钟妩的意料，速度很快便到了岩顶，而钟妩因为平时缺乏锻炼，只爬到一半就已经感到有些吃力。她抬起手臂抹了抹额上的汗水，朝上面一直在迁就她速度的保护人有些抱歉地笑道：“你先去岩顶等我吧。”

岩顶是可供短暂休息的小平台，保护人上去之后一直注意指导着钟妩的动作，在他的鼓励下，钟妩咬了咬牙，继续向上爬去，几乎用尽了九牛二虎之力，终于见到了希望的曙光。而另一面墙的任茜已经速降到了地面，毫不留情地嘲笑她："你这速度连蜗牛都不如啊，钟小姐。"

钟妩累得气都有些喘不均匀，听完之后也忍不住笑起来。她伸手抓住岩顶边最后一个凸起，脚下正要用力，一旁休息的周初晓却毫无预警地撞过来，钟妩脚底一滑，手再也抓不住岩壁，惊呼一声，整个人向下跌去。电光石火之间，周初晓的冷笑进入视线，钟妩大脑一片空白，但仍是用最后一丝力气伸手扯住周初晓的衣服，把她也一把拽了下去。

"阿妩！"

耳边任茜的惊叫声听得格外清晰，远处似乎又有其他人的声音掺杂在一起，钟妩整个人失去平衡，后背蹭着岩壁的凸起下落。保护人因突如其来的意外大骇，用力拉起手中的安全绳，钟妩却已经一头撞到了岩壁上。

不远处，在钟妩从岩顶跌落的那一刹那，陆锦行握着拐杖的手上倏然青筋暴出。他疾走两步，腿疾却让他有些踉跄，一旁的林越连忙扶住了他。而与此同时，陆锦航已经大步朝着攀岩墙的方向跑了过去。

陆锦行的神情喜怒难辨，面色却有着几不可见的青白，他死死地盯着因收紧的安全绳而悬在半空的钟妩，把手中的拐杖用力砸了出去。

钟妩并未失去意识，却对周遭的混乱没有什么明确的认知，只觉得头上一阵阵钝痛，后背也火辣辣地疼。直到她被救下来，甫一落地，便被人抱进了怀里："阿妩！阿妩……你怎么样？"

任茜和几个工作人员都围在身旁，而离她最近的人呼吸紊乱，声音暗哑，抱着她的手臂也带着难以抑制的颤抖。钟妩慢慢睁开眼，看清陆锦航的脸，眼中有一瞬间的茫然。任茜看着她没有一丝血色的脸，眼泪一下就掉了下来：“阿妩……”

安全帽虽被轻轻摘了下来，钟妩却仍是疼得倒吸了一口凉气。她脸色惨白，扶着陆锦航的手臂，慢慢坐起来离开他的怀抱，红着眼睛朝他和任茜扯出一个无力的笑容：“没什么大事……放心吧，大概也就是刚才的画面看起来有点吓人而已。”

只有她自己知道，安抚他们的话不过是强撑而已，实际上她整个人受惊不轻，直到现在头仍是昏昏沉沉的，想到刚刚的情景还是忍不住后怕。陆锦航察觉到她身子依然不住发抖，目光越发复杂。他抑制不住想要再次拥抱她的冲动，但钟妩的视线已经朝他身后看了过去。

彼时不远处的脚步声传来，先前围在钟妩周围查看情况的几个工作人员自觉让开了些，陆锦行一步步走到钟妩面前，面上没什么表情，但他薄唇紧抿，目光中锐意尽显，使得周遭的气压陡然低了下来。

陆锦行沉着脸俯身查看了一下钟妩的情况，之后神色才缓和了些，只是看着钟妩的时候语气却让人听不出喜怒：“不错，虽然出事之后不知道第一时间去抓安全绳，但好在还记着以牙还牙。”

钟妩看着他明显压抑了怒意的眼神，先前受到的惊吓和这两天来所有无处安放的委屈，像是终于找到了宣泄的途径。她抱紧陆锦行，眼泪顿时涌了出来：“阿行……”

陆锦航站在一旁，看着相拥的两个人，手无知无觉地握紧，骨节隐隐泛白。

陆锦行稳住钟妩撞进他怀里的身子，片刻之后，已经感觉到了颈间的一片湿润。钟妩穿了身白色运动服，后背擦伤之后此时已经有血迹渗了出来，陆锦行原本想要回抱她的手臂僵了僵。耳边的低泣声断断续续，他终是几不可闻地轻叹了一声，避开她背后的伤处轻轻抱住她，声音也和缓了许多：“好了，我在呢，没事了。”

一个人支撑多年，钟妩早已忘了撒娇是什么感觉，但是在陆锦行怀里听着他清越的声音轻哄自己的时候，眼泪不自觉地就掉得更厉害了些：“疼……”

“我知道……医生这就到了。”陆锦行目光里流动着的是连他自己都没有觉察的温柔，“先让他检查一下，然后再带你去医院。”

钟妩在他怀里胡乱地点了点头。

早已得到通知开过来的车停在路边，陆锦行和任茜带着钟妩上车之后很快离开。而早在陆锦行到来的时候，陆锦航的神情就已经恢复了平时的冷漠。此时看着陆锦行的车消失，才看向同样被工作人员和几个朋友围住的周初晓。

周初晓也有些擦伤，但她刚刚回过神，就看到了陆锦航赶到，于是她最初的心虚和惊惧，也因为看到陆锦航不顾一切地抱起钟妩之后，顷刻间就变成了难以描述的巨大悲凉。

“锦航哥！”她有些踉跄地走到陆锦航面前，试图拉住他的手，哭道，“我不是故意的，我只是不小心，我……”

“以后——”陆锦航不着痕迹地抬了抬手，避开她的触碰，眼神中的寒意几乎刺穿她的血肉，“再也不要出现在我的面前。”

【3】你是不是已经很喜欢我了？

周初晓一下子忘记了哭泣，她甚至是许久之后才反应过来陆锦航究竟说了什么，她眼见着陆锦航迈步离去的身影，整个人陷入一种巨大的恐慌和绝望之中。过去她能站在陆锦航身旁，凭借的是家世和她对陆锦航的痴情一片，虽然陆锦航对她远远称不上什么温柔亲昵，但她始终相信水滴石穿的道理，可是以后不会了。

她彻底失去他了。

“初晓，我们快走吧。”同伴眼见着周初晓整个人仿佛一株急剧枯萎的花，一面上前扶她，一面担心地说道。

周初晓这才猛地回过神来。

眼见着陆锦航大步向前走去，她不顾身上的伤，挣开试图拦住她的几个朋友，踉跄着追了上去。

“锦航哥！”

陆锦航刚要上车，衣摆便被人从后面扯住了，他回过头去，周初晓不知道什么时候已经追了上来，而他身旁跟着的人为免尴尬，不约而同地纷纷上了后面的车，率先向前驶去。

周初晓因陆锦航眼底的冰冷而有一瞬间的失语，原本想要哭诉的话，到了此时也忍不住变成了怨怼：“就因为我不小心伤到了钟妩，你就这么对我吗？”

“不小心？”陆锦航眼前闪过钟妩在他怀里时苍白虚弱的脸，对于面前的周初晓，连一丝讥诮都怠于给予，“究竟是不是不小心，你自己心里清楚。”

“对！我是清楚，我就是因为太清楚，所以眼里才不能揉沙子！攀岩都绑着安全绳，她根本不会有什么大事，陆锦行都没说什么，你就已经按捺不住要替钟妩给我定罪了吗？”周初晓双眼通红，有些失控地抬高了声音，可苍白的唇瓣颤抖着，眼泪到底还是滚落了下来，“你知不知道我喜欢你多久了？我以为你只是忙于事业疏忽了感情，只要时间足够久，你就能看到我的好。可钟妩为什么要出现？她又凭什么能让你另眼相看？我才是你的女朋友！都是她把我逼到这个地步的！”

在周初晓对钟妩毫不掩饰的恶意和刻毒神情里，陆锦航不容置疑地打开她的手。和她剧烈的情绪起伏相比，他的冷漠也就显得格外残忍：“对不起，如果不是我当初试图在你身上寻找她的影子，你大概现在也不会有这些困扰。”

周初晓的呼吸因他的话而有一瞬间的停滞，她呆呆地看着他，神情茫然而又错愕："你……你说什么？"

在她怔忡的瞬间，陆锦航已经上了车，关上车门前，声音冰冷："并不是你做的所有事周家都担得起，以后你好自为之。"

车门关闭，司机不敢耽搁，车子向前疾速而平稳地驶去。周初晓的哭声渐渐远去，陆锦航有些疲惫地靠在座椅上，慢慢闭上眼睛。

是他错了。两个人看似有着相同的成长环境和生活背景，可周初晓骄横霸道，而记忆深处的钟妩虽然任性娇气，却始终是善良体贴的。差之毫厘，谬以千里。可直到今天之前，他都一直在试图自欺欺人。

明明不一样。

"钟小姐背后的擦伤已经处理过了，情况不算太严重，但有些轻微的脑震荡，需要卧床静养些日子。"

走廊里，陆锦行对于医生的话几不可见地点了点头："辛苦了。"

一旁的林越觑着陆锦行面无表情的模样，就难免想起先前出事的那一瞬间，自家老板鲜有的阴沉面色。大抵是因为见惯了陆锦行的云淡风轻，所以当时也就觉得格外愕然——至少在他眼里，这是第一次，陆锦行在面对钟妩的时候，并不能像过去那般游刃有余了。

好在里面那位钟大小姐没出什么大事。

林越还在默默腹诽着，房门已经从里面被打开了。

任茜跟在两个护士后面走出来，因为钟妩的情况已经稳定，所以脸色和缓了许多。她见到外面的陆锦行，便压低了些声音："阿妩已经睡着了。"

"任小姐也受惊了，"陆锦行微微笑道，"我让助理先带任小姐回房休息。"

"谢谢。"任茜此时也没什么交谈的心情。

任茜跟着林越往外走去，林越见她始终郁郁，于是和气又不失礼貌地笑道：“陆先生之前已经吩咐我去过问秦楚的行程，如果没有意外的话，晚上他会回来参加舞会。”

饶是任茜因为钟妩的情况闷闷不乐，此时听了林越的话，也不禁瞪大了眼睛朝他看过去：“秦……秦楚？”

在林越对她的话表示肯定之后，任茜想起应该是早上和钟妩见面时，当时的对话恰好被陆锦行听到了。任茜在狂喜之中尚且保持着一定程度的理智，她知道虽然以陆锦行的身份地位而言，这种事不过是举手之劳，但他能屈尊去吩咐这些琐碎的小事，也无非是因为对钟妩的体贴。所以她心里一面担心钟妩现在的情况，一面又为她开心。

因为后背有擦伤，钟妩只能半侧着身子躺着，如今虽然睡着了，但脸色还是苍白的，眼角隐约能见到泪痕。陆锦行在她床边慢慢坐下来，用指腹轻柔地擦过她的眼角。钟妩睡得不甚安稳，呢喃出声，不过并未醒转。

大概也只有在睡着的时候，她的模样看起来才格外乖顺一些。陆锦行唇边终是勾起了一抹有些无奈的轻浅笑意，他收回手，眸色却渐渐转深。

钟妩出事的那一瞬间，他心中涌出的情绪直至此刻想起，却像是隔了千重山水，远得有些看不清楚。

他从来不是感情用事的人，眼见着她从岩壁上摔下来，脑海里也终究是保留着理智的——岩壁并不高，她不仅有保护人在上面看顾，身上也有护具和主绳……可是无论有着怎样清醒的认知，在目睹钟妩摔落的那一瞬间，他的心脏却像是被人猛地攥在了手心里，他甚至来不及摆出任何防御的姿态，就已经倏然收紧。快得让他几乎感觉不到任何疼痛，随后整颗心却如同失重了一般，朝着深不见底的方向跌去，而原本心脏的位置，只余下了一阵空洞的钝痛。

无力而又陌生。

他从不会把时间浪费在毫无意义的自我对抗上，所以在最初的迟疑之后，就已经选择了妥协——钟妩之于他，到底是与众不同的，他渴望她的靠近，也享受她的爱。他那些对于这个世界的漠然无谓，也渐渐因着她的存在而愈加动摇。

以至于，他的感情远比他的理智更先一步地察觉到了不愿失去她的意图。

陆锦行眉心微蹙，他静静地看着钟妩的睡颜，许久之后，轻轻闭上眼睛，不过转瞬便又重新睁开，眼底一片清明。

不知过了多久，钟妩在睡梦中有些不安地动了动身子，有发丝滑落到脸颊上，陆锦行把她的几缕发丝拂到耳后，下一秒，就对上了钟妩睁开的双眸。

头依然昏昏沉沉的，后背上针扎似的痛感也并未完全消失，但钟妩醒来后第一个看到的便是心心念念的那张脸，也窥见了他眼底的疼惜和比之更为深沉复杂的情绪，于是她还是朝他笑了笑。

他知道她是想要安抚他的。可看着她苍白的笑容，他的呼吸却有着几不可见的停滞。

目睹她出事时那种熟悉的感觉又来了。

陆锦行看着钟妩，目光柔和，笑意温润，不着一丝痕迹："疼不疼？"

"不疼了。"钟妩轻声答道，"其实当时也并不怎么疼的，就是吓着了。你不要担心。"

陆锦行的声音一时听不出是疼惜还是责备："别逞强。"

大概因为面前的陆锦行比往常更温柔，钟妩对于"恃宠生骄"四个字也就无师自通了："昨晚你还对我发脾气呢。"

也许天下大多数男女争吵时，都会习惯性地翻旧账，不过如今钟妩身上已经没有了能伤人但更多是伤己的棱角，也不再一味只为了自保而处处谨慎小心。于是陆锦行看着面前笑意温软、一副撒娇语气的钟妩，终于轻笑出声。

原以为被“嘲笑”了的钟妩本有些羞窘，但在她开口之前，陆锦行的笑意已经微微敛起，低头靠她更近了些，目光越发深邃：“阿妩，我也只是个普通人。”

会生气，会嫉妒，会试图在重视的人面前掩饰不堪，也会在被窥破秘密之后恼羞成怒。

眼下能宣之于口的，也只有歉意——一个人的时间已经太久，那些习惯了被仰视、被追逐的人们，早就忘记了该怎样在人前自我剖析。即使这个人的重要性，已经悄无声息地远超出了他的预期。

“对不起。”

这三个字背后的含义，钟妩多少都有些心知肚明，但她仍是笑着，轻声说道：“想让你抱抱我。”

陆锦行眼尾微微上挑。

他躺在她身边，避开她后背的伤，将她小心翼翼地抱在怀里。钟妩轻轻靠在他的胸口，感受得到他沉稳有力的心跳，心中只觉得眼前的一切平静而又美好。

先前受到的惊吓早已被忘在了脑后，甚至昨晚被他的冷言冷语伤到的地方，也似乎已经尽数愈合了，而这一切，不过只是因为他的一个拥抱。更因为她早已从他的眼角眉梢，窥见了他对自己的疼惜和珍视。

“阿行，你是不是已经很喜欢我了？”

【4】总有些人，受了教训才能学乖

钟妩的话问出口之后，原本摩挲着她长发的陆锦行动作一顿。

现在想来，她家中遭逢大变的时候，正是一个女孩子最好的年纪。所有的重担都落到她一个人肩上，无论她多害怕多无助，也只能选择一力扛下来。大概这几年看尽了人情冷暖、世态炎凉，旁人也就总是看见她沉默的样子。而她虽然每天艰难地讨生活，但对自己的感情却洞若观火，即使处境艰难，也敢倔强又固执地坚持本心。

可原来她还是不踏实的。

也许正因为轰轰烈烈地失去过，于是幸福于她而言，也就变得更像是镜花水月，可望而不可即。即使看似握在了手里，也仍然害怕随时会失去。只是她从来不说，也从来都只是把这些不安稳、不确定小心翼翼地藏好，不让人看出半分，永远只是安安静静地在他身边陪伴着他，爱着他。

沉默片刻之后，陆锦行缓缓开口，声音温和而又坚定："是啊，阿妩，我很喜欢你。"

他说完之后，低头在她发顶轻轻落下一个吻："只是我做得不够好，所以才会让你这么没有安全感。"

"不，你很好的。"钟妩眼圈儿微热，"出事那一瞬间其实我特别害怕，怕我万一就这么掉下去死掉了，再也见不到你该怎么办。可后来你出现了，别人都怕你，但我知道你为什么生气——你是担心我。你看，我当时明明脑子里乱七八糟，可还是被我发现了，你说你表现得有多明显？所以你别看我当时哭得厉害，其实我特别开心。"

陆锦行有些无奈地笑道："那么狼狈的时候，你倒是还顾着想这些。"

钟妩吸了吸鼻子，将他又抱紧了些："因为你一个人太久了，什么事都要自己面对，自己解决，所以真实情绪才会很少外露。知道你其实特别在乎我，我怎么能不开心？我当时甚至觉得，只不过是受了点小伤，就能看到你这么紧张的样子，那也算是赚到了，或者哪怕是比现在的伤更严重，我都认了。”

“胡说。”陆锦行微微蹙眉。钟妧抬头，眼前是他线条紧绷的下颌，于是她不顾背后隐隐的疼痛，动了动身子，把唇瓣轻轻贴了上去：“阿行……”

她满身狼狈，但只是这么无意义地叫着他的名字，就觉得开心。

知道她后背擦伤的地方现在一定不好受，所以温香软玉在怀的陆锦行只是漫不经心地“嗯”了一声，之后就不肯让她再轻举妄动：“老实点儿。”

语气却是比往常更亲昵了些。

不知过了多久，外面敲门声响了起来，轻轻的三声，透着几分小心翼翼的味道。

陆锦行看了看手上腕表上的时间，猜到了门外的人是谁。钟妧知道最近他越发忙起来，如今陪了自己这么久已是推了一些事务的，于是也就松开了抱着他的手：“下午不是还有慈善拍卖会吗？你先去忙吧，我过会儿可以叫茜茜来陪我。”

“好，”陆锦行答应着起身，抬手整理了一下衬衫的领口，“陈嫂过会儿会把午饭送过来，你还想再吃什么就吩咐她做，我尽量早点回来陪你。”

知道他的行程排得多满，所以钟妧也不忘嘱咐他：“你不要担心我，忙你的就好。不过不要只顾着应酬，更不能喝太多酒，知不知道？”

原本要出门的陆锦行低声地笑了，回身又亲了亲她的脸：“真啰唆啊，陆太太。”

林越知道带受伤的钟妧回来时陆锦行是什么心情，所以虽然有很正当的理由，但敲门时仍是有些忐忑的。不过此刻他眼见走出房门的陆锦行面色温和，眼带笑意，心里也就松了口气："陆总，这是您变更后的拍品名单。"

陆锦行并没有接，只是拄着拐杖迈步向前走去。

林越跟上去，一直自认耳聪目明的金牌助理并未错过随着房门的关闭，陆锦行眼底已经沉淀了的笑意。

"周初晓怎么样了？"

林越顿时了然，于是不敢掉以轻心，斟酌着词句答道："听说和那边的陆总吵了一架，哭得很伤心，直接被送回周家了。"

陆锦行几不可见地冷笑，看着前方长长的走廊，目光晦暗不明："把周家最近几个项目的资料收集一下，我过两天要看。"

总有些人，受了教训才能学乖。

房间里的钟妧因为陆锦行临走时的调侃红透了脸，趴在床上把脸埋进枕头许久，才闷声闷气地笑出声来。

歪打正着地和陆锦行重归于好，她也知道两个人之间还多多少少隔了些问题，但显然他们彼此都不是什么感情经历丰富的人，相处，相知，相爱，每一步都需要两个人一起努力，而这期间他们彼此一点一滴的变化，她都能感受得到。

"想什么呢？这么出神，敲门都听不见。"

任茜的声音突然从门口传进来，钟妧吓了一跳，猛地扭头看过去，却不慎牵动了后背的伤口，顿时倒吸一口凉气。

"哎，你可别乱动！"任茜见状连忙三步并作两步到了床边，一面查看她的情况一面抱怨，"都说好了伤疤忘了疼，您这伤可还新鲜得很呢，怎么还这么不小心？"

钟妧小心翼翼地侧躺好，先前后背上那阵尖锐的疼痛渐渐平缓许多，她也不禁轻轻吐了口气，怕任茜担心，不着痕迹地转移话题：

“没事了。我只是没想到你来得这么快，以为你还在为晚上的舞会激动呢。”

提到这个，任茜眼中顿时放光：“你也知道了？你家陆先生实在是太厉害了……随便勾勾指头就是个撒手锏。我跟你说钟小妩，如果不是你现在横在这里，我真想抱着你转三百圈儿！”

什么叫横在这里……钟妩忍不住扶额，但眼见着她一脸美梦成真的幸福模样，也不由得替她高兴：“阿行到时候会帮你介绍，你不是天天做梦都想看男神发什么朋友圈？别忘了要联系方式。”

任茜却挥了挥手：“我能近距离见秦楚一面就已经心满意足了，而且这本来也是因为你家陆先生的面子，其他的还是算了。”

活得认真努力，追星也比别人更爽利干脆，钟妩看着面前的任茜，笑意越发浓郁。

两个人说说笑笑，一下午的时间过得很快。外面的天色暗下来的时候，林越的电话也打了过来——化妆师和礼服都已经到了。

任茜反而有些犹豫不决：“要不……还是算了吧，我紧张……”她有些坐立不安地给自己想到了一个绝妙借口：“陆锦行也要去参加舞会，我如今再一走，你一个人躺在这里不是太凄凉了吗？我留下陪你吧阿妩……”

“机不可失，时不再来。”钟妩哭笑不得，直接下了“逐客令”，“赶紧去吧，追星老少女。”

任茜一边往外走一边感慨：“我这是近乡情怯，你根本不懂。”

想到任茜离开前纠结的神情，钟妩忍不住又笑起来。不过她倒是承认，人在伤病期间大概格外脆弱一些，房间里只剩下她一个人的时候，她的确感觉时间有些难熬。

钟妩的头仍有些晕，所以也依然没什么胃口，陈嫂送过来的晚饭并没有吃太多，陈嫂离开之后，房间里再次陷入了一片安静之中。

天已经完全黑了下来，钟妩看了看时间，舞会已经开始了。她有些好奇任茜和秦楚见面的情景，又担心陆锦行会不会多喝酒。渐渐地，睡意终是袭来，她的眼皮有些发沉，慢慢闭上了眼睛。

不知过了多久，半梦半醒间，钟妩只觉得脸上被手轻轻抚过，她下意识地抬手挥了挥，人已经醒来。不过还没睁开眼，嘴角就已经忍不住扬了起来，犹带睡意的呢喃声格外温软动人："阿行……"

没有人回应。

钟妩睁开眼睛，面上的笑意顿时微僵："锦航哥。"

看着坐在对面的人，如果不是脸上残留的温热触感依然清晰，她甚至很可能会疑心刚刚只不过是自己将醒之时的错觉。

陆锦航却仿佛并未注意到她眼中的茫然和疏离，神情平静自然："好点儿了吗？"

"好多了。"钟妩笑了笑，按下心头的那些惊疑不定，也直接回避了他此时本应在舞会上的事情，语气鲜有地客套道，"本来也不是什么大事，还要麻烦你专门跑一趟。"

陆锦航看着她："来看看才放心。"

不过是简单几个字，却因着他低沉的声音和深邃的眼神而愈显暧昧。钟妩词穷的同时，心也越发沉了下来。

她并不是善于客套的人，更何况对方是陆锦航。他们即使在当初，也并没有多少真正心平气和的独处，所以此时她垂眸片刻，也不过是笑道："没什么可不放心的。锦航哥你有事可以先去忙，阿行之前来过电话，过会儿会回来陪我的。"

陆锦航目光幽暗而深远，短暂的沉默之后，突然笑了起来。

他和陆锦行不同，大多数时间里都是沉默而冰冷的，所以此时的笑容竟有些冰雪初融的味道："你还是和以前一样，一旦喜欢上一个人，心里眼里就只有对方一个。"

【5】没有人能看到自己的将来

壁灯昏黄的光芒笼在钟妩身上，她那纤长的睫毛轻轻眨了眨，被灯光打下一层暗影，落在眼底。

她的沉默在陆锦航的意料之中，于是他也就这么安静地看着她——其实他最开始的目的，也不过只是想来看看她而已。

他的人生行至如今，从懂事那一天起，“克制”两个字就已经刻入了血肉，决不容许自己行差踏错半步。哪怕即使多年以后，他终于意识到了自己对于钟妩的感情，敢回头看当初那段被他强行掩埋的回忆，却也仍是在理智的提醒下，敛起了所有的悸动。

原来这世上总有些事，会让人无论选择逃避，还是面对，终究都如鲠在喉，到底难平。

“你看着阿行的时候，倒是让我想起了很多过去的事情。”

记忆最深处，有个女孩子有些急切又忍不住害羞地扯住他的衣袖，眼中光芒璀璨，让人几乎不敢直视：“你不要以为我是小孩子，只有三分钟热度，我要是喜欢一个人，一定一辈子都不会变心的！”

而那个任性张扬的女孩子如今因为受伤侧躺在床上，变得更漂亮，也更沉静，看着他的目光却带着能刺透人心的澄明：“既然是过去的事，想得太多也只是徒增烦恼，锦航哥你是聪明人，何必呢？”

徒增烦恼吗？陆锦航眸底的冷冽若隐若现——可究竟是不是烦恼，也无非是如人饮水，冷暖自知罢了。

他目不转睛地看着钟妩：“就这么喜欢他吗？”

听得出他言语间的冷嘲，钟妩忍不住皱了皱眉头，但她到底还是压下了复杂的心绪，直白而平静地答道：“对。”

“如果我没记错，你当初也是这么坚定。这次呢？你的喜欢会是多久？三年？十年？”陆锦航又笑起来，“还是你的又一个‘一辈子’？”

他的笑容渐渐消失：“当初是我，现在是陆锦行，以后又会是谁？”

钟妩一直知道自己其实并不聪明，但也并不缺少女人独有的敏感。陆锦航似笑非笑的眉眼间隐隐透着些晦暗和冰冷，她不知道他此刻的情绪是因为对感情有了什么新的认知，还是单纯地因为彻底失去了一个曾经热切的追求者而失落。

只不过无论是什么，她都无意探究。

她觉得，如果是当年的自己听了这些，只怕是当时就要翻脸的。可时间已经过去了这么久，在那些陆锦航对她一无所知的漫长岁月里，她早已再不是曾经的钟妩了。

“感情的事是没有道理可讲的，更何况，锦航哥，你当初不喜欢我从来不是什么错。我和阿行在一起，也没有对不起任何人。”

屋内的空气随着她的话而有些凝滞，钟妩知道自己未免太过直接，但她对自己的感情从来这么坚定，所以在敏感地察觉到一些苗头之后，第一反应就是把该说的话说清楚。

钟妩忍着伤口处的疼痛，撑着床慢慢坐起身来，直视陆锦航：“我当年对你的喜欢是真的，说过的话也是真的，所以即使到现在，我也从来不认为那只是说来好听的谎话。”

“只不过我那时候太幼稚，觉得你能对我笑一笑我就很开心，以为这样的喜欢就已经是书上说的爱情了。我每天都追在你身后，口口声声说喜欢你，用自以为正确的方式去对你好，却不懂原来我只是在一次次地伤害你的自尊心。所以你讨厌我，躲着我。”钟妩笑得有些唏嘘，“我也是很久以后才明白，我其实从来没有真正地了解过你。”

“后来发生了很多事，我觉得自己和过去几乎是完全不一样的人了。这几年我看惯了别人脸色，每天睁开眼就只想着怎么能多赚点钱，付我妈妈的医药费，根本没时间去想我还会有再对什么人心动的那一天。”钟妩酸涩的眸子里闪过一丝温柔，“可遇到阿行之后我才发现，原来我还是一个活生生的人，会脸红，会心动，会生气，也会吃醋。我有过失败的感情，也经历过一些挫折，这些都让我更成熟，也让我明白了该怎么去真正地爱一个人。”

提起陆锦行的时候，钟妩坚定而从容，仿佛满天星河都在她眼中，熠熠生辉。她看着陆锦航，诚恳而又郑重：“锦航哥，人在不同的阶段，感情是不一样的。我不后悔当初喜欢过你，但那些也都已经是过去的事情了。但阿行不一样，他是我的现在，也是我的将来。”

在她说话的过程中，陆锦航的神情始终冷峻沉郁，看不出丝毫变化。但在一阵足以让人窒息的沉默中，他的手无意识地收紧，又有些艰难地一点一点缓缓松开。最后，他深深看了钟妩一眼，起身朝外面走去。

钟妩看着他的身影，心里也并不是不唏嘘的。可下一秒，走到门口的陆锦航已经转过身来，直直撞上她的视线，眸色如墨，笑意微冷：“没有人能看到自己的将来。”

即使太过笃定的现在，也充斥着无数的不可预知。

“更何况……阿妩，你的承诺总是给得太容易，所以这些话我过去不信，现在也不信。”

陆锦航走出房门之后，目光有一瞬的冷凝。

陆锦行拄着拐杖站在走廊里，静静地看着他，面带笑意，一如既往的温文清贵：“大哥。”

两个人目光有短暂的交汇，眼底是如出一辙的深邃幽暗，随后看向各自的方向，缓缓擦肩而过。

陆锦行进门的时候，钟妩正坐在床边有些出神，见他进来，顿时有些不自在——她不知道他是不是听见了刚刚她和陆锦航的对话，而明明先前是在剖析自己对他的爱意，可不知为什么，此刻他的神情越平静，她就越是有一种好像被“抓奸在床”的心虚。

“这么精神。”陆锦行走过去，想要扶她躺下，轻描淡写的语气近乎喟叹。

钟妩抓住他的手，仰着脸儿小心翼翼地看他：“阿行……”

陆锦行微微低下头，靠她更近了些，好看的眸子亮得有些灼人，呼吸间带着些清冽的酒香，微凉的薄唇几乎快贴上她的唇瓣，声音里带着几分暧昧的喑哑：“骗人本事见长，嗯？我怎么不记得……我给你打过电话说马上回来？”

钟妩的思维有一瞬间的停滞，恢复运转之后，顿时恨不得把头埋进他怀里直接装死——也就是说……全都听见了。

陆锦行看着她瞬间爆红的脸，轻笑声自喉间一点点溢出来。

钟妩自然能感觉到他的愉悦，于是刚刚尴尬的情绪和那些纷杂的过往便被她统统抛在了脑后。

“胃有没有不舒服？用不用让陈嫂煮些醒酒茶喝？累的话你就早点回房休息，不用担心我，我已经好多了。”钟妩看着陆锦行因为喝了酒而有些苍白的脸，不无担心地问道。

彼时两人相对而卧，陆锦行把玩着钟妩的发梢，挑起一缕轻轻扫在她鼻尖上，有些翻涌的酒意使得他眼角眉梢的笑容更添了几分慵懒：“不希望我陪着你吗？”

鼻尖微痒，钟妩抓住他的手，面上有难得的狡黠：“反正你还有一辈子的时间陪我。”

陆锦行心头一动，几不可闻地叹息。

那些死水般仿佛一眼就能望得到尽头的日子，似乎已经不再那么难熬了。

他轻轻吻上她的唇，钟妩闭上眼，小心翼翼地回应他，唇齿间清冽的酒香仿佛能让两个人一同沉醉，温柔又缱绻。

正在这时候，床头柜上陆锦行的手机倏然响起，来电铃声打断了室内甜蜜而温馨的亲吻。两个人的呼吸俱是一滞，钟妩睁开眼睛，看见陆锦行眼底轻浅的愠色，靠在他怀里红着脸笑起来。

陆锦行的视线并未离开她，一手轻轻抚着她的头发，一手伸过去拿起手机，动作随意地接了起来。

祥和安宁的气氛被听筒那头传过来的陌生女声打破。

“是我。”

只有简简单单的两个字。而在钟妩还没有任何反应的时候，她就已经发现，原本抱着自己的手臂渐渐变得僵硬起来。她有些迟疑地抬头看向陆锦行，壁灯下，他的面上并没有什么表情，但眼底的温柔慵懒早已一扫而空，眸中光芒明灭，最后被不知来处的暗影一点点吞噬，终于彻底冷了下来。

钟妩动了动唇，却终是没有发出任何声音，只是默默看着他握着手机的手缓缓用力，直至关节隐隐泛白。

有潮水一层层漫上来，将她整个人慢慢包裹住，挣不开，也逃不掉，周遭的氧气越来越稀薄，让她几乎喘不过气来。

钟妩下意识地咬紧下唇，一阵尖锐的疼痛让她清醒了些，而也就在此时，电话那头的声音再次传过来，清晰，悦耳，她甚至听得清对方开口前，一声若有若无的轻叹：“阿行，我回来了。”

陆锦行并没有任何回应，只是面无表情地挂断了电话。

钟妩的一颗心，终于彻底沉了下去。

【6】你好，我是郁心

“后来呢？”

任茜目不转睛地看着钟妩，眉头皱得紧紧的。

钟妩后背伤口处的痂皮已经脱落了，这两天总是有些发痒，她换了个姿势靠坐在宽大的沙发椅里，想到那天的电话，目光一时有些飘忽。

时隔半月，她却还清楚地记得陆锦行挂断电话之后，晦暗不明的神情。

她对来电对象的身份心知肚明，却不知道该说些什么。彼时旖旎的气氛早已消失不见，陆锦行不可能察觉不到她的低落，却也只是在离开前吻了吻她的额角："别胡思乱想。"

没有其他任何解释。

但是现在想起来的时候，当时那种沉闷失落、如鲠在喉的感觉，却似乎已经变得十分遥远了。

钟妩收回视线，看向任茜："就是这样，没什么后来。"

"没有再打电话，也没有找上门？"任茜问完，见钟妩轻轻摇头，她的眉头依然没有一丝舒展的迹象，"是没有，还是你不知道？"

钟妩内心也并非没有过类似的自问，所以对任茜的话也并不意外："没有。"

是因为她对他从始至终的信赖，其中也掺杂着一些来自女人的、毫无因由的直觉。

见钟妩多少还是有些笃定的，任茜也就松了口气："那不就得了。"不过原本有些话就一直在心口打转儿，她想了又想，还是忍不住地说道："不过有些事，你自己心里还是要有点儿计较比较好。"

"什么？"视线原本看向窗外的钟妩闻言回眸。

"我知道你喜欢陆锦行，我也太知道你喜欢一个人的时候是什么样子了。可是阿妩，不管什么事，你还是要给自己想点退路的。"任茜斟酌着用词，缓缓地说道，"我不是想唱衰你们，但陆锦行这个人……我知道他不是什么游戏人间的花花公子，但他们这种人，到底还是和我们不一样的。你们现在大概算是热恋期，但以后呢？"

至少那些花花公子把银货两讫的姿态摆在桌面上，没有人会去奢望他们的爱。可陆锦行不是能让人轻易看透的人，钟妩这种性格，如果陷得太深，一旦陆锦行的感情有了什么变化，她也根本没办法回头。

任茜的话点到为止，但钟妩当然明白她的意思。

她只是个普通人，赌上全部的感情，最后如果失败的话，因为对方耀眼如陆锦行，那大概她以后也不会再爱上什么人了。任茜了解她，也真切地担心她，所以希望如果可能的话，她能更清醒一点。这样的话，即使将来的某一天，陆锦行选择了另一个人，她也可以全身而退。

可是一个人爱上另一个人的时候，哪里有什么退路可言。

“怎么样，有答复了吗？”

陆祈闭目躺在摇椅上，刚进门不久的助理站在一旁，觑着他近来越发瘦削的脸，答道：“李总说最近身体不好，要入院做详细的检查，公事已经交给了底下的人去处理。”

“老狐狸。”陆祈唇边的笑意浅淡，讽刺意味却并不明显，似乎不过是再寻常不过的结论，听不出多大情绪。

助理跟在陆祈身边多年，看着他掌心摩挲着的红宝石吊坠，又想到前一阵子慈善拍卖会上，包括这条项链在内的一系列拍品，内心多少都有些唏嘘，许久之后才试探似的问道：“那接下来……”

“开始准备吧。”陆祈脑海中闪过一张熟悉的脸，握着吊坠的手缓缓用力，“我倒是很好奇，一个人会有多少次死里逃生的运气。”

走进来的陆锦航把这句话听在耳中，冷漠的面上闪过一丝几不可见的沉郁。

和忙里偷闲的任茜相约吃完午饭，钟妩顺路买了陆锦行喜欢的蛋糕回公司。到了他办公室门前的时候，她习惯性地敲了敲门，随即又想到这个时间他应该在会客室，便直接推门走了进去。

办公室里原本坐在沙发上看书的女人闻声看过来，和钟妩视线相撞，两个人都有一瞬间的怔忡。

那是个很漂亮的女人，却又似乎并不能单一地去用漂亮两个字来形容。她的五官无疑是精致的，及肩的内扣短发和干净清爽的妆容衣饰相得益彰。大概因为先前在低头看书的关系，一侧的头发被别到了耳后，此时抬头看过来，眸中三分讶异，七分从容，姿态优雅又沉静。

钟妩的注意力却有些被分散——她从不喜欢别人动她的书。

“你好。”钟妩朝沙发上的人打了个招呼，把手里的包和袋子随手放到了一旁。对方已经从沙发上站了起来，放下书，朝她伸出了右手，大方笑道：“你好，我是郁心。”

和猜测的结果一致，钟妩却意外地发现自己的情绪并没有想象中的起伏，事实上，她平静得连她自己都有些诧异：“我叫钟妩。”

郁心眼中并没有惊奇，语气里却带着些恍然：“原来这些书都是你的？我看扉页上都有个‘妩’字。”

钟妩点点头。郁心笑道：“难怪，我来的时候第一眼看到时，还奇怪为什么阿行会喜欢上这方面的书。你喜欢雕塑？”

钟妩的视线落在翻看的书页上：“以前读的这个专业。”

郁心一边仔细地把几本书整理好放到一旁，一边带着些歉意笑道：“我对雕塑也有些兴趣，所以很抱歉，没经你允许就翻看了。对了，我有一个朋友在这一行也算是小有名气，你大概听说过Brant Miller？”

钟妩原本维持的客气礼貌，终是因这个名字而退去了些。她看向郁心，目光里透着认真的光芒：“我知道他。”

“他前一阵子还说过想来中国度假，”郁心笑道，“如果他真的过来，到时候我可以介绍你们认识。”

钟妩并没有想到她和郁心的第一次见面，会是如此言笑晏晏的局面。即使她在这之前，对于陆锦行和郁心的过去，心中好奇的背后，还藏着她自己都不愿承认的嫉妒，但如今也不得不承认，郁心和她想象中的任何一个模样都不同。

她沉静从容，落落大方，有一种熟悉的温润气质，又不失干练利落，让即使是初相识的人，也感觉不到距离感。

钟妩突然想起曾经顾雪晴说过——如果郁心还在，她顾雪晴甚至连与之相争的勇气都没有。

就在钟妩有些失神的时候，陆锦行从外面走了进来。他见到钟妩，神色里原本的冷淡退去了些：“回来了？”

他眉宇间带着常人不易察觉的疲惫，钟妩压下心头原本的复杂情绪，笑了笑：“嗯。回来的时候路过常去的蛋糕店，带了你喜欢的蛋糕回来。”

陆锦行几不可见地点头，目光随后才落到一旁的郁心身上，语气和神情都透着明显的疏离：“你可以回去了。”

郁心跟过去，隔着办公桌看他，面上笑意不变：“我还是觉得你可以再考虑一下。策划书你应该已经看过了，这次的合作对你来说利远大于弊，我相信你对我们团队的专业性已经有了初步的了解——如果你讨厌我，我也可以不出面，一切合作都由我的团队来和你们进行对接，就像刚刚的会议一样。”

“不需要。”陆锦行在她话音刚落的时候，就已经给出了答复，“这种冠冕堂皇的理由不必再说了，这是陆家自己的事，和你无关。”

“无关？”郁心把这两个字重复了一遍，转淡的笑容里透着些难以言喻的感伤，“你现在倒是知道和我无关了？”

陆锦行眉头紧锁，却并未说什么。短暂的沉默之后，郁心几不可闻地轻叹一声，反而是先道歉的那一个：“对不起，我不该提起来。”

不等陆锦行回应，郁心已经转身拿起了沙发上的手袋：“我先回去了，但是这件事我不会放弃的。”说完之后，她朝一旁始终沉默的钟妩点了点头：“虽然并不是合适的场合，但很高兴认识你。”

随着房门关闭的声音，办公室里只剩下了陆锦行和钟妩两个人。而陆锦行的目光似乎落在了无限远处，整个人亦陷入了沉思之中，并未再开口说一句话。钟妩看着他精致冰冷的侧脸，明明近在咫尺，却突然觉得此刻的陆锦行陌生又遥远。

所谓的前女友，和她想象中完全不同，三个人的碰面也荒腔走板，让她不知该用何种表情去面对。当然，也根本没有人会去注意她的表情——她在认识陆锦行之后，第一次感觉到自己是个彻头彻尾的外人，对于他和郁心，无法触摸的不仅是过去，竟然也是现在。

她觉得不可思议，潜意识里却又有个声音告诉她，似乎她并不应该感到意外。

不知过了多久，陆锦行的视线终于落在钟妩身上。她薄唇微抿，神情平静甚至淡漠，目光却一片晦暗，没有往常的神采。

陆锦行起身走到她面前，缓缓伸出手臂，试图给她一个拥抱的时候，钟妩却抬手挡住他，朝他笑了笑：“我去拿蛋糕给你。”

【7】钟妩果然好命

看着钟妩的身影，陆锦行伸出的手臂顿了顿，不久之后才慢慢垂了下去，但人仍站在原地没动。

钟妩从桌上的纸袋里拿出蛋糕盒子，看着盒子边缘精致的印花，买蛋糕时平静但也甜蜜的心情，也不过是短短数十分钟就演变成了此刻的局面，她低着头，一时有些出神。

不知过了多久，坚实有力的手臂自她身后环上她的腰间，缓缓收紧，陆锦行把她抱在怀里，微凉的唇瓣擦过她的耳际：“阿妩，我都明白。”他近乎叹息的声音里，是一贯的明晰了然，却也带着让人不易觉察的疲惫和无奈。

他总是知道该怎么不战而胜的，钟妩眼中蓦地一阵酸涩。

“你总是什么都明白。”她靠在他怀里，微微仰起头，眼底氤氲的雾气被强行压了回去，“我也想做个看起来优雅大方、无懈可击的现任，我也已经很努力地在扮演这个角色了，可刚刚你根本就看不到我。我知道你对郁心，可能并不是我过去以为的那种对前女友的感情，所以我现在的样子，连我自己都觉得像是在无理取闹。”

“可明明是你……一边什么都不肯告诉我，一边又不停耳提面命让我不要胡思乱想。”钟妩转过身，看着陆锦行，“所以我现在问也不是，不问也不是……你让我觉得我现在怎么做都不对。阿行，你不能总让我这么为难的。”

陆锦行有片刻的失神。

似乎从很久以前，她就一直用这种眼神看他了。也许不开心，也许委屈，也许觉得被怠慢了，但她看着他的目光从来都是倔强又专注。

这种明亮而又耀眼的光芒，他既然得到了，就不会允许有失去的可能。

钟妩看着陆锦行喜怒难辨的目光，还想要再说些什么，可她不过是刚刚动了动唇，就已经被陆锦行再次抱进了怀里。

“给我点时间。”

说出口的那一瞬间，他甚至自己都觉得意外，可随即又感觉释然——他自诩凉薄，也习惯了将任何事都握在自己手心里，钟妩出现之前，感情的事，他从来都不曾放在心上。他和钟妩两个人之间，他看似掌控一切，可其实从一开始，主导的人都是她。

她一步步推着他往前走，他也一次又一次地对她妥协。

他从来都拿她没有办法的。

事实上他的话说完之后，钟妩就已经愣在了原地。她不知道这是基于无奈还是醒悟的一个妥协，但她知道，她也同样一直在让他为难。她回抱住陆锦行，把头默默埋进他怀里。

其实迄今而至，她不甚漫长的人生里，一直都在疲于奔波，没有人教过她该如何去经营一段感情，她的一切付出与索取都出自本能，但此时她明知道他是爱她的，仍然觉得茫然。

她不知道为什么她没有做错什么，却仍像是错了。

“真羡慕任小姐，”陆锦行走到穿衣镜前，在打扮停当的钟妩颊边落下一个吻，轻笑道，“可以和这么漂亮的陆太太共进午餐。”

正要整理裙角的钟妩顿时笑出声来，直到被他抱进怀里的时候才勉强收住，眸子闪亮地看着他：“等过几天你生日的时候，我保证打扮得更漂亮，怎么样？”

陆锦行静静地看着她，精致的眉眼里笑意深沉：“我原本是不过生日的，但如果你要准备的话，大概可以期待一些。”

钟妩拽着他的衣角低声地笑道：“不会让你失望的。”

几天前短暂的不快之后，两个人又恢复了从前的状态，或者说，比从前更加亲密了些。似乎达成了某种共识，他们都有意甚至刻意地，对一些极易引起争执的话题避而不谈。钟妩不知道陆锦行需要的时间会有多久，她知道他有心结，也知道这个时候自己需要的是更多的耐心。但她有时候一个人静下来的时候，会觉得这种局面并不能让她心里踏实，可她又别无他法。

两个人结束了一个甜蜜的吻，钟妩要出门的时间也快要到了，陆锦行拉着她的手朝外走去：“去吧，我开完会去接你。”

“好。”钟妩穿好大衣，点了点头。

“替我向任小姐说生日快乐。”

钟妩一面朝电梯走去，一面冲他摆摆手笑道：“知道了，只怕她看到你的礼物会开心得晕过去。”

陆锦行回到书房的时候，已经等在那里的林越站起身来：“按照您的吩咐，又多安排了两个人跟着。”

见对方未做任何回应，林越安慰道：“您放心，自从安排在陆氏地产的人开始有动作之后，那边现在已经自顾不暇了。”

陆锦行眸底一片清冷，但眉心依然微蹙：“让小江多留心。”

林越点点头，心里也不由得感慨，钟妩果然好命——自从临时股东大会确认召开之后，事实上钟妩每次单独出门，除了负责接送的小江之外，陆锦行都安排了人暗中保护她。而在她没回来的这段时间里，无论多么忙碌，陆锦行都会记挂着她，在她面前，却始终不动声色。

无非是不愿意让她有过多的担忧、疑虑罢了。

林越觑着陆锦行，暗自喟叹：他们高高在上的陆总，这次真得栽了。

任茜的二十四岁生日却有些兵荒马乱，远远不如想象中美好。

她和钟妩在约好的餐厅见面之后，坐下闲聊几句，饭菜陆续上桌，钟妩带过来的生日蛋糕还没打开，电话就已经响了起来——一直合作的工厂那边来电话，她上一批订的货出了问题，需要她马上赶过去协商解决。

任茜做的是小本生意，流动资金有限，一批货出问题，后续的麻烦只怕会接踵而至。钟妩眼见她急得当时就变了脸色，也不再留她，把礼物和蛋糕塞到她手里，再三嘱咐她路上慢些开车，目送她快步出了门。

两个人告别得匆匆忙忙，钟妩想到还没来得及替陆锦行送出的“礼物”，无奈地揉了揉额角。

钟妩出了门，站在路边等小江把车从地下停车场开出来。时值深秋，彼时的秋风也有了几分凄惶的味道，路边有高大的悬铃木，褐黄色的树叶被吹得沙沙作响，不时有半枯的掉下来，三三两两散落在地上，萧瑟又别致。

“阿妩？”

身后传来一个熟悉的声音，钟妩回过头去，有些意外地看着对方：“锦航哥？”

陆锦航穿了件Brioni铁灰色大衣，身姿挺拔，英俊不凡，惹得周围经过的小姑娘们纷纷看过来，一面看他，一面红着脸交头接耳地议论。

钟妩还记得自己受伤那天晚上两个人交谈的内容，但此时他眉目清朗，反而比她坦荡：“怎么在这儿？”

钟妩于是也不再去想那些，笑了笑：“今天任茜生日，但她有急事先走了，我正准备回家。”

家。

陆锦航目光微闪，片刻之后，几不可见地点头：“我也来这附近吃饭，不介意的话，一起？”

钟妩摇头笑道：“不了，我还不饿，回去和阿行一起吃。”

“那喝杯咖啡？”陆锦航对她不着痕迹的拒绝毫不在意，“正好我有事想和你谈——和阿行有关。”

钟妩的眉头微皱，抬手看了看腕表上的时间，略一思量，随后才舒展了些，一面从包里拿手机一面说道：“好。小江去取车了，我和他说一声。”

“嗯。”陆锦航点点头，向前走去。

地下停车场里，小江站在车旁边，隔壁车位上倒车时不小心擦到他车尾的人正忙不迭地道歉，对方的同伴也从车上下来，看了看车，又看了看小江，一脸的歉意。

接完钟妩的电话之后，小江思量了片刻这件事究竟有没有必要专门汇报一下，但他随即想到出门前林助理的千叮万嘱，于是把装进口袋的手机重新又拿了出来。他还来不及按下号码，手却突然被人按住了。小江猛地抬头，原本正道歉的两个人已经一左一右到了身旁。

陆锦航和钟妩走进了附近一家咖啡馆，里面人不算多，浓郁的咖啡香气里，音乐低回舒缓，格外幽静雅致。

两个人找了个临窗的位置坐下，陆锦航看向对面的钟妩，她今天的妆容看起来格外精致一些，大衣已经脱了下来，里面穿了条绛红色紧身裙，身材玲珑有致，肤色也显得越发白皙如玉。

似乎重逢后，他经常见她穿红色的裙子，可他并不记得她是喜欢红色的人。

喜欢红色的人是陆锦行。

明明早就知道了她的心意，陆锦航以为自己的情绪并不会有什么波动，可在他的不动声色之下，却仿佛有根极细的牛毛针快速而又精准地刺向了胸口，几乎没有感觉，可几秒钟之后，隐隐的疼痛却终是后知后觉地席卷而来。

陆锦航垂眸片刻，再看向钟妩的时候，敛下了眸底复杂深沉的光芒："想喝点什么？"

钟妩收回打量周围装潢的视线，微微笑道："蓝山。"

第七章
遍体鳞伤

【1】我其实远比你想象的更了解你

陆锦航的视线自餐牌上移向她："我记得你以前喜欢喝拿铁。"

钟妩闻言，有些惊讶地看了他一眼。

即使那天他已经把自己的意思表达得足够明确，但现在听他平静地谈及自己过去的喜好，反而让她更震惊一些——原来他对她冷漠以对的那些日子里，同时也在默默地关注着她。

钟妩抿了抿唇，没有再看他："阿行每天早上都只喝蓝山，时间久了，我也慢慢喜欢上蓝山的味道了，算是……被他传染了吧。"

陆锦航重新看向手中的餐牌。

点了咖啡和两份甜点之后，陆锦航面无表情地把餐牌递给了一旁的服务生。服务生离开之后，两个人相对而坐，一时都没有再开口，这种沉闷的气氛让钟妩不是很舒服，于是她笑了笑，站起身来："我去趟洗手间。"

她一面朝洗手间走去，一面暗暗决定，回来之后还是直接问清楚他想谈的事究竟是什么为好。如今两个人单独见面的场景，远比她想象中的更加尴尬。

从洗手间的隔间出来，钟妩正在洗手池前洗手的时候，一个进来的服务生正要往里面的隔间走，见到她之后突然停了下来，声音里有些迟疑，亦有些试探似的问道："……钟妩？真的是你？"

钟妩有些诧异地抬头，看到了一张很是熟悉的面孔。

"乔乔，好久不见了。"

钟妩笑着和她打招呼。

对方是她半年多以前在一家咖啡厅兼职时的同事，当初她在工作之余利用一切时间打工，每天从早忙到晚，对周遭一切人和事都不投入任何注意力，但仍是对眼前这个女孩子印象极深。

程乔乔个子不高，但五官格外精致，身材也极好，头发漂染成了漂亮的灰蓝色，两侧剃得短短的，耳垂上戴着两颗熠熠生辉的黑钻耳钉——是个让人但凡见过一面就很难忘记的女孩子。钟妩甚至还清楚地记得，她的侧腰处有枚文身，图案极为别致。

程乔乔打量着钟妩，觉得难怪自己先前没敢认，钟妩的变化果然是极大的。这种变化并不是她如今的衣饰有多么的精致名贵，而是整个人的气质，不再是过去蒙尘的美玉一般黯淡，而是开始散发出耀眼的光彩。

"我进门的时候没看到你。"钟妩连忙关了水龙头，从旁边抽出纸巾擦了擦手，看着她调侃道，"你现在拉花技术比以前好了吗？"

"外面那个……是你男朋友？"程乔乔却答非所问，看着钟妩的目光里带着些意味不明的审视。

钟妩笑容微僵："不是。"

程乔乔抱臂盯紧她："那你们是什么关系啊？"

钟妩的眉头终于皱了起来，在对程乔乔有限的印象里，她虽然不见得会让人多喜欢，但至少不是什么会让人讨厌的人。

“只是一个朋友。”此情此景，钟妩一时之间也就没了什么“叙旧”的心思，“如果没什么事的话，那我先出去了。”

但擦肩而过的时候，程乔乔伸手拦住她，目光灼人，原本清亮的声音压得极低：“过会儿的咖啡不要喝。”

钟妩呼吸一滞，简单几个字，背后的含义却让她全身的血液几乎瞬间冻结成冰。

她甚至疑心自己听错了，看着程乔乔的眼神错愕又茫然。程乔乔不管她能不能接受，只是语速更快了些，内容也因此而有些杂乱无章：“你们刚进来的时候经过吧台，我看到他和老板那一瞬间的眼神接触，不知道该怎么形容，但我总觉得不太对。有两桌很眼生的客人从早上一直坐到了现在……而且这两个月咖啡都是我煮的，今天老板却突然要自己煮。我知道我现在这么和你说，你很可能觉得我疯了，毕竟我什么证据都没有，只是因为……”

她的话没说完，钟妩就已经死死攥住了她的手臂。

任茜的供货工厂那边突然出问题，两个人不得不匆忙告别，而自己出门之后，陆锦航出现得不可谓不巧。

整件事的脉络清晰至此，钟妩抑制不住地颤抖。她的大脑飞速地运转着，是连她自己都十分意外的、超乎寻常的清醒，可与此同时，她的呼吸亦是一片紊乱，几乎用尽全力，才能让自己的眼泪不掉下来。

她没有哪一刻像现在这样明白陆家人之间几乎白刃相向的攻讦算计，却从没想到，率先对自己下手的人会是陆锦航。

那个曾经始终沉默冰冷，但又骄傲坚忍的少年。

时间一分一秒地过去，钟妩脸色一片惨白，她知道现在并没有时间去伤感，于是强迫自己冷静下来。她下意识地去摸手机，随后才想起手机仍留在自己座位上的包里，于是努力克制住声音里的颤抖，低声问面前的程乔乔：“能不能把手机借给我？”

目睹了她在短短一瞬间情绪的巨大变化，程乔乔仍是皱着眉：“工作时间不让用，放在更衣室了，我这就去拿，你在这里等我。”

程乔乔话音刚落，外面走廊里陆锦航的声音就已经传了过来：“阿妩？”

钟妩和程乔乔对视一眼，都从对方眼里看到了慌乱。程乔乔朝钟妩用力地摇了摇头，示意她不要轻举妄动。钟妩咬紧下唇，手紧攥成拳，指甲几乎刺破掌心，整个人终于彻底冷静下来。

她抬头看着洗手池镜子里的自己，擦掉眼角的泪痕，又用力揉了揉苍白的脸颊，直到上面终于恢复了血色，才努力扯出一个笑容，整个人看起来和之前没有什么差别。她打开水龙头又洗了洗手，在潺潺的水声里压低声音在程乔乔耳边报了串数字：“帮我打这个电话。”

说完之后，她擦了擦手，挺直背脊朝门外走去。

“怎么了锦航哥？”钟妩看着走廊里的陆锦航，有些不解地问道。

走廊里光线并不算十分清明，陆锦航看着钟妩，若无其事地笑道：“没什么，只是你太久没出来，担心你出什么事。”

钟妩笑了笑没有说话。她跟在陆锦航身后朝外走去，一路上把程乔乔的话从头到尾又细细思量了一遍，想到她说的两桌奇怪的客人，想要看一看，但又生怕落了痕迹，于是并不敢随意张望。

重新回到座位之后，钟妩发现咖啡和甜点都已经摆在了桌上。陆锦航坐下来，端起他面前的咖啡杯，轻轻啜饮一口之后，勾了勾嘴角点评道：“虽然不如陈嫂手艺好，但也还不错，你尝尝看。”

钟妩桌子下的手交握在一起，暗暗用力攥了攥，然后伸出手去，拿起小匙在咖啡杯内轻轻搅动着：“你胃不好，平时咖啡最好还是不要喝太多，尤其饭前。”

陆锦航的手僵了僵，把咖啡杯放下之后，才抬头看向她：“你还记得。”

“怎么会不记得呢？”钟妩的笑容里有些唏嘘的意味，看向窗外的目光仿佛落到了无限远处，“你那时候一下课就忙着去打工，有时候饭都顾不上吃，胃疼起来脸上一点儿血色都没有，可偏偏就是不肯收我送过去的药。”

陆锦航也仿佛随着她的话陷入了过去的某些回忆中，目光温柔却又复杂：“不过是穷小子的自尊心罢了，更何况你送过来的都是进口药，我如果收了的话，还不起。”

钟妩收回视线，看向他：“我猜到了，所以我在那些胃药里千挑万选，选了一种和你买的廉价药形状差不多的，趁着去你家看陈妈妈的时候，偷偷把药盒里的药换了。”

陆锦航心口微窒。

在他以为自己对两个人之间的往事印象已经足够深刻的时候，她却偏偏能一次次加码，让他意识到自己欠她的，远远比他意识到的更多。也让他心底那些已经失去她的痛苦，一天比一天更深刻。

钟妩看着对面的陆锦航，彼时他低着头不知在想些什么，她一直提着的心却丝毫不敢松懈。她状似不经意地朝周围看了看，目光并不在某一处多做停留，只是下意识地寻找程乔乔的身影。

不知道她的电话打出去了没有。陆锦行如果接到了电话，现在会是什么心情？一定很担心她吧？

想到陆锦行皱起眉头的样子，钟妩就觉得心疼。

“我多希望……”陆锦航突然开口，钟妩回过神，和看过来的他视线相撞，他眼底仿佛有不知名的暗流渐渐汹涌，“你是因为真的怀念那段日子，所以才对我说这些。”

钟妩一愣，意识到他这句话背后的深意，努力让自己的神情看起来更自然一些：“我不知道你在说什么。”

“如果你真的不知道，从洗手间回来，就会直接问我到底想和你谈关于阿行的什么事。”陆锦航目不转睛地看着她，原本冷峻的面容里，浮现出了一丝近乎讥诮的笑容，“阿妩，我其实远比你想象的更了解你。”

钟妩的身子一颤。

她迎着陆锦航的视线，终于不用再掩饰心中的慌乱和失望：“你想怎么样？”

【2】阿妩，别太自以为是了，他根本没有那么爱你

陆锦航静静地看着钟妩，大概由于终于不再需要掩饰，她此刻的脸色有些苍白，眼睫微颤，整个人透着一种和前一刻的沉稳完全不同的无措。

陆锦航猜测，这种无措里也许还包含着一些对他的失望，大概因为自己的行为在她看来，也能称之为是一种背叛。他背叛的是她当初对他付出的感情，如今的友善，还有他们曾经共同经历过的那段岁月。

其实她对他的所有认知，都基于当初十几岁懵懂时的交集，在她看不到的那些日子里，他曾经的冷漠早在种种残忍的磨砺下演变成了冷酷。他们都有了改变，只不过她的身上或许还能看到过去的影子，可他早已不再是当初的那个他了，无论是身份，抑或是性格。

可就如同饮鸩止渴，他在某种程度上，竟是享受着她的这种失望的。

他对她而言，毕竟还是不一样的，即使如今他很快就要亲手毁掉自己在她心中最后的一份温暖了。

“虽然你也许并不会相信，但我确实是为了帮你。”

陆锦航看着钟妩，缓缓地说道。

钟妩只是盯着他，并不说话，伸向旁边包里的手却僵住了——手机已经不在那里了。

“是吗？”钟妩收回手，“看来我甚至应该感谢你。那么请问，你准备帮我做些什么？”

陆锦航对她的冷嘲热讽无动于衷：“也许你觉得我不择手段，但如果让我父亲动手，只怕结果会比现在更残酷十倍百倍。到时候无论你是不是被牵扯其中，都只会更痛苦，所以我希望他在那之前，可以主动放弃一些已经得到和即将得到的东西，这已经是我力所能及的范围内，能想到的最平和的方式，无论是对他，还是对你。”

钟妩几乎笑出声来，冷冷应答：“巧言令色。”

陆锦航不置可否。

钟妩终于可以肆意地去查看咖啡馆的其他角落，程乔乔说得没错，距离他们最近的两桌人，如今都在注意这边。那几个男人都是高大壮硕的模样，乍然对上她的视线，回避的时候，眼底还有尚未敛起的精光。

“是不是即使我现在喊救命也没什么用了？”钟妩内心意识到希望渺茫，反而更加冷静下来，苦笑里甚至能听出些调侃的意味。只是陆锦航的默认，让她内心的苦涩颓然越发清晰起来。

她这时候才意识到，这家咖啡馆里除了那些人，并没有其他客人。老板听从陆锦航的吩咐，其他服务生大概也只会对接下来可能发生的任何事睁一只眼闭一只眼。她是陆锦航早已设好陷阱准备捕捉的猎物，而程乔乔则是突然闯错领域的那一个。

陆锦航喝完杯中的最后一点咖啡，目光沉静地看着她：“你只需要和我一起等阿行的一个决定，其他的什么都不要做。当然，也不要寄无望的希望在陌生人身上。”他一旦选择做一件事，就不会让自己有任何的失误，即使在面对一些不在计划的小意外的时候。

钟妩的心彻底沉了下去，说：“那个服务生和这件事没有任何关系。”

陆锦航自嘲似的笑了笑，说：“我不会对她怎么样的。”

钟妩还来不及思考，就听见有些凌乱的脚步声，她朝声源处看去，程乔乔被一个男人扯着胳膊从左边的走廊里带了出来。觑见陆锦航皱起的眉头，那个男人解释道：“本来关在储藏间，但差点儿被她跳窗户跑了。”

程乔乔一路被拉扯得跌跌撞撞，钟妩急得马上站了起来：“你放开她！”

她过去试图扯开那个男人的手臂，但因为力气不够，正拉扯的时候，陆锦航已经一个眼风冷冷扫了过去：“放开。”

对方得了命令倏然松手，程乔乔一个趔趄险些摔倒在地上，钟妩连忙扶住她的身子，问：“没事吧？”

“不好意思啊，没来得及回去拿手机。”程乔乔俏生生的脸上此刻写满了没能完成托付的失落，却在钟妩扶她站直身子的时候，就势把一直随身带着的东西塞进了她的手心里。

钟妩心头一震，手握紧了，口中却仍是说着：“你没事儿就好。是我连累你受委屈了。”

“我们该走了，阿妩。”陆锦航也站起身来。

“你要把我带去哪儿？”钟妩警惕地看向他。

“难道你不好奇吗，好奇……阿行的选择？”陆锦航一面朝她走过来，一面说道，“我给他一天的时间考虑，只是不知道他明天这个时候，能毫不犹豫舍弃的，会是哪一边？”

“陆总，小江他们那边……都打不通。”林越走到落地窗前，甚至不敢看陆锦行的眼神。

几分钟前，陆祈的助理突然上门，陆锦行看到那份股权让渡协议的时候，不曾问过半个字，眼底就已然是一片肃杀。此时他一言不发地回了书房，第一件事就是打给钟妩，结果是意料之中的无法接通。林越始终跟在他身旁，清楚地看到了他顷刻间变了的脸色。

见他始终没有任何回应，林越小心翼翼地继续说道：“那份协议……二十四小时。”

陆锦行面无表情，握着拐杖的手上却渐渐有青筋暴出。

“先定位他们的手机，然后打电话给任茜，确认她们分开的时间和地点，以那里为圆心查沿路的监控。”陆锦行的声音依然平稳，顿了顿之后又补充道，“还有附近各个地上、地下停车场，查小江他们的车。”

林越点点头，但随后又有些迟疑地看向他：“可那边既然动手，这些方面估计早就有了准备，如果……”

“所以要坐以待毙吗？”陆锦行的拐杖突然重重杵在地上，眼里是罕见的凌厉锋芒。林越哑然不敢作声，几秒钟之后，陆锦行在一旁的椅子上坐下来，慢慢闭上眼睛，先前失了克制的声音已经恢复了清冷低沉：“出去。”

那份股权让渡协议此时静静地摆在陆锦行面前的桌上，陆锦行闭目沉思许久，思绪渐渐清明。

这件事并不是陆祈的风格，阴狠如他，从来都要置对手于死地。如今这种虽然直接但堪称平和的方法……陆锦航。

钟妩如果此时在他手里的话，至少会是安全的。陆锦行这么想着，紧皱的眉头却没有半分舒展的迹象——安全也只是一时，更是相对而言。如果他不签，钟妩在陆祈眼中也不过是颗弃子，陆锦航的实力还不够，即使会为了钟妩违逆陆祈，可接下来呢？

陆锦航对钟妩过去怀着的始终都是压抑的，甚至愚蠢到连陆锦航自己都不曾察觉也不愿去面对的感情。但感情偏偏是最不能压抑的东西，陆锦航就像一匹蛰伏许久的狼，总有一天要开始掠夺。

但无论是财产还是钟妩，都只能是他的。

陆锦行睁开眼睛，眼底的狠戾一闪而逝。可下一秒，钟妩出门前踮起脚亲吻他的模样，再次浮现在脑海里，他眼中的狠戾犹在，目光却终是因此而黯淡了几分。

“他会选我。”钟妩看着陆锦航，几个字掷地有声。她的脸色依然苍白，却透着毋庸置疑的坚定，眼中闪着几乎能灼伤人的光芒。

“他哪一样都不会放弃，但如果到最后真的只能选择一个，他一定会选我。”

陆锦航看她半晌，蓦地，嘴角扬起了一个冰冷而讽刺的弧度，说：“阿妩，别太自以为是了，他根本没有那么爱你。”

钟妩却只是笑了笑：“他只是要打垮陆祈，他会选我，也并不只是因为爱我，而是因为陆家的那些财产对他来说，根本就不重要。那些他并不真正在意的东西，即使他让出去，也有能力重新拿回来，所以我说他会选我。”

想到陆锦行一个人静静地坐在窗前的身影，钟妩的目光有刹那的柔软，但是看着面前的陆锦航，面上多了些近乎讥诮的喟叹：“你们是亲人，也是对手，但是你们从来不了解他。”

陆锦航不知道为什么，他明明见过她最初恭顺地照顾陆锦行的样子，也见过他们两个人牵着手在庭院里散步，亲密地拥吻，却从没有哪一刻像现在这样，让他尝到如此真切的妒忌的滋味。

他的目光越发冷峻：“该走了。”

钟妩看着他朝自己走过来，突然猛地后退了几步：“你说你比我想象中的还要了解我，但是陆锦航，如果你真的那么了解我，就该知道，我不可能就这么跟你走的。”

陆锦航面色一沉，正要上前，钟妩已经打开一直攥在手心里的东西，抵到了自己颈间。

是把瑞士军刀，程乔乔喜欢每天都随身携带的东西。亮得有些反光的刀刃此刻正紧紧地抵着钟妩纤细的脖颈，让在场的人俱是一震。

附近两桌人起身朝这边走来。钟妩向后又退了几步，神情始终不变，朝他们吼道：“都别过来。”

陆锦航的眼神冷得仿佛能结冰，他刚有动作，钟妩的手便开始用力，鲜红的血液顷刻间顺着刀刃流下来。陆锦航呼吸一滞，厉声说道：“你疯了！”

钟妩的目光强硬又凶狠，仿佛要撕食猎物的小兽，语气却一如往常，说：“所以我说了，让你别过来。”

“都别动！”陆锦航下意识地喝止身后几个仍试图上前的人。

一旁有些傻眼的程乔乔这时候才回过神来，她看着钟妩颈间流下的鲜血，难以置信地喊出声来：“你有病吧？真对自己下手啊？我那是给你防身用的！”

【3】作践我的人可不是我自己，是你

落地窗的遮光帘早就被放了下来，咖啡馆内偏暗的灯光下，钟妩的肤色带着些异样的苍白，于是颈间渗出的血液也就红得格外妖冶。她和陆锦航看着彼此，目光隔空对峙，时间一分一秒地过去，可谁都没有一丝一毫的退让。

陆锦航看着钟妩握着刀的手上，因为太过用力而有些泛白的指节，和她在绝对劣势下依然坚定的眼神，突然有一瞬间的恍惚。

他对面站着的，明明是个曾经十指不沾阳春水的女孩子。当初在他家里主动要帮他妈妈切水果，真正进了厨房的时候，动作却极为生疏，以至于刀刃不小心把食指划破了皮，在他冷着脸帮忙消毒、贴创可贴的时候，都能因为酒精的灼痛而红了眼睛。

可是是从什么时候开始，一切都变得不一样了？

“让你的人退开，我要出去。”钟妩的声音不算大，却因为已经彻底撕破了脸，其中反而不再有迟疑和颤抖。

陆锦航冷冷地笑起来，脸色更为难看，笑容里有一种风雨欲来的阴沉：“既然上一秒还那么肯定他一定会选你，为什么现在这么沉不住气了？阿妩，你对他的这种信心有多么站不住脚，你心里也清楚吧？不然为什么不敢平心静气地和我一起等等看？”

短暂的沉默之后，他原本紧绷的身子放松了些，示好一般向后退了一步：“财产对他来说也许不那么重要，但他一旦拱手让出去，你以为我的父亲会轻易让他有东山再起的机会吗？”陆锦航目不转睛地盯着钟妩：“你知道他多恨陆家吗？你又怎么那么肯定，他愿意为了你打乱自己早就布置好的计划，而不是一鼓作气地打垮我们，拿下整个陆家？”

钟妩知道陆锦航的意图，他不过是为了说服她，但他的话也无一不真实，真实到……让已经有些麻木的她突然感知到了疼痛。

陆锦航的笑意里没有一丝温度：“你对这些心知肚明的，阿妩，所以没必要用那些冠冕堂皇的话来骗我，也骗你自己。”

在她眼底有水光泛起的那一瞬，陆锦航几不可见的一个眼神示意，一侧已经有人悄无声息地开始上前。

“陆总，有消息了！”

因为时间太过紧迫，林越没顾得上敲门，就直接冲进了书房。陆锦行落在椅子扶手上的手倏然握紧。

林越快步走到他面前：“任小姐她们分开的地点在江心广场，小江他们的车在那里的地下停车场里有记录，但是根据监控显示，他们的车十五分钟前已经一路开出了市中心，朝郊区方向……”

“手机呢？定位显示在哪里？”陆锦行打断他的话，拄着拐杖站起身来。

他也许该庆幸，庆幸江心广场是陆家的产业，而陆家所有产业需要合作的安防公司，背后的人都是他陆锦行。但此刻他精致好看的桃花眼里，依旧满是浓得化不开的阴霾。

“也在往市郊方向去。”林越话音刚落，他的手机铃声就已经响了起来，他连忙接起来，听了几句之后，神情更加严肃起来，“好的，我知道了。”

挂上电话，林越看向陆锦行，语速极快但字字说得分明：“陆总，那边刚刚来了消息，根据监控显示，钟小姐和陆锦航最后出现的地方是淮南路，钟小姐当时没有被控制，是主动跟他走的，只是那附近的监控这两天出故障正在检修。但是这段时间周围的摄像头都没拍到他们走出江心广场的画面，估计是用别的办法掩人耳目，刻意找了死角离开的。当然，也不排除安防公司监控中心的人被买通抹掉记录的情况，这方面我已经安排了技术人员在查。”

陆锦行垂眸而立，一个字都没有漏掉，却始终没有开口。

“您看……是安排人沿途去追还是？”林越见他沉默，追问道。

想到动手的人，陆锦行的嘴角勾起一个冰冷而讽刺的弧度，神情没有丝毫转晴的迹象：“追是肯定要追的，但是他们费了这么大心思，怎么可能留这么一条醒目的尾巴给我们。”

林越这才从纷繁的思绪中抽出一条线来，对面陆锦行已经皱着眉继续问道：“监控出故障的区域有多大？”

“不算太大，那一片只有几家餐厅、咖啡馆和桌游馆。”林越回忆着先前查看区域平面图之后的信息，迅速答道，随后顿时明白了他的意图，马上点点头，“我马上就带人去从这里开始查！”

在林越转身离开前，陆锦行就已经朝门外走去，林越也没有迟疑，连忙跟了上去。

陆锦行快步向前走着：“先从那里的几家咖啡馆开始查起。”

即使陆锦航有借口出现在那里，她大概最多只会同意和他一起喝杯咖啡而不是共进午餐——她一定是想着尽快回家陪自己的。

陆锦行想到这些，紧皱的眉头却并没有任何舒展的迹象。

对于陆锦行的话，林越有片刻的怔忡，并不知道他为何如此笃定，但随后也立刻应道："我知道了，陆总。"

随着两个人的脚步声渐渐消失在书房外的走廊里，空无一人的书房内恢复了先前的沉寂。股权让渡协议静静躺在桌面上，落款的签名处，一个还未完全写就的"陆"字，最后一笔拉得有些长，像是个将说未说的故事，突兀地停在了那里。

程乔乔看着眼前的情景，只觉得钟妩脖子上的血让她有些头晕目眩，她努力调整着自己的呼吸，心里暗暗骂自己没出息——明明不晕血的。

就在她骂自己的前一秒，钟妩把刀刃又往里送了一点儿，这下子一旁想偷偷上前制服她的人顿时就被陆锦航厉声喝止了，不只是她，就连旁边把她扯出储藏间的男人都不由得倒吸了一口凉气。

程乔乔如今可算是明白什么叫里外不是人了——自己那把刀递得让她夸自己不是，骂自己也不是。可既然钟妩已经吃了这么大苦头，她也只能把到了嘴边的脏话老老实实咽了回去——这种时候钟妩万一分心，之前的苦头就算是白吃了。

随着时间的流逝，眼看着伤口处滴落的血迹多起来，钟妩的脸色也更加苍白，即使以前和她也不过是点头之交的同事，程乔乔心里也依然特别不是滋味。

都说蔫人出豹子，可谁能想到像钟妩这种安安静静、又刻板又无趣的人，关键时刻简直是出了个动物园——也太野了，程乔乔暗暗咋舌。

钟妩的眼尾有些泛红，但眼底氤氲的水光已经随着她毫不迟疑的动作而被逼退了回去，她的目光环视着不远处神色各异的几个陌生男人，最后重又落回到陆锦航身上，语气疏淡："需要我再说一次别过来吗？"

陆锦航的神色越发冰冷，已经完全失了先前的沉稳轻松，他甚至没有意识到，此刻自己的呼吸都有些紊乱："你知不知道你自己在做什么？"

钟妩向后退了两步，靠在墙上，仿佛找到了依靠似的，整个人都感觉支撑得不再那么辛苦："你说得对，他恨陆祈，甚至恨陆家，所以他就算真的不选我，我也不会怪他。但是走到这一步都是你们逼他的，我现在这么做也只不过是因为……因为我不会为了自己，选择和你们一起逼他做这个选择。"

想到陆锦行，钟妩的面色有一瞬间的柔和，仿佛没看到这一刻陆锦航阴郁的眼神，径自说道："因为我知道打垮陆祈对他来说很重要，所以我绝不会在这件事上，做那个拖他后腿的人。"

陆锦航的手无意识地握紧，又有些脱力一般松开，他用力扯了扯领口，却依然觉得呼吸困难。他知道所有人都在等他的命令，但他没办法罔顾钟妩的安危，更不愿意对自己承认，他对眼前这副模样的钟妩其实毫无办法。

心中那些愤怒和无力越来越沉重，陆锦航猛地抬手扫落了旁边桌上的杯碟，凌乱而又清脆的碎裂声中，他死死地盯着钟妩："陆锦行他到底有什么好！值得你为了他这么作践你自己！"

"作践我的人可不是我自己，"钟妩顿了顿，神情里带着意味不明的笑意，"是你。"

轻飘飘的一句话，却正中靶心，陆锦航的脸色一瞬间灰败下去，难看又狼狈。

空气仿佛凝固在了此刻，所有人都不敢轻举妄动，也不再有人说话，一时间，只剩了在场诸人几不可闻的呼吸声。

不知过了多久，程乔乔眼看着钟妩面白如纸，陆锦航的目光里原本的冷冽怒意也只剩下无尽的衰败，其余几个男人见他如此，也个个迟疑。于是她朝钟妩使了个眼色，动了动唇，无声地朝她说道：走啊。

钟妩不动声色地朝门口的方向看了一眼，那里茶色玻璃门紧闭着，旁边还有两个人守着。她收回视线，心里默默回忆着：那扇门外面几步之遥有大概十几级台阶，沿着台阶下去，再出一道门，就是步行街了。

钟妩心里有了计较，重新看向陆锦航，话却并不是对他说的：“乔乔，麻烦让门口的人退开，然后你帮我把门打开。”

程乔乔一愣，目光下意识地在钟妩和陆锦航之间来回打量着，随即才意识到，陆锦航对钟妩的这句话，并没有给出任何反应——没有同意，但也没有阻止。

没有阻止，就算是默许。

程乔乔心里暗喜，面上却敛神静气。她没有一丝迟疑地过去开了门，下楼查看的时候，动作利落地把下面挂着“暂停营业”的大门门锁也打开了，才重新上了台阶，不管两个守在门口的人是什么表情，径自朝钟妩说道：“没事儿了。”

门口两个人其中一个正是店里的老板，也是程乔乔的一个追求者。如果不是他前两个月盘下咖啡馆，为了示好，在她失业后再三邀她来这里工作，她今天又十分不巧地因为其他事突然销假来上班，大概也不会遇到这么“刺激”的事。

虽然钟妩这事儿到了现在这一步她也不知道是好还是坏，但怪眼前这个人总是没错的。就在这时候，程乔乔见老板欲言又止地看向自己，于是笑眯眯地朝他竖了个中指。

守在门口的人退开之后，钟妩也开始有了动作。虽然陆锦航依旧没有任何反应，但她拿刀的手仍一动不动，整个人的神经越发紧绷，朝门口慢慢后退的时候，也始终面朝着陆锦航等人的方向，不敢有丝毫的放松。

眼见着钟妩已经到了门口，陆锦航身边的人终于忍不住压低声音，有些迟疑地提醒道："先生，陆董那边……"

话点到为止，亦不敢太生硬，只是试图让陆锦航知晓他们此行的目的和身上的压力，却偏偏如同石沉大海——陆锦航只是一动不动地看着钟妩，目光幽暗深沉，难以捉摸。

在钟妩到了门边的时候，提醒陆锦航的人终于忍不住，神情复杂地朝身边的人使了个眼色。

钟妩的心始终提着，穿过玻璃门的时候，才隐隐松了口气。可就在她终于敢转过身子朝着楼梯口走去的时候，距离她最近的两个人突然有了动作，利落而迅猛地追了上去。

"钟妩！"程乔乔惊叫一声，脑子还没下指令，身体就已经下意识地扑过去拦，但下一秒便被其中一个高大壮硕的男人撞开了。钟妩已经有些虚弱的身子还来不及有所反应，另一个人已经冲到了她身边，一把扯开了她拿刀的手。

陆锦航因着眼前情况的变化而心神大乱，一面快步朝门口跑去一面厉声斥道："别伤到她！"

钟妩犹自挣扎着，手中的刀因为她剧烈的动作而从男人胸前刮过，掉落到了地上，而对方胸口一阵刺痛，倏然松开了抓着她的手。两个人的拉扯就这么猛地失了平衡，钟妩扑通一声摔倒在地上，甚至来不及痛呼，就已经从台阶上滚了下去。

脑海中有片刻的空白，钟妩睁开眼睛，像是知道有血从身体里流出来，却又感觉不到任何疼痛。她觉得似乎已经过去了很久了一样，因为眼前模糊的视线里，似乎看到了陆锦行惊慌失措的脸。

"阿行……"

其实拿刀划破皮肉的时候，真的好疼啊。

【4】阿行，我的眼睛好像突然看不见了

手术室外，陆锦行靠坐在长椅上，明明偶有护士急促的脚步声往来，但他依然觉得整条走廊安静得近乎空旷。

他一贯喜欢闭目养神，此刻双眸也是紧闭的，却再也找不回往日的平静心境了。

以他对陆锦航的了解，知道淮南路才是大有文章可做的地方，可也知道陆锦航必然不会在那里停留太久，所以在赶过去的路上，他一直猜测着接下来可能会找到的线索。自认为只要这样一路追过去，便不算彻底失了先机。而正是因为对方是陆锦航，所以至少钟妩在这期间还不会有什么危险。

可他没想到的是，进门那一瞬间，进入视线的，便是钟妩倒在血泊中的画面。

奇怪的是，明明是刚发生不久的事，他却已经有些记不清当时自己是怎样抱起了钟妩。那时候她似乎睁开眼睛看了看他，又似乎没有。

但他清楚地记得，在他抱着她的时候，她头上不断有大量的鲜血涌出来，触感温热，却仿佛能轻而易举地灼伤他的皮肉。

他根本顾不上去报复一旁仓皇下楼痛苦自责的陆锦航，因为在那一刻他突然觉得，只要钟妩没事，不只是陆锦航，甚至其实陆祈都已经不再重要，就连陆家都不再重要。那些沉重痛苦的记忆，也不再重要了。

陆锦行睁开眼睛，摊开手，掌心里彼时鲜红的血液已经凝固成了暗红色，他的眼底有晦暗不明的光芒一闪而逝，随后，缓缓握紧了拳头。

不远处，先前追上来的程乔乔也等在那里，不时看向手术室的方向，脸上又烦躁又忧虑。她对面的林越眼见陆锦行身上、手上都是斑驳的血迹，虽然早已经准备好了手帕，却迟疑着不敢送过去。

林越跟在陆锦行身边几年，许多事都看在眼里，虽然陆锦行和钟妩在一起后，为她也算是破了许多旧例，但情绪有较大起伏的次数其实也并不多。就像是上次钟妩攀岩时受伤，即使他心中有了怒意，也能克制着自己不发作出来。但这一次，即使早就知道钟妩对陆锦行来说，有着不同的意义，但陆锦行的反应依然让林越唏嘘不已。

他第一次看到陆锦行惊慌失措至此，抱着钟妩的手始终在颤抖，脸色苍白到甚至唇瓣都连带着失了血色，叫她的名字试图唤醒她，却在启齿的瞬间，就被林越察觉到了声音里的破碎。

林越甚至不敢想象，如果钟妩这次醒不过来，陆锦行该怎么办。

不知过了多久，就在林越仍不停地胡思乱想的时候，手术室的门终于被打开了。林越和程乔乔急忙走过去，陆锦行拿过一旁的拐杖，慢慢站起身来。医护人员从里面走出来，亲自主刀的院长走在最前面，到了陆锦行面前，摘下口罩，简单介绍了一下钟妩的伤情，然后说道："陆总您放心，手术情况一切正常，但因为钟小姐头部失血过多，所以还需要在 ICU 观察一晚。"

"辛苦了。"大多时间里都看似亲和的陆锦行，此刻三个字却说得没有任何温度，他的神情也没有丝毫变化，"她大概什么时候会醒？"

院长不得不承认，即使自己年长许多，眼前的年轻人即使只这么冷冷清清地看过来一眼，也让他压力陡增："如果没有意外的话，麻醉剂药效过后就会醒了，一个小时左右。"

痛感比意识还要率先清醒，钟妩还没睁开眼睛，就已经感觉到了身体和头部的剧痛。周围消毒水气味充盈着呼吸，她慢慢睁开眼睛，第一眼看到的便是身穿无菌衣的陆锦行。

坐在床边的陆锦行早已注意到了她呼吸的变化，此刻见到她终于睁开的双眼，即便是医用口罩遮住了他的脸，钟妩仍看得到，他原本沉寂寥落的目光里，因着她的注视而浮现出了一丝温柔的笑意："醒了？"

钟妩动了动唇，但身体的极度虚弱让她一时发不出声音。她试图抬起手，但即使只是轻微的动作，也牵动了周身的伤处，让她原本就无甚血色的脸更加惨白。

"别乱动。"陆锦行制止了她的动作，语气低缓地安抚道，"左手有些骨裂，身上也有几处挫伤，但医生说都不是什么大事，养一阵子就好了。只是因为你头上的伤口失血过多，所以要在这里观察一晚，明天早上我们就出去了，好不好？"

"……好。"钟妩有些吃力的发出一个虚弱的音节，她其实也想要安抚陆锦行的，但此刻的她实在没有力气说太多的话，只能努力地朝他笑一笑，"别……别担心。"

看着她牵动的嘴角，陆锦行的眼底闪过一丝晦暗的光，他用被无菌衣包裹的手掌小心翼翼地轻抚她苍白的脸颊："是不是很疼？"

手术时麻醉剂的药力已经消失了，术后才刚刚输进她体内的止痛剂暂时还未发挥作用，陆锦行知道她向来怕疼，也自然注意得到她皱得越来越紧的眉头。看着她面白如纸的模样，他的手也不自觉地有些颤抖。

一阵阵钻心的疼痛从后脑处传来，钟妩整个人都疼得昏昏沉沉的，几乎看不清陆锦行的脸，但她依旧笑道："不疼……"

"不疼就好。"因为她一直看着，所以陆锦行也笑，一双微微上挑的桃花眼越发精致。

不知过了多久，止痛剂似乎开始起效了，钟妩终于沉沉睡去，陆锦行在她床边静静地坐了片刻，才起身出了门。

到了外面，有小护士帮他把身上的无菌衣脱了下来。陆锦行清冷的眸子看向不远处等待的林越，林越立即上前。陆锦行抬手摘下口罩，露出一张俊美无俦却面无表情的脸。

“马上动手。”

林越一愣，随即有些为难地皱眉劝道：“那些和陆氏地产的合作项目……有些现在还没有完成最后的切割。您之前说过要把风险降到最低，现在动手的话，远不如等到临时股东大会之后稳妥。”

“按我说的做。”陆锦行的声音没有一丝起伏，他看着窗外不知何时已经降临的暮色，眸底一瞬间的苍茫散去，取而代之的是越发冷厉的光芒，“已经整理好的资料，证监会、银监会和财经媒体各一份，然后通知陆氏地产的那几个人做好他们该做的事。把银行抛售陆氏地产债券的消息放出去，等过两天股票波动，随时做好抄底的准备。”

见陆锦行已经做了最后的决定，林越便也不再迟疑：“好。那几家银行我之前都已经透过底了，但他们一直都在观望，始终没有给最后的答复。”

陆锦行的笑容里满是冰冷的讽刺意味：“不见棺材不掉泪罢了，等陆祈出事之后，第一批站出来讨债的，也是他们。”

林越点点头，正要离开，陆锦行又叫住了他，沉思片刻，说道：“通知集团高层，今晚召开视频会议。”

“好的，陆总，我马上去办。”

敲门声响起的时候，外面的天边已经露出了一线曙光，陆锦行第一时间便睁开了眼睛——他昨晚忙至深夜，又去看了看钟妩，确定她一直安睡，才来了休息室。但因为思绪始终无法清明，所以他几乎在天快亮的时候才堪堪进入浅眠状态。现在因为休息不够，脸色有些苍白，眼底也留下了一层浅淡的暗影。

“进来。”陆锦行原本清越的声音此刻有些沙哑，他坐起身子，抬手轻轻揉捏着眉心。

“陆总，”林越从外面走进来，眉目间有些焦急，“钟小姐让您过去一趟。”

陆锦行揉着眉心的动作顿时停了下来，他起身下了床，一边整理着衬衫的领口，一边问林越：“她醒了？情况怎么样？”

“我刚才过来时正巧碰见护士长，她说之前去换药的时候，钟小姐问了问时间，让她等您醒了之后通知您过去一趟。”林越答道，“我觉得，这件事还是第一时间通知您比较好。”

经过昨天的事之后，林越更进一步明白了钟妩如今在陆锦行心中所处的地位，更何况他觉得，钟妩想说的事也许会和陆锦航有关。

陆锦行去洗手间整理了片刻，便匆匆出了门，朝 ICU 走去。

在外面穿无菌衣的时候，陆锦行看向玻璃墙内的钟妩。她静静地躺在监护床上，似乎又睡着了，双眸紧闭，脸上虽然仍没有血色，但好在已经不再像昨天一样惨白。她像是哭过，眼角还残留着泪痕，不知道是因为昏睡中做了噩梦，还是醒来之后难以忍受的疼痛。

陆锦行不自觉地皱了眉：“止痛药还能用吗？”

旁边站着的值班医生斟酌着答道：“目前的用量已经到剂量使用标准了。”

陆锦行没有再开口，换好衣服后便走进了病房。

他的步子很轻，一直走到病床旁边，慢慢坐下来。他动作轻柔地拭去钟妩眼角的泪痕，可下一秒，就又有一滴眼泪顺着眼角滑落下来，很快便消失在发间。

“我知道一定很疼，”陆锦行的声音里是他自己都没有意识到的疼惜，他帮她擦着眼泪，极有耐心地低声哄着，“是我不好，我没有保护好你，等你好起来之后，再好好惩罚我，好不好？”

“阿行，”钟妩的声音虚弱沙哑，“我有事要和你说。”

陆锦行低声应道：“你说。”

“我的眼睛……好像突然看不见了……”

【5】手术成功概率有多少？

死一样的沉寂。

像是心口突然出现了巨大的空洞，有凛冽的寒风裹挟着利刃呼啸而过，以至于陆锦行疼得像是感觉不到自己的呼吸，一时间所有表情都尽数僵在了脸上。

陆锦行难以置信地盯着钟妩，声音轻得几乎自己都听不到：“阿妩，你说什么？你睁开眼睛，看看我。”

钟妩其实并不想哭的，甚至刚刚开口前，也一直试图让自己的声音听起来平静些，再平静些。但是在听到陆锦行那么温柔的声音之后，那些眼泪就不再听从她的命令，几乎马上就要夺眶而出。

她昏昏沉沉地睡了整夜，直到止痛剂的药效消失，伴随着伤处重新开始泛起的疼痛，她也一同醒了过来。可睁开眼睛的那一刹那，她才发现，自己不知道哪一刻开始，就已经陷进了更深的黑暗里。

她几乎疑心自己是在做梦，以为自己依旧沉浸在噩梦中不曾真正醒来，可直到她无数次地闭上眼睛再重新睁开，眼前依然没有一丝光亮。

她骨裂的左手上还打着石膏，于是她有些艰难地抬起右臂，用手背用力地揉了揉眼睛，直到眼皮都有些疼了，也依旧看不见自己在眼前晃动的手。

再次闭上双眼之后，她整个人都像是被包裹在无尽的绝望之中，又用自己都觉得可笑的理由安慰自己：也许只是天还没亮，仅此而已。

而就在她有些喘不过气来，觉得那些惊慌的哭叫快要溢出喉间的时候，房门突然被人打开了。她所有的眼泪都因着黑暗中被放大了无数倍的声响压制住，直到意识到对方是来换药的护士，她才克制着情绪问了问时间。

五点四十三分。

这个时间，天已经开始亮了。

陆锦行看着钟妩慢慢睁开眼睛，眸子依然如过去般澄澈明亮，却没有焦距。他的手伸到半空中，却又马上改变主意，很快又收了回来："没事儿的，阿妩，你别怕，我马上去找医生，不会有事儿的……"

大概眼睛看不见，所以钟妩对声音格外敏感起来。她听得出陆锦行声音里极力克制的颤抖，和出去时凌乱的脚步。

她曾经以为陆锦行是任何时候都不会失去理智的人，可他刚刚竟然忘记了床边就有的呼叫器。

在等待他到来的时候，她一个人躺在无边无际的黑夜里，突然发现，和自己失去光明相比，她更担心的反而是陆锦行。她猜得到他会因为自己险些被绑架的事自责，所以甚至不敢去想象他得知自己看不见之后，会是怎样的表情。

对陆祈父子的憎恶和对自己的愧疚，大概会让他很难入眠。想到这些，她唯一的念头竟然是，希望他能够睡得更久一些，知道自己情况的时间，也最好更晚一些。

爱到至深，人们总是会忘了自己。钟妩也不例外，因为她发现，想到陆锦行的时候，她内心所有的恐惧和绝望，似乎突然间变得遥远了。

几个医生围在监护床旁，神情严肃而谨慎地为钟妩做着检查。

医生打开强光电筒，直直地照在钟妩被扒开的眼球上。陆锦行站在玻璃墙外，眼神清冷，似乎和往常没有任何区别，拄着拐杖的手，却下意识地死死握紧。

不知过了多久，医生陆续从里面出来，走在最前面的院长向面色沉郁的陆锦行解释道："初步判断，钟小姐现在的情况应该是撞击导致视神经受到了影响，接下来还要做进一步的检查，看看视神经是受到了压迫还是有一定程度的损伤。"

有护士进去准备把钟妩从里面推出来，陆锦行始终没有收回视线："昨天她醒来的时候还好好的。"

就像是一句再简单不过的陈述，说得平平淡淡，听不出什么情绪，他周围的气压却陡然降低。医生们只觉得心头一颤，院长抬手擦了擦额角渗出的细汗，却不知这尊大神是否有心情听他解释脑部神经的复杂和问题的不可预见性。他正踟蹰的时候，对方已经从他身边走了过去。

钟妩被推出来，陆锦行上前握住她的手，俯身在她耳边柔声说道："阿妩，我带你去做检查，很快就好。"

钟妩听得出他的话里安抚的意味，也听得出他始终压抑着的情绪，于是轻轻反握住他的手："我知道你一直都在的，我不怕。"

因为刚刚的检查，她的眼皮还有些泛红，声音也依然沙哑低微，却始终试图朝他的方向微笑。陆锦行心里再一次泛起空落落的疼痛，他宁愿看她哭闹，甚至因为骤然失去的光明而情绪失控，也不想看到她此刻的这种平静懂事儿。

他突然意识到，她和他在一起的时候，似乎大多数时间里，都在用"懂事儿"来要求她自己。

目送钟妩被推进放射科之后，陆锦行收回视线，注意到一旁欲言又止的林越，问道："什么事？"

"高总过来了，现在正在休息室等您。"林越觑着他越来越平静的脸，心里却一点踏实的感觉都没有——从前他和悦的笑容让人捉摸不透，可近日以来笑容越来越难见到，林越才不得不承认，这种看起来没有一丝波澜的平静，才更让人寒意陡生。

原本林越正在猜测他此刻不会分心钟妩以外的事，可片刻的沉默之后，陆锦行抬手看了看腕表上的时间，便朝休息室的方向走了过去。林越愣了愣，随后才反应过来，急忙跟了过去。

等在休息室的高维已经从林越口中得知了钟妩的情况，所以陆锦行的很快到来，乃至之后和他交流重要事项时，思路一如既往的清晰敏锐，也让他不得不佩服。

陆锦行却只觉得疲惫，最后在意向书上签了字。之后，他原本想要回放射科，但无意间瞥见书桌一角的东西之后，朝高维和林越挥了挥手："你们先出去吧。"

房门被从外面关上，陆锦行走过去，把桌上的东西拿在手心里——那是昨天跟来医院的那个短发女孩带过来的一把瑞士军刀。她不仅把这把刀交给了他，也告诉了他当时钟妩是怎样把它拿在手里，用自戕的方式和陆锦航针锋相对，成功拖住了时间，等到他来。

这就是她不拖他后腿的方式。

对她来说，他这个人，甚至他的仇恨，都比她的安危更重要。所以哪怕她为此遍体鳞伤，第一反应都是不想让他因此痛苦自责，所以即使看不见，也还是努力地朝他微笑。

那种让他无能为力的疼痛几近刻骨，陆锦行的呼吸变得困难起来。他下意识地扯了扯领口，想到这一切的始作俑者，心头一直积聚的痛苦和恨意渐渐蓬勃，短暂的沉默之后，终于彻底爆发开来。陆锦行拿起手中的拐杖，用力砸向了周围的事物。

休息室内倏然爆发出巨大的声响，玻璃碎裂，重物落地，声音时而尖锐清晰，时而钝重沉闷。

门外的林越心头一惊，因为担心陆锦行的情况，当即就要进去，却被尚未离开的高维拦住了："等等吧。"

他一直堪称憨态可掬的面容此刻也难免带着些唏嘘，掏出烟盒递过去一支烟，林越摆手谢绝之后，他不以为意地收回来，点燃之后抽了一口，重重吐出一个烟圈："发泄出来也算是好事。"

林越听着里面的动静，许久之后才叹了口气："这都叫什么事儿啊。"

高维一支烟抽完之后不久，房门被打开，陆锦行拄着拐杖走出来，整个人看起来和进门前没有任何区别，神情冷然，目光疏离。如果不是看到他身后被砸得一片凌乱的休息室，林越甚至觉得，刚刚的声响只不过是他的错觉。

陆锦行一言不发地回到放射科，又等了一阵，院长从里面出来，走到他面前："陆总。"

"说。"

"钟小姐的视神经受到损伤，是颅脑损伤的并发症，我建议尽快手术。"

陆锦行看着他："手术成功概率有多少？"

"这个……我并不能保证。但目前为止，这种情况无论是在国内还是在国外，都没有更好的办法。"对方的面色越发凝重，"因为发现及时，现在还在最佳治疗时间之内，而且钟小姐的情况符合手术条件，所以不建议保守治疗。如果可能的话，希望您尽快和钟小姐商量决定，我会马上召集专家会诊，制订手术方案。"

陆锦行垂眸看着手背上刚刚被迸溅的玻璃碎片划伤的地方，问道："最佳治疗时间是多久？"

"四十八小时。"

"先去准备吧。"陆锦行收回视线，抬头看向放射科再次缓缓开启的大门。

钟妩被推出来，陆锦行走过去，意识到她此刻看不见，内心大概比往常更缺乏安全感，于是在握住她的手之前，轻声说道：“阿妩，是我。”

钟妩听到他的声音，原本空茫而又无望的心像是有了依靠，突然安定了下来：“检查结果医生告诉你了吗？怎么样？”

【6】大哥，这只是个开始

对于钟妩的疑问，陆锦行并没有隐瞒医生的话，简单交代之后，几不可闻地轻叹一声：“我们回去说。”

回到病房，安顿好钟妩后，医护人员陆续离开。陆锦行坐到病床边，握住她的手，声音低沉和缓，又有着一如既往的理智：“如果你觉得为难，这个决定就交给我来做。”

他并不打算把手术的前景渲染得多么美好，让钟妩怀抱着无数希望去接受这个手术，否则一旦到时候得不到想要的结果，无论对她还是他，痛苦甚至会远远大过此刻。

所以他只能直接，只能理智，哪怕这种直接和理智显得过于残忍。

因为这段时间不能正常饮水进食，钟妩苍白的唇瓣有些干裂，她抿了抿唇，有些吃力地笑了笑：“手术结果虽然没人能保证，但不做手术的话，连这低概率的可能性都没有……所以我一点儿都不为难啊。”

察觉到他的手握得又紧了些，钟妩突然想起什么似的，皱了皱眉：“就是剃了头发的样子有点儿丑。”

陆锦行的目光掠过她已经及腰的长发，安慰道：“头发再留就好，你实在不喜欢短发的话，到时候我买顶帽子给你，好不好？”

“那你得送我又贵又漂亮的。”钟妩显然很喜欢他这个建议，“我想要 Lock&co 的，好不好？我以前有几款特别漂亮的限量版，都是去英国旅行的时候买的，但后来都低价卖出去了。”

陆锦行轻笑出声：“好。”

他的话音刚落，敲门声就已经响起。陆锦行回过头去，看到半敞着的门外，刚敲完门等待他回应的林越，和他身旁死死捂着嘴不让自己哭出声来的任茜，和钟妩说话的时候，语调依然温柔：“我有点儿事，先出去一下。”

钟妩乖乖地松开了握着他的手：“嗯。”

陆锦行俯身在她额间落下一个浅吻，随后转身出了门。钟妩默默听着他的脚步声远去，直到门锁的咔嗒声响起之后，房间里除了仪器运转的声响外，什么声音都再也听不到，她才终于卸下了嘴角强撑着的笑意，抬手擦去了眼角渗出的泪水。

透过门玻璃看向病房深处的陆锦行许久才收回视线，他示意林越和任茜走远一些，随后才走了过去，看向无声哭泣的任茜：“平复一下情绪再进去，尽量不要在她面前哭。”

任茜红着眼睛点头，同时也意识到，过去的陆锦行在她看来虽然极有距离感，但至少是安全的，可如今他站在那里，眼中却渐渐有了藏不住的森然，平静的面容下仿佛有滚烫的岩浆涌动着，随时都能吞噬整个世界。

车门被人从外面打开，坐到驾驶座的人关上车门，小心翼翼地看向后座：“陆总……”

车里没有开灯，地下停车场内光线也有些暗，坐在后座的陆锦航被笼在一片暗影里，看不清神情。这时候对面有车启动，亮起的车灯照到这边，也照进了陆锦航没有一丝温度的眼中。

“怎么样了？”

坐在前面的人正要回答，陆锦航手中的手机突然响了。他直接按掉，示意对方回答，于是十一条未接来电记录，也因着变暗的手机屏幕而一同消失了。

“已经出来了，但……”对方想到眼下的局面，只觉得接下来的话要说出来实在是无比艰难——自家老板在这里坐了一整晚，等的不就是一句那位钟小姐的平安？

“怎么，还没从ICU出来？”因为彻夜未眠，陆锦航的眼里布满了红血丝，他看着前面驾驶座上的人，将对方面上的犹豫和为难看在眼里，眉头顿时深深皱起。

而下一秒，他就听到了对方的回答：“钟小姐的眼睛……看不见了。”

手机掉落在脚下，发出一声轻微的闷响，然后，便是死一般的沉寂。

对面的车已经顺利从停车位倒了出去，驶向了出口。车里原本的光线消失，再度陷入了一片昏暗。

看不见，也就是意味着……连此刻这车里这么黯淡的光线都看不见了吗？

陆锦航闭上眼睛，眼前是一片让他触目惊心的黑。

他脑海中突然闪过十几岁时钟妩看着他的眼睛，脸上还因为害羞有些微红，目光却不躲不闪，带着少女特有的娇憨稚气，湖水般澄澈明净。他那时候总是急于摆脱她，态度一直冷冰冰的，偶尔哪句话说得重了，她也不吵不闹，消失个两天，又会跑到他打工的店里来找他，一声不吭地帮他洗盘子。

那时候，他总是冷着脸把她从水池边推开，而她泫然欲泣的模样，让她看起来就像头受惊的小兽，眼睛湿漉漉的，还泛着委屈的水光，直到老板过来打圆场，喊她过去聊聊天。

其实这世间，哪里有那么多无法被真心撼动的情感呢？可他们的过去更像是一个华美的幻象，早就被他亲手打破了。那个当年他连冷水都舍不得看着她沾的女孩子，现在躺在医院里，遍体鳞伤。

黑暗中，陆锦航又想起昨天钟妩似笑非笑地看着他时，说的那句话：作践我的人可不是我自己，是你。

以怨报德的人，从来都是他陆锦航。

陆锦航猛地睁开眼睛，一言不发地推开车门，朝电梯口走去。

VIP 病区向来有极严格的准入制度，更何况钟妩所在的是顶层的特级 VIP 病区。陆家作为这家医院的大股东，陆锦航的出现实在是让服务台的人头疼——人，她们自然是认识的，而且绝对惹不起。可偏偏陆锦行已经吩咐过，没有他的允许，任何人都不能放进去。

只不过陆锦航并没有给她们继续为难的机会，径直朝里面走了过去。

试图拦他的两个小护士因着他冷冰冰的眼神，到了嘴边的话一下子都咽了回去——毕竟一笔写不出两个陆字，里面的那个陆总，她们惹不起，外面的这个陆总，她们也惹不起。

经过服务台再向长廊深处走去，拐角处的门口，两个身材魁梧的男人正坐在墙边的长椅上说话，见他过来，第一时间便站起来挡在了门口。

陆锦航的目光直视前方，语气森然："让开。"

两个人没有避让，语气也十分平静："请您别让我们为难。"

走廊尽头的病房外，陆锦行注意到这边的动静，把林越叫到身旁交代了几句，随后林越便朝着这边走了过来。到了近前，他朝陆锦航颔首："陆总请您进去。"

病房里，钟妩已经剃完了头发，任茜正和两个小护士一起给她做最后的清理。任茜看着手里剪下来的一绺长发，眼圈儿仍是红的，但到底还是没让眼泪掉下来。钟妩的眼睛闭着，脸色苍白，不过面上始终带着浅笑。她动了动唇，不知说了些什么，惹得任茜和小护士都笑起来。

陆锦航目光微颤，身侧的手攥得死死的，许久之后，终是垂眸自嘲地翘了翘嘴角。

他从来都以为自己冷心冷情，为达目的可以不把任何感情放在心上，可原来……他也会害怕的。像个懦夫一样，在外面等了一夜，不想离开，也不敢进来。如今想见的人就在那里，那扇门近在咫尺，他却没有推开的勇气。

“之所以让你进来，是因为我觉得你很有必要来欣赏一下自己的战果。”陆锦行静静地看着钟妩，始终没有收回视线，“怎么样，还满意吗，大哥？”

“医生说，视神经的损伤是不可逆的，手术只是清理压迫的血块，复明成功的概率要看天意。”在陆锦航的沉默中，陆锦行轻轻笑起来，看着不远处的钟妩，目光缱绻温柔，“这种痛苦，怎么能只有我和阿妩两个人来承受呢？”

陆锦航依然是不动如山的冷峻，眼中的光芒却像是风中摇曳的烛火，颤动几下之后，到底还是彻底归于寂灭。

门声响动，任茜收拾了东西出来，还来不及和陆锦行说话，就已经看到了一旁的陆锦航。她在病房里一直压抑的情绪，此刻像是有了彻底爆发的由头，上前一个耳光重重打在了陆锦航的脸上。

“啪”的一声脆响，任茜用了十足的力气，陆锦航不躲不闪地受了这一巴掌，脸上瞬间红了起来。任茜想到病房里的钟妩，眼泪一下子就掉了下来：“你怎么还有脸出现？陈锦航，你这个王八蛋！”

指痕清晰地浮现在了陆锦航白皙的脸上，任茜还要再打，一旁的林越已经上前拦住了她。她终于低声哭起来，目光却一直都在陆锦航身上，满是憎恶和愤恨。

陆锦航却似乎听不到，也看不到。

事实上，他在看见钟妩的那一刻起，就似乎已经丧失掉了所有的知觉。心跳，呼吸，周身血液的流动，似乎都已经遥远得像是不存在了。

短暂的混乱之中，陆锦行仿佛高高在上的神祇，隔离于人群之外，不为周遭任何情况所扰，只是静静地看着钟妩。

不知过了多久，他的视线终于从不远处的钟妩身上收回来，慢慢落在陆锦航的脸上，眸底的笑意犹在，声音温和低缓："你该知道的，大哥，这只是个开始。"

【7】我现在什么都不想要了，除了你

钟妩抬起手，指尖触及头皮，原本始终沉郁的心情里，此时又难免带着些难以言说的新奇。就在这时候，她听见门被人推开的声音，脚步声由远及近，她顿时有些紧张地缩了缩手："谁？"

"别怕，是我。"

伴随着陆锦行清和的声音，他的脚步声也已经到了近前。钟妩心里一松，但随即意识到眼下自己的情形，又有些紧张地抬手在头上挡了挡。

下一秒，她的手就被拉住了。与此同时，她也感觉到了陆锦行身子的靠近，拉住她的那双手手骨节分明，带着熟悉的凉意。钟妩不自在地轻轻偏了偏头："别看了，一定很丑。"

陆锦行的轻笑声响起，温热的呼吸拂过她的脸颊："是不是很想听我反驳你，说一点儿也不丑？"

钟妩想要反驳，却又不得不承认，心底确实是盼望能听到他这么说的，于是顿时也觉得自己在刚刚那一瞬间，实在是有一点儿些矫情了。鉴于被一下子看穿了意图，她干脆大大方方地轻哼了一声，说："不说就算了。"

回应她的，是落在头顶的微凉触感。她看不见，所以并不知道

那个俊美的男人低头亲吻她的时候，神情里带着怎样的温柔。

“头发只是用来修饰妆容的，我的阿妩这么漂亮，根本不需要把这种事放在心上。”

原本因着他的举动有些想哭的钟妩，此时反倒忍不住嘴角微扬：“这还差不多，任茜也说了，光头才是检验美女的标准。”

陆锦行也笑起来。他看着她已经放松了的神情，抬手轻轻抚摸着她的脸颊问道：“伤口疼得还厉不厉害？”

“好多了。”钟妩提及这件事，忍不住笑了笑，“应该是心理作用吧，注意力突然被分散之后，也就顾不上那点儿疼了。”

即使他们谁都不愿意她的注意力是因这种事而分散。

“阿妩，过一会儿你进手术室之后，我要出去处理一些事，”陆锦行在病床边坐下来，拉着她的手说道，“不过我向你保证，等你出手术室的时候，我一定是在你身边陪着你的，好不好？”

“我已经问过护士了，手术要做很久，就算你要一直等在外面，我也舍不得。”钟妩故作轻松地笑道，“但你只要不是去‘报仇’就好。”

陆锦行却并没有笑。钟妩知道自己猜对了——除了这件事以外，她想不到任何他在她手术期间也一定要去完成的事。

钟妩握紧了陆锦行的手，慢慢地说道：“阿行，其实无论你做什么，我都会支持你。但我也希望你知道，既然这件事对你这么重要，你就该按你最初的计划，一步一步稳妥地去进行，而不是因为我的这次意外而失去理智。”

短暂的沉默之后，陆锦行清越的声音终是响起：“我确实不打算再等了。以前我一直希望我的计划完美无缺——不仅要把陆祈踩在脚下，也要把他已经夺走的和一直想要夺走的，都收入囊中。但我现在什么都不想要了。”他把钟妩的手放到唇边，轻吻着她的指尖，“除了你。”

病房外面，两个护士原本要进门做手术通知，但她们虽然不知道里面两个人在说什么，但窥见他们的神情，敲门的手就难免有些犹豫。

小护士忍不住低声说道："是不是有钱人见过的风浪多了，对待什么事都能这么冷静？我还从来没见过这种大手术前，状态这么轻松的患者和家属。"

护士长年纪大些，听了她的话倒是笑起来："等你以后见得多了，就知道了。"她的目光看向病房里的两个人，感慨道："就是因为太看重对方，所以才更要让对方看见自己轻松的一面。"

至于这种轻松背后是怎样的煎熬，也只有他们自己知道了。

上车之后，林越坐在驾驶座上，从内后视镜里看了看陆锦行："陆总，要回陆家还是公司？"

陆锦行闭上眼睛："时间还早，先去一趟安檀寺。"正在启动车子的林越不由得又看了他一眼。彼时陆锦行闭目靠坐在后座的椅背上，指尖慢慢揉捏着眉心，无论温和还是冷然都退尽了，只剩下了掩饰不住的苍白疲惫。

想着刚刚和任茜一起推钟妩进手术室的情景，陆锦行几不可闻地轻叹——即使钟妩已经努力地让神情看上去更轻松一些，但他知道，她还是害怕的。

其实，怕的又何止她一个人呢？更何况害怕背后，还有着无法对彼此言明的希望。希望手术成功，希望她重见光明，希望她安然无恙。可是谁都不敢把那些话说出来，生怕一旦说出口，他们期待的结果就会变成空中五光十色的肥皂泡，轻轻一碰就消失了。

寄予希望之后的失败结果，反而会让痛苦在原本的基础上叠加数倍。

工作日的午后，交通状况不错，路上车并不多，一辆奔驰在前开路，陆锦行乘坐的黑色劳斯莱斯紧随其后，后面有另两辆奔驰跟着，整个车队平稳前行，一路朝城外驶去。

等陆锦行的头痛终于缓解了一些，慢慢睁开眼睛向车窗外看去的时候，才发现他们已经出了西郊，开上了山路。

时值深秋，这里的气温更是比山下低了许多，已经有了初冬的寒冷。但阳光格外好，头顶的蓝天也显得格外高远。安檀寺依然香火鼎盛，陆锦行并没有让林越在内的其他人跟随，他一个人进入了大殿，在一片肃穆的诵经声中，不可避免地再次想到钟妧。

他记得上一次来安檀寺，还是钟妧陪着的。那时候钟妧刚到他身边，虽然她似乎已经很努力地让自己看起来更干练通达一些了，但一言一行里还是透着拘谨。

两个人在一起的时间久了，彼此对于生活的记忆，都会如同蛛网一般紧密地交织在一起。陆锦行发现他和钟妧相识以来，他去过的每个地方，做过的每件事，甚至吃过的每一样餐点，如今想起来的时候，都能看到钟妧的影子。

于是他很容易就记得，钟妧曾经陪着他一起被困在突如其来的大雨中，也曾经在他超出复健时间后，一脸严肃地阻止，无论怎样都不肯让步，似乎忘记了谁才是老板。他也在日复一日的相处中，慢慢记住了她的习惯和喜好：喜欢穿裙子，即使天气多冷都不在乎；喜欢看些没营养的搞笑节目，会一个人窝在沙发里笑得前仰后合；对中餐的热爱高于一切，喜欢喝汤，对一切酸的食物不感兴趣，如果哪天陈嫂做了鳕鱼豆腐羹，那么她一定有八成以上的概率会吃撑……

似乎“朝夕相处”这四个字，对人与人之间的关系，永远有着难以磨灭的影响。即使是陆锦行曾经一度以为，自己和那个充满温情的世界之间有着不可逾越的阻隔，却也还是在日复一日的相处中，因着钟妧的存在，而慢慢地感受到了久违的美好。

陆锦行静静地看着满殿神佛，许久之后，屈膝在蒲团上跪了下来。

陆锦航走到书房外的时候，恰逢陆祈的几个下属面色各异地出来。他们和陆锦航打过招呼后就步履匆匆地离开了，陆锦航敲门进去，彼时陆祈正站在落地窗前看着外面庭院里的落叶有些出神。

陆祈听到身后的脚步声，把手心里的红宝石吊坠收进衣袋，转过身去，看着已经走到了身边的陆锦航，缓缓地问道："舍得回来了？既然一直等在那里，怎么不一直等到手术结束？"

陆锦航沉默不语，下一秒，就被一巴掌狠狠地打在了脸上。

陆祈原本深沉儒雅的脸上此刻显得阴沉而冷厉，他看着直至此刻仍面无表情的陆锦航，眼底满是压抑不住的怒意："我可以不管你喜欢的是谁，如果能抢过来，那是你的本事，但你知不知道现在是什么时候？你难道要为了一个根本不爱你的女人，而赌上你的未来吗？"

陆锦航的神情始终淡漠。

陆祈怒意愈盛，但是他还来不及再说什么，陆锦航已经开了口，只是话里的内容却是和先前陆祈所说的大相径庭："以他的性格，只要出手，肯定想要一劳永逸，而他要把地产和金融全部拉下水，就一定会选最容易出问题的合作项目下手。"

陆祈原本有些急促的呼吸渐渐地平复了些，他在一旁的椅子上坐了下来，想到不久前收到的消息，眉头顿时皱了起来："有个小项目的经理突然联系不上了，陆氏地产两个股东也突然宣布减持，现在股价已经开始波动了。"

这似乎是两件风马牛不相及的事情，但发生在眼下这种敏感的时刻，没有人会对此等闲视之。

"那些项目所有流程都是合规的，他就算想要在这方面做文章，也掀不起什么风浪。现在最要紧的是稳住股价。"陆祈说话的时候，下意识地摩挲着衣袋里的吊坠，"阿行现在只想着怎么报复，这也是他最疏于防范的时候，我们未必不能趁这个机会，把陆氏文化的水一起搅浑。”

他话音刚落，陆锦航却想到什么：“新加坡那边的事呢？”

意识到他刚刚说了什么，陆祈猛地抬头，沉默片刻之后，眼里的狠戾一闪而逝：“不可能留下证据，更何况他怎么敢……陆氏如果受了牵连，他难道就能独善其身吗？”

陆锦航语意微嘲：“您真的以为到了现在这种地步，他还想要独善其身吗？”

一片死寂之中，陆祈眉头皱得越来越深，最后像是做了某种决定，拿着吊坠的手倏然收紧，目光也更加决绝：“你现在马上去……”

“陆董！”陆祈的话还未说完便被突然打断——他的助理从外面闯进来，门都顾不上敲，脸色一片煞白，“出事儿了！”

第八章
一损俱损

【1】你们是不是觉得我就快不行了，所以行事才越发肆无忌惮？

助理有些慌乱地把拿进来的笔记本电脑放到桌上，打开一个页面，报告说：“我突然接到通知，负责海外事务的徐前刚刚把实名举报信发到了公共平台上，公关部正在联系平台删除，但是信息已经开始发酵了，几乎各大媒体都在转载，股价已经开始再次下跌了！”

陆祈倏地变了脸色，他看着电脑上打开的页面，只看了短短几行，就忍不住一拳捶在了桌上：“这个吃里爬外的东西！马上把他给我找出来！”

这个时候他的手机突然响了，他看了一眼来电显示，脸色变了变，强忍着心中的惊怒拿起手机去了里面的休息室。

“他的副手说，从今天一大早开始就已经联系不到他了。”助理看向留在原地的陆锦航，他脸上的指痕明显，可这种关头谁也顾不上这些，“信息部对他登录的IP进行了追踪，显示地点是蒙特利尔，不过暂时还不能排除虚拟IP的可能，还在查。几个副总还在楼下会议室开会，公关部的李经理马上就到，关于公关稿的内容，还要听陆董和您的指示。”

陆锦航隐约听到陆祈正在电话里对陆显文解释，他沉思片刻，对助理吩咐道：“先去查昨晚几个机场的航班信息，看徐前究竟有没有离开余城。现在最麻烦的，不是股价，也不是什么公关稿，而是要好好想一想，徐前手里握着我们哪些把柄，不仅要防备他接下来的举动，你们最好还要想清楚，怎么去对证监会解释。”

已经挂了电话的陆祈走出来，虽然看得出正在勉力克制，但脸色仍是难看。此间又有电话打过来，他看也不看直接挂断了，然后看向助理：“安抚内部员工情绪，各个部门这个时候决不能自乱阵脚。徐前负责过的所有项目全部清查，尤其账务和相关法规方面，要把……”

助理的手机突然响起，他拿出来看了一眼，在陆祈阴沉的脸色下迅速接了起来，但只听了几句，原本已经平静许多的目光就已经再次露出了慌乱的迹象：“陆董，财务部赵总说，刚刚突然收到了两封离职信——是他的助理和一个副总。”

“啪”的一声，陆祈把手里的电话狠狠砸向了墙角，与此同时，他的心脏突然开始了一阵剧烈抽痛，他眼前一黑，一只手捂住胸口，另一只手勉强扶住身旁的桌子，才没有倒下去。

助理急忙扶着他在椅子上坐了下来，陆锦航从桌子左侧第一个抽屉里拿出一个药瓶，倒了几粒在手心里，喂进陆祈口中。随着含服的药丸起效，陆祈的心跳终于渐渐趋于平稳，呼吸也不再那么急促，只是脸色依然苍白如纸。

他心里明白，这次是遇上大麻烦了。陆锦行已经杀红了眼，即使自己和整个陆家都会被拖下水也毫不在乎。新加坡的工程是战略项目，他当然知道不能碰，但如果竞标成功之后立即转手，就是凭空翻一番的巨额利润。即使失败，投入的资金也不过是银行的信贷往来上多了一笔，对他来说本就是无关紧要的事情。这其中究竟有多大的风险他当然明白，可风险从来都意味着巨大的利益。只是没想到招标刚进行，陆锦行就打了他一个措手不及。

更让他感觉危机降临的是，能让这些参与集团最核心项目的心腹一夕反水，也许能做到的人不只是陆锦行。一直眼红他的人，他明里暗里的竞争对手，甚至是被他动了蛋糕的一方，由一个陆锦行撕开口子之后，只怕一个个都要开始出手了。

陆锦行一夜之间，就把政商两界搅了个天翻地覆。

想到这件事的始作俑者，陆祈原本有些颓然的情绪挥散了些："扭转舆论是必须要做的，哪怕是拖别人下水也没关系，尤其是陆氏文化。绝对不能一直处于被动，更不能让那边趁机切割。"

助理神情严肃地点了点头，随后又记下了陆祈列出的几项针对各处的应对措施。不久之后，陆祈心脏的情况彻底稳定下来，才起身和陆锦航一起去见陆显文。

陆祈和陆锦航父子到主屋的时候，恰逢陆锦行从外面回来，他察觉到陆祈眸底一闪即逝的狠戾，不以为意地拄着拐杖缓步上前，笑道："本来想过会儿给叔叔打电话，晚上回来一家人一起吃顿饭，没想到这么巧，您和大哥都在家。"

陆锦航从医院离开前，已经知道了钟妩的手术时间，所以他并未想到此刻陆锦行会出现在这里。他下意识地抬手看了看腕表上的时间，与此同时，他突然闻到了空气里传来的一缕极淡的檀香。

夕阳最后一丝余晖也收尽了，外面已是暮色四合。陆显文坐在客厅里，看着门外进来的三个人，突然有一瞬间的恍惚。

陆显文的身体已经每况愈下，每天早上睁开眼睛，他都感觉自己似乎又离死亡近了一步。大概人们在真切地面对死亡的时候，才能意识到过去曾经看重过的一切，对于拖住时间的脚步来说，并没有什么太大的意义。即使他富可敌国，有着最好的医生，和最先进的医疗设备。

可他甚至不知道自己还能不能熬过又一个即将到来的冬天。

在过去的一段日子数次弹压陆祈之后，陆显文以为，过几天的临时股东大会上，把手中的股权顺理成章地交给陆锦行，陆锦行自会有能力把这个位子坐稳。他甚至还为了防止历史重演，暗中加派了人手保护陆锦行的安全，可他没想到，最后的纰漏竟出在一个他从没放在眼里的小助理身上——即使这个小助理，是陆锦行名义上的妻子。

陆显文知道陆祈向来胆大心狠，却从没想过他竟然会有胆子瞒着自己去沾新加坡那个项目。而更让陆显文感到震惊的是，陆锦行作为他一直寄予厚望的接班人，会因为一个女人，把整个陆家都推上了风口浪尖。

眼看着那三个人走近，陆显文只觉得疲惫从心底一点点蔓延开来，让他整个人看上去又苍老了几分。

“爷爷。”陆锦行笑意温文地向陆显文打着招呼，“这几天忙，一直没时间过来看您，不过，今天咱们一家人终于能坐下来一起吃顿饭了。”

陆显文微微颔首，目光晦暗不明。陆祈也早在到了近前之后，便掩下了眸底森冷的寒光。随后，陆锦航搀扶着陆显文起身，几个人一同朝餐厅走去。

窗外最后一丝光亮随着时间的流逝彻底消失了，在室内通明的灯火对比下，看过去时，满眼都是浓郁的墨色。

陆锦行收回视线，手中的餐刀顺着盘内小羊排的肌理切下去，动作斯文优雅。除了刀叉偶尔相碰时发出的些微声响，餐厅内的气氛始终都是沉默到近乎肃穆的。羊肉鲜嫩可口，但熟悉的环境和气氛总是很难让人体会到食物的美好，就像是这些年里的大部分时间一样。

“怎么，阿行看起来胃口似乎不太好？”陆祈看着坐在斜对面的陆锦行，放下手中的刀叉。

刚刚拿起红酒杯的陆锦行闻言，动作顿了顿，和他视线相撞之后，嘴角微勾：“因为刚刚在路上看到了一些不太好的新闻，有些替叔叔担心。”

“哦？”陆祈似笑非笑地看着他，“也是应该的，毕竟都是陆家的产业，一损俱损，一荣俱荣，为我担心，也就是为你自己担心。”

陆锦行端过一旁的红酒杯，朝陆祈颔首示意之后，拿到唇边轻抿一口，但笑不语。

坐在主位的陆显文看着座下三个各怀心思的人，目光最后锁定在陆祈身上：“我联系过证监会和银监会的朋友，这次的事情很麻烦。国内还没有开发的地产就不要一直攥在手里了，海外的那些资产也抓紧时间清查一下账目，尽快都转让出去。”

陆祈原本喜怒不定的神情此刻终于还是露了些痕迹，看到他面上一闪而逝的不甘，陆显文终于抑制不住怒意，一巴掌重重拍在餐桌上：“你还有什么不满意的！现在这是在花钱买命！如果不是你昏了头瞒着我做这些，也不至于到今天这个地步！”

陆祈冷笑道：“我确实冒险了些，但我为的是什么？不也是为了陆氏的发展吗？事情又是为什么到现在这种地步的，您心里应该清楚。”

“你闭嘴！”陆显文厉声呵斥道。

两人说话的过程中，陆锦行始终默不作声地切着面前的小羊排，直到陆显文话锋一转：“我警告过你们，不管私底下怎么争，怎么斗，都绝对不能损害陆氏的利益。你们是不是觉得我就快不行了，所以行事才越发肆无忌惮？”

陆锦行闻言，停下手上的动作偏过头去看他，语气疏淡地问道：“难道爷爷不觉得，不损害陆氏利益的前提，至少是有命在吗？”

【2】不过只有这些怎么够呢？

陆显文神色一凛：“放肆！”

他还没老糊涂，子孙们彼此间的手段他都清楚得很，就像他也早就知道，此刻他们坐在这里，已经不会再试图维持过去那些虚假却又久远的骨肉亲情。但是即使明知道陆锦行这个时候过来，无非就是要摊牌，还是因为那些阴私乍然被摆到了台面上而震怒——陆锦行话里意味不明的指责，到底还是让他感到自己的权威受到了质疑。

“我还没老糊涂，到底是怎么回事，我心里都有数！”陆显文看着他们，“谁做错了事都要承担责任。我知道你受了委屈，所以该受惩罚的人，我一个都没有放过。那之后，我给你的补偿还不够吗？

你以为你那百分之十五的股份是那么容易拿到的？还是说我一定要大义灭亲，才能让你满意？”

对于陆显文重利轻情的性子早已心知肚明，所以陆锦行对他的这番话既不觉得意外，也并没有感到多么的失望。

“当然，”陆锦行嘴角依然挂着的笑容渐渐透出几分寒意，“难道一个人不应该为他犯下的错付出代价吗？他手里有我和阿妩的血，陆望和宁时锦的命，您为什么会觉得轻描淡写的所谓‘惩罚’就能让我满意呢？”

最后一分笑意消失，陆锦行看向陆祈的目光里，透着彻骨的冰冷：“叔叔，您觉得我应该满意吗？”

陆祈的目光在听到“陆望”和“宁时锦”两个名字时，有一刹那的恍惚，但也仅仅是一个恍惚而已，随后便已恢复如常。他放下餐刀，向后靠坐在椅背上，好整以暇地看着陆锦行：“说来说去，那些陈芝麻烂谷子的事都不过只是借口。你现在这种无差别攻击的真正理由，无非就是为了那个小姑娘的一双眼睛。我倒是没想到，你还有几分冲冠一怒为红颜的勇气。可是你也别忘了，阿行，你挑起事端之后，还要看最终的结果你能不能承受得起。现在整个陆家都岌岌可危，这于你又有什么好处？”

陆锦行突然笑起来：“我的父母死得不明不白，我的右腿永远不可能恢复如常，我心爱的女人现在正躺在手术台上……叔叔，陆家鼎盛的时候，我又得到了什么好处呢？”

无视陆显文更加阴沉的脸色，陆锦行随意地把餐刀放到一旁，拿起手边的红酒杯，姿态安适：“不过之前爷爷提到股份的事，也让我想起了过去的一些事情。叔叔您应该一直都很想知道，我到底是怎么拿到那百分之十五的股份的吧？”

这件事似乎从一开始，就是陆显文和陆锦行讳莫如深的事。陆祈的人并未查到结果，而随后又因着各种繁杂的事务，他也就没有了再追究的时间——毕竟陆锦行算是从那场车祸里捡了条命回来，无论为了弹压自己或者是补偿他，这个结果他也只能认了。

可此刻陆锦行的说辞，似乎又赋予了这件事其他更深一层的含义。陆祈眉头微皱，并未回答。

“够了。”陆显文适时出声，苍老的声音里带着些无法言说的倦怠。陆锦行却并未如他所愿，只是蹙眉笑道：“怎么，爷爷，宁时锦这个名字在陆家就这么不能提吗？”

陆祈的心头狠狠一颤。

陆锦行看着陆祈倏然变色的脸，不以为意地笑道：“我还以为叔叔多少都该有些猜测的。我爸爸去世那么突然，当然不可能留下什么遗嘱，但我妈妈不一样，她有足够的时间来为我谋划，不是吗？”

“不可能……”陆祈下意识地脱口而出。

“原本的确不可能。如果我是您的话，大概也不会愿意相信，就像当初不会相信她会为了那个她根本不爱的男人选择自杀一样。”陆锦行的笑意退去，眼底一片冷然的光芒，“可我毕竟是她的儿子，她怎么敢把我的未来，寄望于一个连自己的亲兄弟都能害死的人身上呢？”

陆显文眉头深皱，再也无法平稳的呼吸将他内心的波动暴露得一览无余。

陆锦行对此一无所觉一般，继续说道：“毕竟他们都是陆家的人，那个即使将来她的儿子出了什么意外，也不会有人在乎的陆家。”

陆祈的手下意识地摸到衣袋内的吊坠，用力地攥进手心里，直到吊坠的边缘硌得掌心一阵阵发疼，也仍是没有松开手。不知过了多久，整个手掌已经一片麻木，可心口还是一阵阵地疼，以至于开口说话的时候，即使勉力克制，声音里仍是有一丝颤抖："她……不是走之前给你的，对不对？"

在他身旁，始终事不关己般，对周遭一切都恍若未闻的陆锦航亦不由得微微侧目。

严格来说，宁时锦这个名字对他来说并不算陌生——母亲病逝后，他被陆祈带回陆家，无意间看到宁时锦的照片之后，想到自己母亲和照片上的人有些相似的眉眼，也就对整个故事有了一个模糊却又全面的认知。

他只知道是母亲得知她久病不治，才联系了陆祈将自己托付给他，却是在那之后很久才意识到，如果宁时锦不死，大概陆祈根本不会在意这世界上究竟有没有其他爱他，或者偷偷为他生了孩子的女人。

而时隔多年，陆祈提起宁时锦，仍然不敢用一个"死"字，就好像他不提，她就永远只像个去远行的人，总有一天会回来一样。

陆锦行对陆祈的心思心知肚明，但只是回以几不可闻的冷笑："无论是什么时候，叔叔您想证明些什么呢？她自杀前还对什么人抱着期待或者幻想？"

在陆祈难看的脸色里，陆锦行将杯中的残酒一饮而尽："她临死前，把股权变更协议交给了她信任的朋友，也希望如果有可能的话，这份协议永远不需要被拿出来。不过这个可能在我出车祸的那一瞬间就被你毁掉了。不过，其实你应该开心吧叔叔？在你心爱的女人死了很多年以后，终于又和她有了牵扯。"

"是你们逼我的！"陆祈猛地站起身来，把面前的杯碟拂落到了地上，目光狠戾地看着对面的陆锦行，"如果你不争不抢，我们之间也不会落到今天这种地步，可是谁给你的胆量和我争？你爸爸也一样！他明明样样不如我，难道就因为他是所谓的长子，就能处处挡在我前面吗？你妈妈就是太善良、太软弱，才会把他意外的责任都揽在自己身上！”

“可你口口声声说的意外是谁一手制造的？”陆锦行捏紧手中的酒杯，目光森冷地直视陆祈，“你别忘了，那个人不仅是你的哥哥，也是她的丈夫！”

“我管不了那么多！”陆祈死死攥着手中的吊坠，“陆家的一切本来就该是我的，财产和女人他都不想放手，天底下哪有这么好的事！”

陆锦行冷冷地笑道：“所以，你也算是亲手害死了你最爱的女人。那你这些年有什么资格装出一副深情的样子！”

“你住口！害死她的，一直都是你们父子俩！”陆祈眼睛一片通红，“她根本不爱你爸爸，要不是因为意外有了你，她早就和我远走高飞了。如果她早一点儿离开陆家，也不会因为负罪感加重而抑郁，最后落得这个下场！”

“啪”的一声，陆锦行手中的酒杯应声而碎，他眼尾微红，却看都没看一眼鲜血淋漓的手掌：“所以你就觉得都是我们的错，这么多年你也就一直都不肯承认，自己才是那个逼死她的罪魁祸首，永远在你自己的世界里扮情圣，是吗？”

陆锦行并不想给陆祈任何逃避的机会，直直地看着他：“那天宴会上看到我让人专门戴着她的首饰出现，感觉一定惊喜吧？还有后来拍卖会上的珠宝，这所有你送给她的首饰，明明早在她死之前就莫名其妙地消失了，对不对？我知道你一定会费尽心思地都重新拿回来，睹物思人的滋味怎么样，叔叔？”

陆祈握着吊坠的手有些颤抖，陆锦行看到他手中露出的那条熟悉的链子，微红的眼尾微微上挑，原本精致却冰冷的脸上有了些许笑意，清贵傲然："不过只有这些怎么够呢？"

他从西装内侧的衣袋里拿出一枚造型别致又精巧的钻石戒指，因为沾染了手上的血迹，不以为意地轻呵了一声："弄脏了。"

陆祈却一眼便看清了他掌心里的光芒，猛地向前走了几步，却一个踉跄，被一旁的陆锦航扶住了，才没有摔倒在地上："你！你怎么会……"

"你是不是想问，你们的定情信物为什么会在我手上？"陆锦行姿态随意地把那枚戒指放在手中把玩片刻，举到眼前看了看，"毕竟这是在她停灵的那晚，你亲自戴在她手上的，对吗？"

陆祈突然剧烈地咳嗽起来，好不容易停下之后，捂着疼得几乎喘不过气的胸口，面色一片惨白。

陆显文看着陆锦航把陆祈扶坐在一旁，在他衣袋内翻找出药来喂他，看着一脸冰冷、对眼前的情景没有任何反应的陆锦行，在他再次开口前，拍桌喝道："阿行！你闹得还不够吗！"

陆显文的声音苍老而衰败，其中的痛心疾首不言而喻。陆锦行微微低下了头，灯光在他精致俊美的面容上打下一层淡淡的暗影，使得他的眼神一时有些看不清楚："两个不都是你的儿子吗？"

陆显文的呼吸倏然一滞。

陆祈的胸口依然剧烈地起伏着，却仍是有些颓然地伸出手去："还给我……还给我！"

"当然，我的本意，也并不想把这种东西留在身边的。不过——"陆锦行慢慢抬起头来，看了看掌心里的戒指之后，又想起什么似的，看向陆祈，露出一个和平日里别无二致的温和笑容，"叔叔，那份装股权变更协议的文件袋里，她还留了一封长信，虽然并不愿意承认，但确实是写给你的。只是究竟要不要交给你，我还一直在考虑。”

说完之后，陆锦行在陆祈目眦欲裂的注视下，拄起拐杖向门外走去。几步之后，他随意地轻轻一扬手，“啪”的一声，掌心里的戒指就那么掉落在地板上，骨碌碌地滚远了。

陆祈心口一阵剧痛，他张了张口，还来不及发出任何声音，陆锦行的声音已经再次传进了他的耳中：“留些力气等明天证监会调查吧，叔叔。”

【3】难道你没发现他对阿妩多重视吗？

一直等在车里的林越见到陆锦行出来，立刻下车帮他开了车门，然后在他走近之后，注意到他手上的血迹，有些担心地问道：“您还好吗？要不要包扎一下？”

陆锦行摇了摇头，一边上车一边说道：“先去医院。”

车慢慢驶出大门，陆锦行轻轻后仰，靠在后座上。手上的血迹上似乎还残留着夜风的痕迹，掌心一片冰凉。刚刚在餐厅里他似乎是占尽上风，但这并不能带给他任何类似轻松抑或是喜悦的心情——他本以为多少都会有一些的。

后视镜里的宅院越来越远了。陆家像是一个樊笼，在那里发生过的很多事情都已经太过久远，久远到陆锦行现在想起过去的时候，甚至有些记不清陆望和宁时锦的脸。

他从不试图让自己的情绪沉浸在那段回忆中太久，所以片刻之后他便敛了心神，看向驾驶座上的林越：“医院那边有消息吗？”

“暂时还没有。”林越听出他声音里的疲惫，小心翼翼地答道。

陆锦行看了看时间，闭上眼睛：“开快一点儿。”

林越自然不敢怠慢，应声之后，提高了车速一路朝医院驶去。但他们一行人才走到半路的时候，陆锦行的手机突然响起。

车里几近凝滞的气氛突然被打破，陆锦行的眼睛倏然睁开。他看着屏幕上来电显示的号码，原本平稳的呼吸有一丝连他自己都未曾觉察的紊乱，下一秒，他就已经把电话迅速接了起来：“喂，是我。”

“阿妩的手术刚刚做完了，”听筒那边，任茜的声音里还能听出她努力抑制着的激动，“医生说手术过程很顺利。”

陆锦行沉默片刻，原本眸底的晦暗终于尽数挥散：“谢谢，辛苦了。”

陆锦行再次站在ICU外看到钟妩的时候，她身上的医疗仪器比之前受伤入院的时候更多了些，更因为戴了呼吸机，而让人有些看不清她的脸。但即使只是这么隔着玻璃墙远远地看着她，他在面对陆祈和陆显文时心中的憎恶，那些曾经加之于他身上的所有冷漠、屈辱，还有一分他自己都不愿承认的脆弱，在这一刻突然变得格外遥远了。

他突然意识到，钟妩最常说的一句话，不是“我喜欢你”，不是“我爱你”，而是——我会陪着你。

她明明不是什么聪明睿智的人，但面对他的时候，总是比旁人更加敏锐。她并不知道他曾经经历过什么，以后会面对什么，却比谁都更知道他内心深处最渴望的是什么。而可能就连她自己都并不知道，她说这句话的时候，周身的光芒是怎样的耀眼夺目。

陆锦行的手轻轻覆上墙面，目光专注地凝视：“阿妩，没关系的，我也在陪着你呢。”

林越安排人送了任茜回去休息，又忙着找护士来给陆锦行处理伤口。陆锦行坐下之后，任由护士小心翼翼地帮他清理着伤口处细小的玻璃碴。他看向闻讯而来的院长，面色平静地再次道谢：“您和几位专家都辛苦了。”

做了几个小时手术的院长满面疲色：“这都是我们应该做的。不过有些事，还是要和您再交代一下。”

陆锦行微微颔首之后，院长擦了擦额角的汗，斟酌着措辞慢慢开口：“手术过程虽然很顺利，但钟小姐目前还在观察期，现阶段开颅手术术后并发症、后遗症的可能，都还没有进一步排除。”他顿了顿，在陆锦行始终看不出情绪波动的注视下，继续说道，“而且手术虽然成功清除了颅内积血，但即使观察期顺利渡过，钟小姐的视觉究竟能不能恢复，恢复到什么程度，还都是无法预知的。”

他的话音落下之后，周遭顿时陷入了一片异样的宁静中。墙上时钟的嘀嗒声和ICU里仪器运作的声响交织混杂在一起，让人无端心生惴然。

陆锦行垂眸许久，轻声说道：“谢谢，我知道了。”

院长离开之后，护士用纱布把陆锦行掌心的伤口包扎好。陆锦行道谢之后站起身来，看向一旁的林越：“你先回去歇着吧，接下去还有的忙。”

最初得知手术顺利时，他眼中燃起的光芒，此刻也只剩了看不到边际的荒芜寂灭，他的神情比从陆家出来的时候似乎还要更疲惫。可林越也知道眼下的情况多说无益，于是也只能点了点头：“休息室已经让人收拾好了，您也早点儿休息。”

陆锦行几不可见地点了点头。

头部的疼痛开始明显的时候，钟妩终于再次醒了过来。原本的伤处加上新增的手术刀口，她甚至分不清哪里更疼一些，只觉得整个人都昏昏沉沉的。眼前仍是一片黑暗，她分不清如今是白天还是夜晚，醒过来的那一刻，她甚至不知道自己在哪里。

她轻轻抬了抬手，下一秒，就被人握住了。

“阿妩？”陆锦行低低唤了她一声，声音暗哑。如果不是感觉到他的手有些颤抖，她几乎不能即刻便察觉他的欣慰和喜悦。

想要回握他的手却没什么力气，钟妩动了动唇，发出的声音却沙哑破碎：“我……睡了多久？”

始终打起了十二万分精神监护钟妩情况的护士，也已经发现了她的苏醒，连忙跑出去叫医生。陆锦行把她的手轻轻贴在自己的颊边，如释重负般地喟叹出声：“三天了。如果你再不醒，我真的不知道该怎么办了……”

钟妩身体极度虚弱，但神志已然清醒。她不知道这三天陆锦行究竟是怎样度过的，可他听起来没有太大起伏的声音里，却透着一丝从不属于陆锦行的脆弱。

钟妩突然就很难过。

如果不是她对陆锦航疏于防备，也就不会有后面的这许多事情。她的本意明明是想帮陆锦行的，可她做得不够聪明，也不够好，以至于事情发展到如今这般糟糕的田地——自己遍体鳞伤，她爱的人也担忧至此。

不久之后，医生和刚到医院的任茜都已经赶到了病房。陆锦行站起身让开了位置，由医生们过来给钟妩做检查。也是这个时候，眼尖的任茜发现，陆锦行的眼底竟隐隐有些发红。

“真的真的，我绝对没有看错！”任茜坐在钟妩的病床边，信誓旦旦地对刚进门不久的程乔乔说道。

程乔乔正从果盘里拿苹果，闻言翻了个白眼，因为长得太漂亮，这个动作反而让她的神情平添了几分别样的娇俏：“你拿我当傻白甜忽悠呢？还是你以为我没见过她那位陆二少爷？”

任茜也知道这个发现和“那位”平时给人的印象有着多大的反差，所以事后回忆起来的时候，连她都怀疑过是不是自己眼花。可是联想到钟妩昏迷的那三天里，陆锦行的日益憔悴，她又坚定了自己的认知。

“真没忽悠你，你那几天不是也来过吗，难道你没发现他对阿妩多重视吗？他倒也不是每分每秒都在阿妩身边守着，但你看他当时的脸，白得跟纸一样。我听林越说，他那几天根本就没怎么合过眼。”

程乔乔一只手拿苹果一只手拿刀，削皮的动作利落又熟练，不到半分钟就把一个削好了的苹果递到了钟妩手里。然后又拿了一个，随意蹭了蹭直接“咔嚓”一声咬了下去。任茜见她吃得开心，忍不住追问道：“哎，你听见我说话没有？”

“我又不聋。”程乔乔把嘴里的苹果咽下去，“你这不是也说了吗，没合过眼。你熬几天夜试试，到时候你眼睛肯定比他还红。”

任茜被她噎得一时说不出话来。钟妩靠坐在床头，一直笑着听她们你一言我一语地聊天，如今听到任茜明显的吸气声，险些忍不住笑出声来。

距离她自昏睡中醒来，已经过去了一周的时间。她其实已经能称之为幸运，所有的并发症、后遗症的症状都已经排除，刀口也并未脓肿或再出血。因着精心调养和身边的人悉心照料，她恢复得比医生预计得还要更快更好一些。再过两天，手术的刀口就要拆线，眼前的纱布也终于要揭下去了，她心底的忐忑和担忧，因为任茜和程乔乔时不时的插科打诨，不知不觉消散了许多。

大概因为那天醒来之后，又面对了无数的检查，还有从饮水到进食都有着极为烦琐的要求，更何况陆锦行是极擅长不动声色的人，所以一系列的忙乱中，她并未察觉到他有任何的不妥，直到任茜的告知。

她虽然看不见，但是听着他疲惫而又沙哑的声音，就能猜到他那几天到底经历着怎样的煎熬。那些歉疚和心疼里，又带着如同溪水般潺潺涌动的甜蜜，让她一连几天，都陷在这种复杂的情绪里不能自已。

任茜也是因为这两天钟妩的情况越来越好，才有心情开开玩笑。现在她看着笑着默默吃苹果的钟妩，忍不住笑道："知道你家陆先生这么看重你，心情不错吧，小阿妩？"

钟妩听到话题突然转到自己身上，对付她的招式十分地驾轻就熟："哎呀，头疼。"

【4】你怎么来了？

天大地大，伤患最大。任茜对于钟妩明目张胆的耍赖实在也没什么更好的办法，一眼瞪过去时，看见钟妩翘起的嘴角，她于是也有些想笑。可笑容还来不及展开，又突然意识到自己现在无论做怎样的表情，钟妩都是看不见的，于是那点儿笑意就突然僵了僵，原本的好心情顷刻间就烟消云散了。

程乔乔顺着她的眼神看过去，钟妩正靠坐在洒满阳光的床头，恬静的神态似乎能让身边人的心也平静下来。大概因为纱布都还在，所以原本的巴掌脸显得更加小巧，不过好在经过这些天的精心调养，已经渐渐恢复了些原本的血色。

其实那段一起打工的日子不算久，两个人只有工作上的交流，私下并没怎么打过交道。事实上她大多时候都沉默寡言，偶尔的笑容也是公式化的客套，所以即使她一直任劳任怨，很能吃苦，周围也没什么人和她走得更近。大概也因为她的言行举止，其实都能看出曾经受过的良好教育，哪怕面对故意找麻烦或者偶尔动手动脚的顾客，她在忍让退避的同时，也仍然能维持着优雅得体的姿态。

程乔乔听到过同事们私下对钟妩的议论：明明就是几件衣服来回穿的穷打工妹，却总是摆出一副忍辱负重的落魄贵族姿态，真能装。

那个时候程乔乔就觉得，有些长舌妇其实眼光还是挺毒辣的，因为她觉得她们说得没什么错——钟妩确实是个穷打工妹，但她大概还真是个落魄千金。

不过无论钟妩是什么人，那时候的程乔乔都没觉得会和自己扯上什么关系。毕竟每个人都有自己的生活，她也没时间、没精力去维持一段双方都不热络的人际关系。直到数天之前，另一种姿态的钟妩横空出现在她面前的。

在程乔乔这种永远无法治愈的“中二病”看来，人可以穷，但姿态不可以不帅气。不过如果连命都快保不住的时候，那帅不帅气实在也没什么所谓了。可钟妩不一样，她明明表面上又老实又无趣，可一转眼就能拿命去和人杠，实在是……太帅了。

那次意外之后，程乔乔是真心拿钟妩当过几天偶像的，即使打工再忙，也要挤出时间来医院看看她。可两人关系越来越亲近之后，程乔乔才后知后觉地发现：这货就是个恋爱脑。

简直是全世界破灭时间最快的偶像光环。

钟妧丝毫不知程乔乔看着自己的眼神有多复杂，只听到她啃苹果的声音慢了下来，于是朝她的方向笑道："乔乔，你买的苹果真甜。"

程乔乔见过她这几天的架势，除了各种专业的护理人员，陆锦行家里还有专用的厨师和菲佣，变着花样给她做好吃的补充营养，各种进口的名贵水果也每天打成汁、切成块儿，恭恭敬敬送到她手边，也没见她多吃几口。现在自己随便从路边买了几个苹果拎过来，她反倒吃得津津有味。

看着钟妧笑得一脸开心，程乔乔暗暗叹了口气：算了，用东北话形容，虽然人是虎了点儿，但好歹很独特。

全程见识着程乔乔神色的变化，任茜不解地问道："你怎么了？"

程乔乔又啃了口苹果："没事儿，'中二病'犯了。"

几秒钟的沉默之后，三个人几乎同时都笑了起来。

陆锦行进门的时候，看到的就是钟妧靠坐在床边笑得一脸灿烂的模样。他站在原地静静地看着她，微扬的嘴角里带着宠溺，目光温润又柔和。

如今对细微的声响格外敏感的钟妧，已经听到了先前的声响，察觉到对方的脚步停在原地没有再靠近，她微微偏过头，猜测着来人的身份："阿行？"

任茜和程乔乔这才回过头去，见到门口长身玉立的陆锦行，立刻都站起身来。

陆锦行自然知道，即使这些日子相熟许多，但她们面对自己的时候，多少总是有些拘谨的，所以歉意地笑道：“打扰你们了。”

“怎么会，我们也只是闲聊而已。”任茜笑道。

一旁沉默的程乔乔则是不知道为什么，陆氏兄弟她也算是都见过了，明明一脸冷漠生人勿近的是陆锦航，眼前的陆锦行五官格外精致俊美，虽则大多时候也都是笑容温和、姿态从容的模样，但大概是他抱起血泊里的钟妩时，眼神中陡生的戾气过于凛冽，所以程乔乔心里总是更怵他一些——外表越无害，黑化的时候越杀人不眨眼。她的惧怕完全出自本能。

陆锦行把手里的东西放到床头柜上，握了握钟妩的手，对任茜和程乔乔笑道：“本来也不想提前过来打扰，但是突然想起之前助理提过的行程，晚上会展中心有个颁奖礼，我记得你们对这些比较感兴趣，所以想着如果你们要去的话，林越正等在外面，我让他安排接下来的事。”

任茜的眼睛顿时亮了起来，求证似的看向陆锦行，陆锦行从善如流地笑着点头：“当然，秦楚也会去。”

钟妩回握住陆锦行的手，故意用任茜能听得清清楚楚的声音“低声”打趣道：“怎么样，她现在是不是一脸垂涎欲滴的表情？”

陆锦行的轻笑声自喉间溢出，清朗悦耳：“差不多。”

懒得和这两个一唱一和的人计较，任茜动作干脆利落地开始穿大衣，程乔乔也随后开始收拾，却是拒绝了陆锦行的提议：“我就不去了，晚上还有事儿呢。”

知道她晚上还要打工，本来希望拉着她一起去玩的任茜反而不知该怎么说。陆锦行的神色依旧温和：“如果是工作方面的事，我正巧有个想法，一直想和程小姐聊一聊。”

程乔乔一副“您赶紧说，说完了我好走”的眼神看着他。

陆锦行丝毫不以为意，淡淡地笑道："阿妩和我聊起过，程小姐对于咖啡方面的兴趣很浓厚，不仅上手快，研究也更深入一些。我公司楼下的一家咖啡厅房租到期，店主不想再续约，最近正在搬家。我也在考虑是不是直接接手，也算是给公司员工谋一个小福利。只是我在这方面一窍不通，实在是需要一个行家里手帮忙。"

程乔乔迟疑半晌才把陆锦行的话彻底消化，蹙眉看他："是说……让我帮你打理咖啡厅的意思？"

"如果程小姐愿意赏脸的话。"陆锦行的态度真诚自然。

一时没听到程乔乔的回应，钟妩怕她多心，更怕她为了面子不肯答应，于是劝道："我早就说过，你在这方面很有天分。刚开始拉花都不会，但没几天就做得有模有样了。当初好多人都是因为你煮的咖啡好喝，才成为熟客的。而且你脑子又灵，打理个咖啡厅对你来说肯定不是什么问题。"

任茜也正要劝，程乔乔倒是有些匪夷所思地看着她们两个："你们这是干吗，有这种好事儿难道你们觉得我会拒绝吗？"

钟妩和任茜一愣，顿时笑出声来。钟妩靠在陆锦行的肩头，笑得身子都有些发颤，任茜则是一边笑着一边穿好了大衣，然后拉着程乔乔就要出门："快点儿，我的男神还在颁奖礼等着我呢！"

脚步声一路远去，钟妩还能听见外面程乔乔充满嫌弃意味的声音："我都是马上要迎接新工作的人了，谁要和你去看什么明星啊！"

两个人打打闹闹的声音渐渐消失在了走廊里，钟妩的笑意始终未退，任陆锦行把她揽在怀里，许久之后，她才轻声说道："谢谢。"

陆锦行在她颊边轻吻一记，笑道："你的朋友都很好。"

"那是当然。"钟妩对这个夸奖照单全收。陆锦行看着她近来终于渐渐开始红润的脸，声音温柔："你更好。"

钟妩笑着伸出手去，摸索着伸向他的脸：“让我来摸一下，今天是不是嘴唇上沾了蜂蜜，这么甜。”

任她胡乱摩挲着他的脸，陆锦行倾身吻向她的唇，嗓音低沉：“甜不甜，尝尝不就知道了。”

因为眼睛看不见，所以其他的感官格外敏感。他的薄唇微凉，呼吸却异常灼热，轻轻吮吸着她的唇瓣，温柔缱绻，但也能感觉到他火热之下的克制。钟妩身子有些发软，双臂搭在他肩头，不由自主地默默回应，与他的唇舌勾缠着，分开的时候，两个人的气息都已经一片紊乱。

陆锦行平复着呼吸，额头轻轻抵在她颈窝处，低声笑道：“我简直是在自讨苦吃。”

听出他话里的深意，钟妩一句话都说不出口，只觉得脸上一阵阵发烫。

秋高气爽，外面的天气很好，阳光也温暖得恰到好处，从窗外洒进来，病房里一片安恬和乐的气息。陆锦行把之前放在床头柜上的保温桶打开，一股淡淡的香气渐渐在空气中弥漫开来。钟妩闻了闻，笑道：“好香。”

陆锦行把保温桶中的汤倒出来半碗，端到床边：“番茄猪肝汤，宋真宜熬的，她本来要过来，但市场部的副总临时出了些状况，她要出席晚上的颁奖礼，所以只能改天来看你。”说完之后，用汤匙舀了汤，轻轻吹凉了些，才递到钟妩唇边：“来，张嘴。”

钟妩乖乖喝了一口之后，抿了抿唇：“好喝。”

宋真宜手艺向来很好，猪肝软嫩，汤质清淡，味道十分鲜美。钟妩不免又想起当初在办公室门口撞见宋真宜给陆锦行送汤那次，当时她们似乎还是“情敌”的身份。

人与人之间的关系实在是分外微妙的，感情的事虽然不能一夕之间便轻易放下，但宋真宜自有她与生俱来的傲气，所以对于陆锦行，她自觉只尽下属的职责和本分，反倒和钟妩之间，逐渐有了些君子之交的味道。

半碗汤喝完之后，陆锦行拿纸巾帮钟妩擦了擦嘴角，动作轻柔。钟妩这阵子食欲不好，但并不想浪费宋真宜的心意，于是对陆锦行说：“剩下的我晚一点再喝。”

陆锦行了然地笑了笑，起身把东西收拾了。正在这时候，敲门声突然响起，钟妩正要问是谁，便听见了陆锦行的声音：“你怎么来了？”

一个有些熟悉的悦耳女声从门口的方向传过来：“我来看看钟小姐。”

钟妩侧耳听了，不多时便想起了这个声音的主人——郁心。

陆锦行的声音依然淡漠：“我说过，没有这个必要。”

【5】让我一个人静一静，好不好？

郁心对陆锦行的态度并没有任何意外，所以她也只是径自走到了钟妩床边：“钟小姐，我是郁心，听说你受了伤，但我前些日子一直出差，没有时间过来看你。”她的声音温柔又动听，“希望今天不会来得太冒昧。”

一缕淡香也随着她的走近而一同飘过来。除了淡雅的香水味，还有些甜甜的花香，钟妩猜郁心大概带了鲜花过来。

她其实只见过郁心一次，但只是有限的记忆也十分深刻。她猜测着，大概现在站在自己病床前的郁心，也依然和那次见面时一样，漂亮从容又优雅知性。

钟妩甚至不敢想象自己如今的模样——头发因为手术早就已经剃光了，如今头上、眼前的纱布都还没拆，这些日子虽然一直在调养，但也可以想见脸色的苍白和憔悴。她很大一部分注意力一直都放在眼睛的状况上，还有陆锦行对她悉心的照料和如常的亲密，所以她一直都忘了去在意这个问题。

直到郁心来了。

听他们对话，她似乎早就和陆锦行联系过，要来探访，但陆锦行拒绝了。只不过这所有的一切，陆锦行从不曾提起，钟妩也就一无所知。钟妩觉得自己似乎不应该感到奇怪，因为陆锦行从来不会提起郁心。但是她搭在腿上的手仍是无意识地颤了一下。

“当然不会，谢谢你送的花，是郁金香吗？”她收敛心神，朝着郁心声音的方向笑了笑。

郁心一愣，随即轻笑道：“是。”

她抱着手里的郁金香环视四周，找到花瓶之后把花插好了，才在钟妩的床边坐了下来，姿态大方，言语也亲切：“刀口恢复得怎么样？什么时候可以拆线？”

钟妩一直都不太善于应付这种并不相熟的人之间的攀谈，所以也只能对方问什么便答什么：“医生说恢复得很好，拆线的话大概明天或后天就可以了。”

“那就好。应该不会有什么问题的，你气色看起来很好。”郁心的语气十分由衷，说完之后，又看了看一旁坐在沙发里的陆锦行，“其实我刚刚在门外站了好一会儿，但大概你们之间的气氛太温馨了，所以我一时不忍心进来打扰。”

钟妩想到她说的应该是陆锦行喂自己喝汤的情景，她扯出一丝笑容。郁心似乎察觉到她的尴尬，完全不同的性格和人生经历，以及彼此间身份立场，让她十分能理解钟妩此刻的心情，于是打趣似的笑道：“我好像还是第一次看到阿行这么细心地照顾人，不过看样子很熟练。”

“一开始也没有的，”钟妩跟着笑了笑，“只不过我现在不太方便，他也是赶鸭子上架而已。”

大概因为情境不同，心情不同，两个人之间的交谈已经没有了初见时的自然。郁心刚刚的话里多少都有些慨叹的意味。她不得不承认，刚刚在门外看到病房内的情形时，她心中的滋味十分复杂。陆锦行正十分小心地喂钟妩喝汤，动作看起来十分熟稔，看样子是已经做习惯了的。她记忆里的陆锦行，始终还是当初的少年，即使对周围的人温和有礼，但骨子里都透着冷淡疏离。

而如今的他仔细而又体贴，间或抬头看钟妩一眼，精致的眉眼间带着轻浅的笑意，如同春风拂槛，夏雨润荷，温柔得让她想哭。

那是一个完全不一样的陆锦行，明明就隔着一扇门，却远得像是在另一个世界——他和另一个女孩子的世界，没有她的位置。

即使在办公室初见钟妩的时候，郁心都以为自己并不会嫉妒，但是刚刚站在门外，她发现无论自认多么理智，酸涩还是一点点从心底冒出来，让她几乎难以自持。而意识到钟妩的不自在，郁心自己也觉得需要冷静一下，所以稍坐片刻之后便礼貌地起身告辞：“你还要休息，我就不多加打扰了，改天再来看你。”

钟妩维持着面上客气的笑容：“让你费心了。”

鼻息间那股淡雅的暗香随着脚步声远去了，钟妩听到随后跟出去的脚步声，坐在原处一动未动，强撑出的笑意还挂在唇边。门可能没有关严，大概也因为她眼睛看不见，所以如今耳力越发出众，两个人虽然走远了些，但仍是有声音隐约传了进来。

“以后不要再过来了。”

“阿行，我再说一次，我没有任何恶意，只是想看望一下钟小姐而已。”

“没有必要。”

“你能不能对我公平一点儿？我从始至终都没做错过什么，这么多年我没有一天忘记过你，可我也接受了现实，现在只是努力尝试着去做你们的普通朋友，难道这样都不可以吗？”

有别于人前的温婉知性，郁心的声音里隐隐带了些哭腔，听起来倔强又委屈。对此，钟妩反而很平静地想，自己在陆锦行面前和在外人面前也是有区别的，所有人都是如此，所以并不是什么不能理解的事。她也知道以陆锦行的性格，接下去的话一定是疏离又冷淡的，但是具体说了些什么，她却并不是太在意。

陆锦行果然很快就回来了，彼时钟妩已经躺了下来。他走到她身旁，像是郁心并没有出现过，刚刚的插曲并不存在一样，低声问道：“外面阳光很好，我带你出去走走好不好？”

“明天吧，我有点儿累，想睡一会儿。”

钟妩的声音里听不出什么异样——她想要隐藏情绪的时候，大多数时候都能成功的。但是她并不知道陆锦行此刻看着她的眼神，些许的了然和再次想到往事的不悦交织在一起，深沉而复杂：“我知道你不喜欢她，所以以后她不会再来了。”

“她来看我是好意，”钟妩侧过身子，背对着他，“我没有不喜欢她。”

陆锦行轻轻扳过她的肩膀，指尖轻抚过她的脸，言语间带着安抚，但也有着试图对往事释怀的努力：“我知道你因为什么不开心，再给我些时间，等一切都过去之后，我都告诉你，好不好？”

钟妩也不知道如果是过去的自己，听到他这些话会不会开心。但此刻她只觉得那些随着失去的光明而渐渐笼上心头的黯然，早就在她看似不在意的表象下日复一日地蔓延，找寻不到发泄的契机，所以渐渐变成了更加厚重的、再也挥之不去的阴霾。

“没关系的，我现在并不想知道了。”

陆锦行的动作一顿，看着她仍透着憔悴的脸，终是把想说的话又忍了下去。

事实上，所谓的“明天”是拆纱布的日子，所以钟妩也并没有出门。

除了陆锦行，任茜、程乔乔，甚至林越和宋真宜都齐齐到了，但因为不想给钟妩压力，所以几个人都等在病房外，并没有进去。不过钟妩也并没有让陆锦行留在病房里：“要先拆线的，你在外面稍等一下，不要偷看。”

把她这两天莫名的低落看在眼里，陆锦行虽然担心，但也并没有再坚持，只是对已经到了病房里的院长颔首示意后，起身出了门。

最开始任茜和程乔乔还偶尔低声交谈几句，但随着时间一分一秒地过去，她们也有些急不可耐起来：“拆线需要这么久吗？”

走廊里陆锦行始终面无表情的脸上，也渐渐显出些忧虑沉郁。他看了看腕表上的时间，终于迈步朝病房走去，可刚到了门前还未来得及敲门，房门就被人从里面打开了。

陆锦行抬起的手动作一滞，护士和医生陆续出来，院长走在最后面，随手带上了房门，神情凝重又为难地看着面前的陆锦行，犹豫着说道：“钟小姐说……让你们暂时先不要进去了。”

陆锦行浅淡的眸色里，仿佛有光芒随之陨灭了，始终悬着的心蓦地沉向谷底，不知去处，胸口处一阵无法抑制的疼痛。

原本一起跟过来的几个人闻言，脚步仿佛被人突然定在了原地，一时不知该作何反应。

死一样的沉寂之后，陆锦行终是默默推门走了进去。

钟妩侧着身子安安静静地躺在床上，纱布已经拆掉了，刀口愈合得很好。她现在闭着眼睛，没有眼泪，也看不出什么难过或者绝望的情绪，神情甚至可以说堪称平和。陆锦行一颗心却像是被四下拉扯着，以至于呼吸都越发艰难起来。

他宁愿她哭闹，而不是把所有的喜怒哀乐都藏进心底，不给别人看，也不给他看。

可是他毫无办法，这样的钟妩让他心疼，更让他的心底生出些鲜有的无措。

“阿妩……”

他在她的床边坐下，轻唤出声。可是他的手还未碰到她的肩膀，她的声音就已经响起：“我没事儿，让我一个人静一静，好不好？”

陆锦行的手僵了僵，仍是覆上了她的肩膀：“我陪你，好不好？”

在漫长得似乎没有尽头的沉默中，钟妩终于再次出声：“不用了，阿行。”

【6】你对我来说是独一无二的

"我们早就商量过的，手术前已经做好了最坏的打算，无论是什么样的结果，我都会陪着你的，不是吗？"陆锦行看着她的背影，轻声说道，"更何况现在并不是最后定论，我已经让人查过了，德国有一家医院，技术和设备都是全球顶尖的，过几天等你身体情况再稳定些，我们过去看看，好不好？"

他低声轻哄，耐心十足，钟妩却仍是一动不动。

身后许久再没有声音传来。钟妩知道陆锦行没有走，但也知道自己的疏离和抵触大概也惹恼了他。但她仍只是紧紧攥着盖在身上的薄毯，不肯出声。

她也不舍得他生气难过，可曾经似乎被人夸赞过的坚强，到了如今都不过是镜花水月般的假象。这一刻她觉得自己更像一只被碾碎了外壳的蜗牛，脆弱又渺小，再也撑不下去了。说她懦弱也好，只会逃避也罢，她只想一个人躲起来，而不是希望被人用或怜悯或同情的目光注视着、心疼着。

不知过了多久，身后突然响起了一声几不可闻的叹息。随后，随着窸窣的声响，钟妩感觉到身后的人躺到了她身旁，搭在她肩上的手微微用力，将她的身子扭转了方向。钟妩挣扎着抬手抵住他的胸膛，但仍是被他不容分说地直接搂进了怀里。

钟妩逃不开，渐渐也就停止了挣扎的动作，但仍是死死地咬紧嘴唇，不让自己的眼泪掉下来。

陆锦行把她的身子抱在怀里，下颌轻轻抵着她的头顶，手轻轻抚着她的后背，像是哄一个闹脾气的小孩子一样，一下又一下，嗓音温柔低缓："你有权利选择谁也不见，一个人排遣痛苦。但是阿妩，你有没有想过，如果没有你的话，我也只有一个人而已。”

钟妩身子一僵，陆锦行继续说道：“其实如果你不出现的话，我大概并不会觉得那种日子有什么不好。毕竟关心对于我来说是毫无用处的东西，我不需要别人的爱，也拿不出同样的感情来回报。那时候我从来没想过会遇到你。”

“你的感情执着，热烈，只要认定了就什么都不怕。是你让我拥有了许多我以前从来没有拥有过的东西，让我觉得我也是在这世界上真实存在着的。阿妩，你知不知道，其实我们两个之间，真正强大的那个人一直都是你。”

钟妩一直默默地听着，不知不觉间，眼前已经一片模糊。

陆锦行轻抚她后背的动作慢慢停下来，小心翼翼地展臂把她抱进怀里：“我知道你什么都不说是为了不让我担心自责，可我一点儿都不需要你这么懂事。阿妩，我宁愿你哭闹，哪怕怨我、怪我也好，也不想看到你这种硬撑着的乐观。”他轻叹一声，笑意苦涩又无奈：“你知不知道，这些日子以来，我一直都不知道怎么做才是最好的——我怕自己对你不够好，你会伤心难过，又怕过于周到细致了，你这期间心思重，误会我是因为你为我受了伤，我才要这样补偿你。这大概是我有生之年第一次束手无策。阿妩，我根本拿你没办法。”

陆锦行的语气太温柔又太无奈，连钟妩自己都说不清，究竟是因着具体哪一个字或哪一句话，那些始终让她备受煎熬的、已经压抑了太久的情绪，奔腾翻滚着，终于找到了宣泄口，得以随着眼泪一同释放出来。

她的脸紧紧贴在他胸口，终于失声痛哭。

“阿行，可是我的眼睛看不见了，怎么办……我不想就这样一辈子都当你的累赘……”

“傻瓜，你怎么会是累赘？我会带你去最好的医院，找最好的医生，一定会想办法治好你的眼睛。”陆锦行抱紧她，喑哑的声音里有极力克制的颤抖，“再说，就算看不见有什么关系。你会嫌弃我的腿吗？”

钟妩一边哭一边用力摇头。

陆锦行笑起来：“所以就算是累赘，我们也是互为累赘对不对？你做我的拐杖，我做你的眼睛，我们就这样过一辈子，好不好？”

钟妩一下子不知该点头还是摇头，哭得几近哽咽。

钟妩知道她是在为自己失去的光明而哭，但这其间更为复杂的情绪，却一直是因为陆锦行。说到底，即使她并不想承认，但她内心是一直有危机感的。她怕他自责，也怕成为他的负担，但其实最怕的，始终都是他不够爱她。所以郁心的出现，轻易就让她心神大乱，让她甚至心灰意冷地觉得，需要在他耐心告罄之前，先一步摆出疏离的姿态。

可她没想到的是，他们都因为太在乎对方的感受，而不约而同地隐瞒了自己一部分真正的心情。所以他们明明是爱着对方的，可面对伤害的时候，那些无法述说的一字一句，就因为选择性的沉默，而渐渐地堆积在心底，让他们几乎背道而驰。

在她的哭声中，陆锦行眼尾微红，但始终用力抱着她，任她发泄。不知过了多久，她的哭声终于渐渐低了下去，变成了轻微的啜泣。陆锦行这才开始轻轻帮她擦着眼泪，低声问：“郁心的事我讲给你听，好不好？”

钟妩一下子愣在原地，连呼吸都快忘了。她看不见，但仍是习惯性地抬眸，红肿的双眼里仍是蓄着泪，陆锦行竟觉得她这么狼狈的时候也是可爱的，又因着自己这个想法而不由得暗自喟叹：大概真的是栽在她手里了吧！

短暂的沉默过后，钟妩已经回过神来，鼻音浓重地摇头解释道："我……我不是因为这些，只是……我现在的样子太糟糕了……"

"你永远都不需要因为任何人妄自菲薄。"陆锦行低头看着她，"阿妩，你对我来说是独一无二的。"

在钟妩的啜泣声中，陆锦行缓缓开口："我爷爷有两个儿子，大儿子陆望年轻的时候，因为家族联姻，娶了宁家从国外回来的小女儿宁时锦。"

心爱的女孩子哭声已止，偎在他怀里默默地听他说话。他抱紧她，慢慢闭上眼睛。

其实这段婚姻的开端是怎样的草率，两个人是怎样渐行渐远，又是因着怎样的原因而终成怨偶……所有当初具体的情形，他又怎么会知道呢？他只知道，陆望大多数时候都是沉默的，他的目光永远只会追随着宁时锦，时而深情，又时而憎恶。宁时锦则像株菟丝花，柔弱又幽怨。

他那时候不过是个刚刚懂事的小孩子，并不能理解大人间的爱恨，以后漫长岁月里唯一越来越清楚的认知，大概就是他的父母并不爱他。

"其实我有很长一段时间都不明白，也不甘心，所以拼了命地折腾。"陆锦行睁开眼睛，自嘲似的笑道，"我强迫自己把每件事都做到最好，发现并没有人会表扬，于是又开始接连不断地闯祸，可也同样不会被教训。在那个'家'里，我更像是团空气，好像没有人看得到我，也没有人在乎我。从小到大无论做什么事，我永远只有自己。"

他说得轻描淡写，钟妩的心却针扎似的疼。

陆锦行擦去她眼中再次滚落下来的眼泪，安慰道："没什么的，都是过去的事了。"

后来，即使已经对父母不再抱有无谓的幻想，陆望遭遇车祸去世的那一年，他还是遭受了巨大的打击——父亲永远在每个少年成长道路上扮演着最为重要的角色，即使陆望并不合格，即使已经开始长大的陆锦行并不愿意承认，但在他的潜意识里，依然真切地渴望着父爱。

"我和郁心其实并不是真正意义上的情侣。她一直很喜欢我，我对她谈不上喜欢，但并不讨厌，所以一直走得很近。陆家和郁家是世交，对这种交往乐见其成，如果没有意外的话，我们大概会一起出国留学，然后结婚。"

钟妩的身子微微动了动，陆锦行安抚似的低头吻了吻她的额头："我父亲出事儿那天，郁心正巧和我在一起。我得到消息之后整个人还强撑着，郁心不肯回家，执意要陪着我。然后我突然发现，我联系不到宁时锦。"

"司机明明说她没有出门的，所以我们在陆家找了很久。"陆锦行似乎又回忆起那天的情景，目光如墨色般沉郁，微扬的嘴角满是冷漠讥诮，"最后找到她的时候，她正在陆祈的床上，听着陆祈指责她当初为什么没能有勇气一走了之，而要因为远走高飞前发现怀了我而选择留下来。你猜宁时锦的理由是什么？"

陆锦行并不是真的在等钟妩回答，因为问完之后，他紧接着就已经轻笑出声："不是因为她觉得愧对陆望，更不是因为我有多么重要，她之所以没有选择和她丈夫的弟弟双宿双飞，是因为她当时根本就不知道自己怀着的究竟是谁的孩子。"

"别说了……"钟妩猛地抬手捂住他的唇，泣不成声，"阿行，别说了……”

少顷，陆锦行有些起伏的情绪恢复了平稳，握住钟妩的手，继续说道：“我觉得这个世界无比肮脏，尤其是我自己。我看了很长时间的心理医生，因为那天之后我发现我开始不能忍受任何肢体上的接触，尤其是郁心，那段共同的‘见闻’让我根本没有办法面对她。可我们不敢对任何人说，只能就这么分开。后来即使我已经从那种状态里走出来很久了，我仍然不想见到她，因为如果有可能的话，我希望自己永远不再回忆起那些画面，那段日子。”

【7】我是不是再也没有资格靠近你了？

宁时锦一直饱受抑郁症的折磨，陆望的死更是让她陷入到了极大的恐慌和愧疚中，不到一年时间，就再也抵挡不住内心的煎熬，浸在浴缸中割断了自己手腕上的动脉。同样也是那一年，在心理医生的帮助下，凭着超乎常人的自制力终于克服了心理障碍的陆锦行，开始了他的报复。

他的叙述平静简洁，似乎一切只不过是过去，钟妩却突然想起了许多和陆锦行相识之初的情景。

那时候她总是看不懂他。

他的笑容始终温和，眼神却是清冷的。彼时他刚刚从一场惨烈的车祸中活下来，他会认真听从医生的意见，也会严格按要求复健，可她仍然觉得他并不在乎——不在乎伤得重不重，也不在乎最后是否会落下什么残疾，甚至她觉得，哪怕他当初真的在那场车祸中粉身碎骨，他都是无所谓的。

他很多时候都是一个人坐在窗前，偶尔读一本书，偶尔眺望远处的群山，大多时候就只是安安静静地闭目养神。不说一句话，也不会露出任何表情。

她始终不明白，为什么一个人会有那么寥落的背影，却又有着那么漠然的目光。

他此刻这般轻描淡写，像是早就从无数如影随形的噩梦中醒了过来，那些他曾经渴望过的，奢求过的，憎恨过，也逃避过的，已经成为漫长人生中一段模糊的记忆。可钟妩知道，他其实从来没有真正忘记过。

那些童年时遭受的冷漠和少年时几乎把他整个人都彻底摧毁的屈辱，始终伴随着他的记忆。

他并不是没有过机会——他选择了自我救赎，克服了身体和心理的障碍，他同样也可以一走了之，不再面对过去那些年用冷漠或贪欲肆无忌惮伤害他的人们，但他仍是回到了陆家。

他是陆显文最优秀的孙子，陆祈面前，也温和有礼地叫着叔叔。也许在陆家的每一次见面，他那些不堪的回忆就会复苏一次，可他依然选择了坐在他们对面，爷孙叔侄，谈笑风生。

为了最后的结果，他不在乎身体的伤病，不在乎一时一刻间的利益得失，因为他早在回到陆家的那一刻，就已经主动放弃了这个世界，也放弃了他自己。

钟妩哭得悲切又肆意，仿佛这样就能把他这些年的压抑和痛苦一并释放出来。眼下言语的安慰是如此贫乏又无用的东西，她亦不知该如何表达，只能一切依从本心，下意识地抱他抱得更紧了些。

陆锦行任她抱着，就像是整颗心都被她的拥抱温暖着，而他憎恨的人们也已经开始在为自己的错误付出代价了。他看着怀里哭得有些颤抖的钟妩，这些年以来第一次觉得，那些肮脏的不堪的过往，也许以后的某一天，真的会成为让他再也不会想起的过去。

不知过了多久，在陆锦行的安抚下，钟妩的情绪终于开始渐渐平复下来，陆锦行帮她轻轻擦着腮边的泪水，双眼微红，但眸底仍是透出些轻浅的笑意："现在想想，过去也不全是不好的回忆——我很庆幸上天安排我在珉城遇到你的时候，那些事都还没有发生，我还有心情为你去和街边的小流氓打架。"

提起这些，就难免再一次想到两个人之间，那次近乎荒谬却又带着莫名悸动的初吻。陆锦行不由得轻笑出声："大概是作为对我见义勇为的奖励吧，那个小姑娘不仅送了个吻，几年之后，还傻乎乎地把自己也送上了门。"

因为之前哭得太厉害，钟妩有些头疼，原本正揉着眉心的她听到这里，忍不住哑着嗓子问道："你是什么时候认出我的？"

陆锦行抬手帮她轻轻揉捏着眉心和太阳穴的位置，声音温柔："你来应聘那天，走进我书房的时候。"

拆线的第二天，依然晴空万里。

食欲不振也是术后的正常反应之一，但医生交代，还是要尽可能多地补充营养，于是每一餐，身边的人都会盯着钟妩多吃。

钟妩又咽下一口豆腐羹，然后摆了摆手示意："陈嫂，我吃饱了。"

她吃得依然不多，陈嫂一面把纸巾递到她手里，一面叹气："你看看你，最近瘦了这么多。"

听着她开始收拾餐具的声音，钟妩拿纸巾轻轻擦了擦嘴角，笑道："医生说再过一阵子，食欲就会慢慢好起来了。"

她因为昨天大哭一场，今天眼皮还有些红肿，陈嫂想到她过去的模样和眼下的情况，心底不由得又是心疼又是唏嘘，却又知道她心重，不敢表现出来，过了会儿又拿过一旁的杯子："蔬菜汁再喝一点吧，就当是喝水了。"

不忍拂她好意，钟妩接过去默默喝了一口，有胡萝卜和枸杞的味道，应该还放了蜂蜜，混合在一起是一种奇怪的甜味，她不算特别喜欢，但也不讨厌。

钟妩觉得，自己的情绪似乎有了很大的变化。虽然确认手术最终失败只是发生在昨天的事情，但因为陆锦行的出现，和他的开解、陪伴，揭开纱布那一刹那的绝望和消沉似乎在短时间内就消失得干干净净了。

每个人的人生都有无限的可能性，失去光明固然让人难过，可如果只一味沉溺在自己的悲伤里，不仅对自己全无益处，对身边的人也是一种莫大的伤害。她还有母亲要照顾，还有朋友要陪伴，还有漫长的人生要和陆锦行携手去走。

陆锦行昨天的话带给她莫大的震撼，也因为昨天两个人完全的推心置腹给了她足够的勇气。

你全身心爱着的人，同样也全身心地爱着你，世界上再没有比这更美好的事情了。

阳光透过窗户照在身上，钟妩感觉整个人被一层暖意包围着，于是扬起嘴角问道："今天天气是不是很好？一会儿你陪我出去走走，晒晒太阳好不好，陈嫂？"

陈嫂当然乐得见到她主动提出散心的要求，于是连忙笑道："好，一会儿咱们就去。"

虽然阳光非常好，但因为已是初冬的天气，所以在陈嫂的坚持下，钟妩穿上了厚厚的大衣，又在颈间围了条羊绒围巾，挡住了大半张脸。出门前，陈嫂把一顶浅驼色的针织帽帮她戴好，上下打量一番，笑道：

"现在是病美人，再调养一阵子就好了。"

电梯下到一楼，钟妩在陈嫂的搀扶下走出来，因为怕她的身体吃不消，所以两个人走得很慢。刚出电梯不久，钟妩突然停了下来。陈嫂以为她哪里不舒服，连忙问道："怎么了？"

钟妩做了个噤声的动作，微微偏过头——之前她突然听到一个极其熟悉的声音一闪而过："对不起，无可奉告。"

随后有些嘈杂的声音让她意识到，似乎是大厅内的壁挂电视正在播放新闻，而记者们七嘴八舌的问题让她不由得继续听了下去。

"陆先生，您对昨天徐前的后续爆料怎么看？新加坡的招标项目，陆氏金融有参与吗？"

"有人认为陆祈先生突然住院是应对证监会调查的缓兵之计，请问您对这种说法怎么看？"

"陆锦航先生，证监会已经宣布对陆氏地产正式立案调查，请问这对陆氏文化和陆氏金融有什么影响吗？"

"听说陆祈先生已经被限制离境了，这是真的吗？"

"陆先生……"

钟妩听了一会儿，才轻声说道："走吧。"陈嫂看了看电视的方向，随后扶着她继续向外走去，忍不住说道："是昨天的新闻了。"

"家里这阵子很乱吧？"钟妩问道。她知道，陆锦行既然已经开始动手，就不会给对手留下任何喘息的可能。这段时间他虽然大部分时间都在陪着她，但她知道，这都是牺牲了他很多休息时间去处理公事换来的。

"现在我们都已经跟着先生住到他另一处别墅了。听说你做手术的那天晚上，他在主屋吵了一架。先生的叔叔心脏病突发，直接进了医院，老爷子那边，他身体一直不好，你是知道的。但其他具体情况，我也不清楚。不过从那天开始，先生好像就没有再回去过。”

钟妩轻轻点了点头。

楼下花园里有大片的马尼拉草坪，即使初冬季节里，也依然是一片生命力旺盛的绿色。两个人走过去之后，陈嫂在草坪中间一个木质长椅上把带过来的坐垫放好，这才扶着钟妩慢慢坐了下来。

钟妩在病房里住了很多天，这还是第一次出门。此时正值午后，没有什么风，阳光暖融融地照在身上，空气里还有隐约的青草香，新鲜又清甜。她闭着眼睛靠在椅背上，慢慢仰起头，微微笑道：“天气真好。”

陈嫂站在一旁，看着她脸上几乎可以称之为明媚的笑容，不自觉地被感染，面上也露出了笑容。与此同时，心里却也忍不住微微叹了口气。

不久之后，钟妩姿势未变，大衣口袋内的手机突然响起，因为是之前设置的专属铃声，所以她摸出手机，按下接听键的时候，嘴角依旧挂着笑：“阿行。”

电话那头陆锦行的声音低沉清越：“在做什么？”

“出来晒晒太阳。”钟妩的声音里不自觉地带着些近似撒娇的意味，“今天天气真好。”

电话那头出现了短暂的沉默，钟妩似乎隐约听到一声轻叹，于是不解地皱了皱眉：“出什么事儿了吗？”

“我正在回去的路上。陆祈刚刚从他住的医院消失了——就在证监会的人眼皮子底下。”陆锦行并未瞒她，虽然他暗中安排了许多人在钟妩所在的医院保护她，但上次的事情之后，他始终不放心，“你先回病房休息，我马上就到了。”

“好，你路上也要小心。”钟妩面上原本的轻松惬意也随之退去，挂断电话之后，她对一旁的陈嫂说，“我们回去吧。”

陈嫂虽然不明所以，但仍是连忙应了一声。正要扶着她起身，她的眉头却突然皱了起来：“有人过来了。”

陈嫂一愣，随后下意识地张望，果然看到对面一个熟悉的身影走了过来。她也不由得皱了眉，低头在钟妩耳边说：“是先生的大哥。”与此同时，之前始终不远不近跟在她们身后保护钟妩的人也发现了陆锦航，立刻上前来到了她的身边。

陆锦航并未走得太近，他目不转睛地看着坐在长椅上的钟妩。

即使他的人每天都会事无巨细地向他汇报她的情况，但时隔数日再次见面，她的模样还是顷刻间就在他心中掀起了滔天巨浪。

她瘦了很多，虽然看起来精神尚可，但脸上还是透着一种不健康的白。她的眼睛是在看着自己所在的方向的，记忆中澄澈的目光此刻只剩下了黯淡。可他仍然觉得，她是看得见自己的。

他在她黯淡的目光中无所遁形，用近乎叹息一样轻的语气说道：“阿妩，我是不是再也没有资格靠近你了？”

第九章
路转峰回

【1】我爱的人只有一个，他叫陆锦行

钟妩脸上的笑容渐渐消失了。因为长久的沉默，陈嫂记得陆锦行的交代，怕她松口，忍不住低声劝道：“钟小姐，我们还是回去吧。”

大概因为前面二十多年都一直健健康康，所以钟妩觉得，自己现在总是没有做一个盲人的自觉，要在习惯性地“看”向一个人的时候，才能意识到自己如今的状况。就如同此刻，她朝一旁陈嫂的方向偏过头，眼前的黑暗让她有些无奈地笑了笑，然后才说道：“如果他只有一个人的话，你们先在附近等我一下，几分钟就好。”她顿了顿，又补充了一句，“一旦视野里有其他人靠近这里，即使是医生和护士，也要带着人马上过来。”

从钟妩到陆家开始，陈嫂就一直把她和陆锦行的关系发展看在眼里，见她神情坚决，知道即使此刻陆锦行在这里，都并不见得会直接反驳她的意思，所以虽然心里还是对陆锦航不放心，也只能按她的吩咐去做：“我们就在附近，有事的话，你随时叫我们。”

当然，他们也确实不敢离得太远，退开一些之后，十分谨慎地选择了一个不远不近的距离——既听不到他们的谈话内容，又能在有什么变动的情况下第一时间赶到钟妩身边。

钟妩听着来人脚步踩在草坪上发出的细碎声响，垂眸良久，却并未听到对方开口。

她的手搭在膝上，手背上是吊针扎过后留下的一片醒目的青紫印痕。陆锦航目光不自觉地停留在那里，心头一颤。他在她面前蹲下身子，指尖在碰触到她的手之前，莫名抖了一下，片刻之后，终是收了回来。

“阿妩……”他屏住呼吸，抬头看着她平静的脸，眼底光影变幻，却一时又说不出话来。

“对不起”其实是这个世界上最无用的语言，这三个字既挽回不了自己犯下的过错，也无法消弭给对方带来的伤害。

“其实你不用这样的，”钟妩扯出一个有些复杂的笑容，“毕竟每个人的选择都是要从自己的利益角度出发的，你为了你自己，我为了阿行，只不过最后的发展超出了每个人的预期罢了。”

“不是的……”陆锦航声音沙哑干涩，“阿妩，你别这么说……都是我的错。我一直在联系国外最好的眼科医生，如果可能的话，我……”

“我同意见你，并不是想听这种毫无意义的话。”钟妩淡淡地打断他，“陆祈在哪儿？”

陆锦航目光一闪，随即意识到她刚刚问了什么：“你说什么？”

“怎么，你不知道吗？”钟妩反问，“你不是陆祈唯一的儿子，最信任的左膀右臂吗？”

猜到了她的问题所为何来，也同样听出了她言语间的冷意，陆锦航笑意微苦：“我说我不知道的话，也许你并不会相信。但是阿妩，我和他之间并不是你以为的那样——与其说是父子，倒不如说是有血缘关系的上司与下属。”

听了这话之后，钟妩的面上没有什么表情，只是眉心微蹙，像是在判断他话的真假。陆锦航心中最初的苦涩和愧疚，不觉被另一种酸涩的滋味取代了，忍不住问道：“如果不是为了帮阿行问这件事，你今天大概不会愿意多和我说哪怕一句话，对不对？”

钟妩并没有回答，只是扶着椅子准备起身，下一秒，陆锦航已经按住了她的手：“你就那么爱他吗？”

钟妩尝试挣脱，但仍是无法抽回自己的手，最初有些急促的呼吸反倒平复了下来：“对，但是这和你无关。”

“可是我爱你！不是现在，而是以前在你心里只有我的时候，在陆锦行还没有出现在我们生活里的时候！”陆锦航多年来始终隐忍压抑的感情，此刻如翻涌的潮水般决堤而出，颤抖的声音里痛苦一览无余，“你知道吗，我这辈子最开心的瞬间，就是听到你说喜欢我的时候。那个时候，我的心像是要从胸口跳出来了，甚至根本不敢看你的眼睛。我比全世界任何一个人都想和你在一起，可你让我怎么敢答应你？我只是个一无所有的穷小子，什么都给不了你！你每次因为我哭的时候，我都只能躲在角落里默默地看着你。阿妩，你告诉我，是不是当年做错了一个选择，无论再怎么试图补救，都无法挽回了？”

“其实一切都只是因为对你来说，在你人生的每个阶段里，最重要的都是你自己。”这种时候钟妩的平静更像是一种武器，陆锦航内心一震，只听她继续说道，“你当初拒绝我，是因为和心动相比，你的自尊更重要。现在你的痛苦，只不过是因为你无法接受我爱上了阿行。”

钟妩拂开他瞬间僵硬的手：“你只是不能忍受一个曾经喜欢你的人，爱上了别人而已，尤其是你一直视为敌人的阿行。可是我希望你明白，我是一个有自主意识的人，并不是因为过去喜欢过你，就必须成为一个以后也永远要仰望你、追随你的附庸。”

陆锦航的脸色一片惨白：“我知道，我没资格跟你要一个公平，我也知道我一直都是自私的人，可难道就因为一个陆锦行，连我对你的所有心意，你都要一起否定吗？”

“不是否定，”钟妩“看”向他，“而是不再重要了。我早就说过，那些都已经是过去的事情了。我并不在意你是不是爱我，因为我永远不可能爱上你。我爱的人只有一个，他叫陆锦行。”

大概因为这场对话占据了她大部分思绪，所以钟妩并没有听见有人走近的脚步声，以至于突然有人自另一个方向揽着她的肩膀，将她带进怀里的时候，她几乎下意识地惊呼出声，但熟悉的气息和怀抱，又让她顷刻间松了口气：“阿行？”

“走了。”

陆锦行的声音低沉，能听出明显的不悦。钟妩尚且因着他的突然出现而有些恍神，所以他拉着她的手离开的时候忘了跟上，脚下一个趔趄，被扶住之后，下一秒，突然被人拦腰抱了起来。

钟妩连忙伸手环住他的脖子。她本来还担心他的腿会不会太吃力，但随即意识到他此刻似乎在生气，所以十分识相地保持了安静，任他抱着自己回病房。

……

落在后面的林越捡起刚刚被扔下的拐杖，匆匆跟了上去，没敢看一旁陆锦航苍白得有些吓人的脸色。

一路回到病房之后，面色始终沉郁的陆锦行把钟妩放到病床上，钟妩却仍是搂着他不肯松手："别生气了，我只是想问他知道不知道陆祈在哪儿，而且我知道周围有人跟着的，也交代过他们。就算是为了你，我也会好好保护自己的。"

陆锦行自然不会忍心直接扯开她，但语气仍是冷淡："既然知道陆锦航是什么人，还敢靠那么近，你现在胆量倒不小。"

钟妩闻言皱了皱眉，思路顿时就开阔了起来："你……吃醋了？"

在陆锦行鲜有的沉默中，钟妩突然忍不住笑了起来，她一边笑着一边埋首在他颈间低喃道："可是你肯定也听到我最后的那句话了，那还生什么气嘛。"

听着她语意温软的撒娇，陆锦行一时不知该作何表情，但眼底终于忍不住浮起了一丝笑意："哦？我倒确实没听清楚。怎么，你最后说了什么很重要的话吗？"

钟妩咬着唇笑，故意嘴硬气他："也没说什么，没听到就算了。"

陆锦行将她笑得有些颤抖的身子按进怀里，微凉的唇瓣抵在她瓷白如玉的耳垂旁，声音低沉："我最近太宠你了，是不是？"

温热的呼吸拂过耳畔，钟妩顿时就红了脸。

陆锦航回到自己另一个住所的时候，家里的钟点工正在客厅一边看电视一边打扫卫生，见他突然回来，顿时有些慌乱地一边道歉，一边想找遥控器把电视关掉："对不起，先生，我……"

"先回去吧。"陆锦航并未在意，随意地摆了摆手。

他神色疲惫地靠坐在沙发上，脑海里依然是刚刚医院里钟妩冷静直白得近乎残忍的话。

“我爱的人只有一个，他叫陆锦行。”

“我并不在意你是不是爱我，因为我永远不可能爱上你。”

陆锦航始终知道自己的自私之处。大概因为他从小渴望得到的东西就比别人多，所以他永远都是最努力的一个，也永远都知道要在最合适的时机做最正确的选择。可是一路走来，直到今天，他突然不知道自己这些年来，究竟得到了什么，又失去了什么。更不知道得到和失去的，究竟哪个更多一些。

电视里正在播放着的是部烂俗的喜剧片，嘈杂的游戏厅里，一个男人对另一个男人说：“你把她还给我吧。”

陆锦航心中突然一阵尖锐的疼痛，他死死地盯着屏幕，许久之后，慢慢抬手捂住了脸。

他终于彻底失去她了。

【2】您请节哀顺变

“终于要回家了。”钟妩靠坐在陆锦行身旁做了个深呼吸，十分感慨地叹道。

拆线之后又观察了两天，她的恢复情况一切良好，于是她一直觉得漫长得像是没有尽头的住院生涯，终于可以结束了。

一旁正收拾东西的陈嫂闻言笑道：“待会儿到家想吃什么，我给你做。”

钟妩认真地想了想，却毫无头绪，于是问身旁的人：“阿行，你有什么想吃的？”

沉默了片刻，陆锦行的声音才响起来："你说什么？"

钟妩这才意识到刚刚陆锦行有些失神，于是有些担心地问道："在想什么？出什么事儿了吗？"

"没有。"已经回过神的陆锦行握住她的手，"想了想陆祈的事。"

警察已经搜过了陆家和他其他几个住处，机场和码头都已布控，并且开始了全城搜捕，但整整两天过去了，陆祈仿佛凭空消失了一般，没有任何消息。

钟妩听出他轻描淡写的话里隐含的复杂情绪，知道他是一定不可能容忍陆祈逃脱的，所以劝道："他一定清楚现在外面的形势，所以大概躲在一个地方，想等这阵子风头过去些再离开。但是只要他冒头，肯定会被发现的。"

陆锦行点点头，又沉思片刻，拿过旁边的手机，翻到一个号码拨了出去："韩队长你好，我是陆锦行。"

简单两句寒暄之后，他直接切入主题："我建议你们查一下这两天东郊墓园的监控录像，看能不能发现点什么。因为不管他只是离开余城，还是直接出境，那里都是走之前他一定会去的地方。"

钟妩听着他始终平静无波的声音，默默握紧了他的手。

陆锦行察觉得到她无声的关心，挂断电话之后，轻声说道："过几天我们就去德国，好不好？"

想到他之前提起过的德国医院，钟妩其实心里对自己的眼睛已经不抱什么希望了，但仍是不忍拂逆他的好意，正要说什么，病房的门突然被人推开了。她一惊，伴随着急匆匆的脚步声，林越气喘吁吁的声音已经响了起来："陆总，董事长快不行了。"

钟妩察觉到她靠着的身体倏地一僵。

"阿妩，我先安排人送你回去。"他很快便恢复了镇定，对钟妩说道。钟妩知道无论他对陆显文到底是怎样的感情，此刻的情绪一定不会如表面那般平静，更何况消失无踪的陆祈像是一枚定时炸弹，谁也不知道会在什么时候引爆，所以对他此行更是不放心，于是立即摇了摇头："我陪着你。"

陆锦行低头在她额前轻吻了一下，轻笑着哄道："乖，回去让陈嫂给你做鳕鱼豆腐羹，等我晚上回来一起喝。"

护送钟妩的车队陆续驶出医院，陆锦行收回视线，面上温和的笑意渐渐隐去。林越帮他开了车门，他坐进后座，眼底闪过一丝晦暗不明的光芒："走吧。"

几辆车随后出了医院大门，朝陆家所在的北郊庄园驶去。

经过近些日子以来情绪的连番巨大波动，陆显文目睹了陆锦行的离经叛道和陆祈的胆大妄为，他在最初的震怒之后，也同样对陆氏即将面临的重大危机而殚精竭虑。原本就已经如同飘摇的烛火一般脆弱的身体，终于彻底垮了下来。

他为陆氏付出了一生的心血，这些年来他始终放任着子孙间的争斗，也为了保全这份家业，选择了对许多事让步。可许多事终是早已脱离了他的掌控，朝着一个他越来越无能为力的方向发展。如今，也终于到了快要解脱的时候了。

陆显文躺在床上，觉得这些日子以来，这个房子里那种腐朽的气息似乎越来越浓重了。他无力地眨了眨眼，有些费力地吐出一口气。不知过了多久，原本那一阵快要窒息的痛苦突然莫名减轻了许多，他的呼吸再次轻松起来，就像是曾经健康的时候一样。

助理匆匆进门，见床上的陆显文神色里已经不见了之前的痛苦，反倒看起来有一种异样的安详，心里顿时一沉。一旁的医生摘下颈间的听诊器，朝他满是遗憾地摇了摇头。

知道他此刻只怕是回光返照，助理深吸了一口气，调整情绪走过去，俯下身子低声说道："董事长，阿行来了。"

陆显文点了点头，声音微弱："让他进来。"

陆锦行进门的时候，医护人员已经开始陆续退了出去。偌大的卧室内，除了陆显文之外，还有他的几个助理，陆氏几个高层元老，另外就是陆显文的心腹律师了。他们见他进来，原本沉重的神情里顿时多了几分恭谨："陆总。"

陆锦行几不可见地点头，随后走到陆显文床前，表情里看不出情绪："爷爷。"

看着眼前这个他子孙中最优秀的一个，陆显文浑浊的眼神透出些光亮，可也知道，因为自己的漠然，甚至是放任，他是熬过了怎样艰难的日子，才能有今天。陆显文看着陆锦行，苍白的唇瓣哆嗦着，许久才说出一句："我对不起你爸爸，也对不起你……"

生活不是虚构的武侠片，可以在最后关头，神色轻松地相逢一笑泯恩仇——生死并不能掩盖一个人的过错。

陆锦行动了动唇，最终也只是轻声说道："身体要紧，过去的事，您就不要再提了。"

陆显文眼底的一丝祈盼也终是黯淡了下去，他试图抬起手，可浑身没有一丝力气："找到你叔叔……别……别让他……一错再错……"

陆锦行面色沉郁，陆显文的呼吸已经再次紊乱起来，他用尽全身力气抬起手，抓住陆锦行的衣角："陆氏留给你……别恨我……"

他呼吸越来越急促，喘息声也越来越大，眼睛瞪大了些，喉间仿佛有东西堵着，张了张口，却只能发出些嘶哑破败的声响，直至拽着陆锦行衣角的手，终于垂落了下去。

一切终于彻底归于沉寂。

陆锦行垂在身侧的手倏然攥紧，许久之后才渐渐松开。他不知道为什么，自己明明是恨陆显文的，但这一刻仍是有一种凝重的疼痛从心底最深处涌上来，让他几乎要用尽全身的力气，才能克制住身体的颤抖。

陆显文的助理红着眼圈叫医护人员进门，陆锦行退后了些，让他们上前。

律师拿着手中的文件夹走到陆锦行身旁："陆总，这份遗嘱如果您看过没有任何意见的话，请在后面签字。"

陆锦行面沉如水地接过去，一目十行地浏览了一下遗嘱上的条款，提笔在最后签上了自己的名字："辛苦了。"

对方神色肃穆："节哀。"

陆锦航并未赶上见陆显文最后一面，他看完遗嘱之后，在陆锦行的签名旁签好自己的名字，坐在偏厅里的沙发上，对面是正闭目沉思的陆锦行。

股份是陆祈最重视的东西，而从来不是他，如今这个结果于他而言称不上成功，也算不上失败。而看着陆锦行，这个他多年以来的兄弟、敌人的时候，原本始终在和对方一争高下的陆锦航，此刻心里更多的，是尘埃落定之后的些许空茫。

他的印象中，陆锦行大多数时间里总是一如眼前这般沉稳清和，虽然始终和他们父子相争，但眼中看着的又似乎从不是陆氏这个商业帝国本身。以至于即使如今他已成功坐拥了陆氏大半壁的江山，也依然是一副一切尽在掌控之中的淡然。

陆锦航又想到刚刚那份遗嘱，终是忍不住出声问道："你有没有想过，如果这份遗嘱并不能如你所愿，你又要怎么办？"

他的话音落下之后，陆锦行慢慢睁开眼睛，迎上他的视线时，目光仿佛幽暗的深潭，平静而又深邃，随后眼角又因着些许的笑意而微微上挑，像是高高在上的神祇初入凡尘，不过衣襟轻动，便搅乱了天下。

"那你知道在场的那些人里，有多少是我的人吗？"

陆锦航的呼吸顿时一滞。

陆锦行这句话背后所代表着的能力和心计，陆锦航当然心知肚明。他随后又不免想起陆氏的这次风波中，率先冲出来为陆锦行做马前卒的徐前和财务部的两个人。无论陆显文，还是陆祈的周围，抑或是他的陆氏金融，陆锦行这些年来处心积虑，不知究竟谋划了多久。

陆锦航沉默许久，突然笑了一声，有些感慨，又有些唏嘘。

后续还有很多事要处理，主屋的人进进出出，十分忙碌。陆显文的助理过来就公司事务和丧事的一些细节询问两个人的意见。他们简单商量之后，交代了些大概事宜，偏厅再次恢复了相对的宁静。

陆锦行看了看时间，拄着拐杖起身向外走去，经过陆锦航身旁时，陆锦航向后靠在椅背上，突然面无表情地开了口："今晚十一点的轮船。"

在陆锦行倏然看过来的视线里，他几不可见地挑眉，笑容里依然是平日里的冷冽意味："怎么，不准备问我是哪个码头吗？"

陆锦行的眉头深皱，但目光中些许的探究很快便消失不见。他叫过不远处的林越，林越立刻过来，陆锦行迈步向前走去，命令道：“去东郊墓园。”

【3】您是不是忘了一件事，叔叔？

太阳自山边隐去，最后一丝光亮也随之一并消失了，天色渐渐暗下来。眼下这种昼夜交替的时候，总是会让人无端地心生压抑。

一辆不起眼的灰色桑塔纳里，坐在驾驶座的小齐打了个哈欠，收回一直盯着窗外的视线，打破车内长时间的沉默，问副驾驶座上的韩昭，说：“韩队，你说他真会来吗？”一边问又一边忍不住从后视镜中瞥了一眼后座。

现在余城的各个码头都做了重点布控，但是他们队长部署好一切之后，却带着他们几个得力干将蹲守在了墓园旁边。而中途加入的人让他更加意外：此刻正坐在后座上的那位，是陆氏集团的新晋掌门人陆锦行——手机刚刚收到的头条新闻推送，现在还挂在屏幕的通知栏上。

小齐忍不住又朝后视镜看了一眼，不愧是传说中八风不动的商界传奇，始终很懂规矩，舍了他那辆贵得让人咋舌的豪车，和他们一起等在这里。只不过，虽然他大部分时间里都安安静静地闭目养神，却始终有着让人无法忽视的强大存在感。小齐甚至觉得，因为陆锦行的气场，他们这辆半新不旧的桑塔纳顿时有了些豪车的感觉。

“再等等就知道了。”韩昭随口答道。他扬起手腕看了看表，随后活动活动胳膊，揉了揉有些酸疼的后颈。坐在后座的陆锦行听见他们的对话，慢慢睁开了眼睛。他看了看窗外暗下来的天色，然……

后就听见韩昭问道：“陆总始终坚持认为他一定会来吗？”

他倒不是对这次的行动有什么怀疑，只不过是对陆锦行始终的笃定多少都有些好奇。

陆锦行收回视线：“他真要离开的话，两个地方一定会去一个，现在盯着陆家的人究竟有多少，他不可能不知道，所以也就只剩了这里。”

“可既然你能猜到，他也许对眼下的情况早就心知肚明了。”韩昭习惯性地提出疑问，“即使是一般人，也该想到要把风险降到最低，更何况是陆祈这种人。”

陆锦行神色淡然道：“他就算拼个鱼死网破，也会来的。”顿了顿之后，又看向韩昭：“所以我希望，不到万不得已，您和您的同事可以尽量避免那种可能。”

“那是自然，动静一旦搞得太大，我们也很难回去交差的。”韩昭笑了笑，心里却对陆锦行和陆祈之间的关系又打了一个问号。

陆锦行并未在意韩昭带着审视和探究的目光，朝他淡淡笑了笑。

有谁比他更了解陆祈心底的疯狂和偏执呢？那些自以为是的痴情，数十年如一日脱离不了宁时锦这个桎梏的懦弱，和以为金钱能填补内心空洞的可笑。他之所以出现在这里，无非就是为了不让陆祈走到最后鱼死网破的那一步——他怎么会让这种可能发生呢？

他一定要让陆祈长长久久地活着。

陆锦行垂眸，眼底闪过一抹毫无温度的笑意。

小齐一直听着他们两个人说话，此时扭过头看着陆锦行，忍不住把心里一直想问的问题问了出来：“这个地方到底对他有什么特殊意义，让他非来不可呢？”

他的话音刚落，陆锦行微凉的目光就已经看了过来，随后眼睛重新闭上，再次陷入了沉默状态。小齐并未错过他刚刚漫不经心的一瞥中，并未刻意掩饰的凉薄，心知自己应该是问到了什么不该问的，这个时候韩昭睨了他一眼：“好好盯着。”

小齐朝他做了个鬼脸，听命地继续朝车窗外看去。

这时候突然有手机铃声从后座传来，在很短时间内被接起来后，陆锦行的声音再次响起：“对，要晚一点儿。”

小齐和韩昭对视一眼，小齐发现，连韩昭这种素来以黑面战神著称的人，都没掩饰住眼底的愕怔。

他们都是余城土著，工作又和商业息息相关，对陆家和陆锦行的名字自然知之甚深。虽然知道陆锦行实际上是杀伐决断、从不留情的人，但在他们最近的接触中，陆锦行的外表看起来也一如传闻般始终温和儒雅。而今天大概因为陆显文去世，他的笑容减少，大多数沉默的时间里，骨子里的清冷疏离才一点儿一点儿地散发出来。

可是此刻，他对着电话那头说话的声音温柔和缓，和前一刻判若两人。小齐忍不住从后视镜看过去，彼时陆锦行的嘴角微微上扬，笑意自眼底流露出来，让他整个人看起来都真实了许多。

“不用等我，你先吃。记得让陈嫂提醒你饭后半小时吃药。”陆锦行低声叮嘱着电话那头的钟妩，“放心，等事情解决之后我们再回陆家。”

小齐不知道电话那头的人说了什么，只听陆锦行又说道：“不行，你对陆家的格局布置都已经很熟悉了，那边对你来说更方便一些。我没有关系，只要有你在，哪里都可以。”

和陆锦行通话的人，什么身份已经不言而喻。小齐收回视线，心里默默叹服：原来面对家庭琐事的时候，连陆锦行这种人都变得烟火气十足起来，而且即便是“唠叨”，也分外细心体贴。

就在陆锦行挂断了电话后不久，韩昭突然抬手动了动无线耳塞：“来了。”

陆锦行目光倏然一动。

墓园里，陆锦行指点的重点位置和其他几个方位都做了完善布控，在陆祈的车进入墓园后不久，监控前的人实时汇报着里面的情况，韩昭带着人配合警方行动，迅速从各个方向朝中心包抄而去。陆锦行下车之后，在林越和小江几个人的跟随下，拄着拐杖缓缓踏上了通向宁时锦墓碑方向的台阶。

韩昭等人并没想到，陆祈下车之后是一个人进的墓园。他们找到他的时候，他刚把手里的一束满天星放下，准备在墓碑前坐下来。

即使已至如今的境况，陆祈依然衣衫精致挺括，十足的贵气。不过他看起来老了许多，两鬓的白发更多了些，大概因为前阵子心脏病突发入院治疗的关系，此刻的面色透着苍白疲惫。

他的目光却是平和的，尤其在盯着墓碑上的照片时，眼中满是温柔眷恋，只有在抬头打量韩昭和他身后跟着的人时，眸底一闪而逝的凌厉阴狠，才又有了几分人们熟知的陆氏副董的模样。

目光定在神色冷峻的韩昭身上，陆祈几不可见地笑了笑：“放心吧，韩队长，我不会离开余城的，今晚也只不过是来见见故人，你们不用搞这么大的阵仗。”

因为他的态度过于坦然，韩昭反而更加谨慎。他见陆祈有一只手始终未从衣袖内伸出来，犀利的目光越发深沉：“既然故人您也见过了，那就麻烦您跟我们回去吧。”说完之后，他试探似的往前走了两步。

陆祈另一只手抬起来，简单做了一个打断的手势，姿态轻慢地笑道："我既然来了，就没打算从这里离开。"

此时才过来的陆锦行恰好听到这句话，笑道："那叔叔是不是选错地方了？"

他一面说着，一面越过几个人朝陆祈走过去。韩昭回头看了他一眼，朝他使了个眼色，陆锦行几不可见地点头。

陆祈在听到陆锦行声音的那一刻，脸色就已微变，此刻看见他拄着拐杖慢慢走过来，冷笑一声："你能出现在这里亲眼看这场好戏，不是因为你的聪明，而是因为我对阿航的了解。"

"也可以这么说。"陆锦行从善如流地微微颔首，嘴角微勾，"不过我觉得还是应该归咎于我对叔叔的了解。"

大概因为一切已经到了看得到尽头的时候，所以陆祈没有了争一时口头之快的心思，反而神色复杂地看了他一眼："不愧是……"

"还是别说出来的好。"陆锦行倏然出声打断他，面上原本的笑意犹在，但眼底的锋芒冰冷而凛冽。在陆祈几不可见的冷笑中，陆锦行继续说道："而且有一件事您错了，我来不是为了看什么好戏，只是爷爷临终前交代过，让您不要一错再错，所以我来是想劝您回头的，叔叔。"

并未将陆锦行这些话放在心上，虽然已经得知了陆显文离世的消息，但此刻听到陆锦行提起，陆祈的目光终是有了一丝不易觉察的波动："你爷爷……走得安稳吗？"

问完之后，不等陆锦行回答，陆祈就已经再次开了口："算了，现在无论说什么都是没有意义的了。"说着，他一侧的胳膊慢慢动了动，韩昭呼吸急促起来，陆锦行出声说道："您是不是忘了一件事，叔叔？"

陆祈动作顿了顿，抬头看着他，眉心微蹙。

“和股权变更协议放在一起的那封信，叔叔不想知道上面都写了些什么吗？”陆锦行的目光看向对面墓碑上的照片，那是年轻时的宁时锦，永远一副我见犹怜的气质，美丽又脆弱，却也永远定格在了貌美如花的年纪里，“还是叔叔真的以为人死之后会再次见面，一起上天堂下地狱？”

陆祈的呼吸突然变得急促了些，他狐疑地看着陆锦行，脸色越发苍白：“你……”

陆锦行抬了抬手，后面的林越走过来，打开手里拿着的文件袋，从里面拿出一个信封递给陆锦行。在陆祈目不转睛的注视下，陆锦行打开信封，抽出里面厚厚的几页信纸，然后随意地把信封扔向陆祈。

陆祈拿起信封前，警惕地环视了四周一圈，随后才慢慢地把信封拿到手里，但是看清信封上面字迹的那一刻，他的手已经剧烈地颤抖起来，眼神是震惊之后的激动：“真的是她的字，真的是她……”

始终严密注意着他一举一动的韩昭做出一个利落的手势，可他的人刚有所动作，便落入倏然抬头的陆祈眼中，他眼神中寒光微闪：“别过来！”

示意他们暂时不要轻举妄动，韩昭的目光明锐锋利：“你冷静一点儿，不要冲动。”

陆祈看着陆锦行，脸色越发苍白，目光却异常明亮起来：“把信给我。”

对于陆祈命令一样的口吻，陆锦行几不可见地笑了笑，反而向后退了两步，打量着手里的信纸，片刻之后又再次看向陆祈：“叔叔究竟有多想知道这封信的内容，我似乎并没有看到您的诚意。”

拿到股权变更协议的时候，陆锦行的情绪十分复杂，甚至内心深处一并升腾起一种不真实的感觉——在幼时那些年的努力下，都不曾真正得到过的母爱，又是为什么会在数年之后姗姗来迟呢？更何况在他的记忆中，宁时锦自杀前，就已经时常会陷入极不稳定的情绪中了。

他所有的疑问，在紧接着看到这封长信的时候，都有了再合理不过的解释。

在宁时锦清醒着的那些日子里，实在是有着再聪明不过的头脑：如果陆祈始终不曾对他下手，说明陆祈已经占据了绝对的上风，自己实在是构不成威胁的。于是他和陆祈两两共存，这份股权变更协议也就没有了意义，不会被送到他面前；而一旦他遭遇毒手，只能说明自己有足够的能力和陆祈抗衡，甚至对他造成的威胁，已经让他无法容忍自己的存在，两人一定已经势同水火。

陆祈的性格，宁时锦再了解不过，他为达目的从来不在乎亲情，陆锦行却在乎。而这份协议交到陆锦行手里之后，他赢得概率更大，最后也不会对陆祈赶尽杀绝。所以她的这份协议无论是否拿出来，目的都是不想让两个人相互残杀，只不过在明面上是保护陆锦行，在暗地里则是为了陆祈。

陆锦行始终觉得，她保护自己的人身安全，不过是不想让陆祈担上不可饶恕的罪名。

他几乎想为宁时锦击掌叫好。

而这所有的一切，他并不觉得有必要让陆祈知道。所以这封信里宁时锦对陆祈的拳拳情意和对两人诀别的恋恋不舍，此刻也不过是陆锦行手里的筹码。

陆祈看着陆锦行手中的信纸，目光里一览无余的冷厉中，也掺杂着一丝明显的希冀：“把它给我！”

在陆家主屋争吵那一晚，他听陆锦行提及这封信的存在时，最开始的震惊过去，始终以为这不过又是陆锦行无数诡谲心计中的一个，即使他内心深处始终期盼着这件事是真的。如今这封信真实地出现在了他的面前——他此生唯一爱过的女人留给他的临终绝笔，他还怎么可能保持冷静？

夜色已经彻底笼罩了大地，墓园内的灯早就尽数亮起，陆祈面上的挣扎一览无余。

可陆锦行并未因他的挣扎而有丝毫妥协的迹象，只是遗憾地摇了摇头："您知道应该怎么做的。"

时间一分一秒地过去，两人的对峙中，陆祈心中所有的复杂情绪交织在一起，让他的呼吸越发混乱无序。陆锦行却始终气定神闲，直至陆祈失了血色的唇瓣有些颤抖的时候，他倏然抬手，把手上的信纸撕成了两半。

"你敢——"陆祈咆哮出声，脸色一片惨白，呼吸越发急促起来。陆锦行把两半信纸叠在一起，看向他："您还有机会的，叔叔。"

"住手……"眼看着他要再撕下去，陆祈终是颓然地松了手，任一直藏着的东西掉落在地上，朝陆锦行踉跄着走了两步，在跌倒前，就已经被一拥而上的人制住了。

最初送陆祈过来的心腹手下早已被控制住了，而因为陆祈的情况已经极不稳定，韩昭安排人押送他上车后，立即将他送往了医院。

想到陆祈在被带走的时候口中始终低喃的那封信，韩昭看向仍站原地的陆锦行，却因着他接下来的动作，呼吸微微一滞。

陆锦行慢慢把手中的几页信纸撕成了无数碎片，面无表情地撒在了墓碑前。

对刚刚整个过程印象极为深刻的小齐顿时倒吸一口凉气，下意识地看向自家队长，与此同时，心里对于陆锦行的认识，又上了一个台阶。

陆锦行接过林越递过来的拐杖，看着被席卷而过的北风几下便吹得毫无踪迹的纸屑，面色沉郁地迈步离开，没有再看宁时锦的墓碑一眼。

一行人拾阶而下，朝墓园外走去。彼时陆锦行的手机再次响起，他接通的时候，眼底还有尚未完全退去的漠然。可下一秒，他的脸色蓦地变了：“阿妩？哭什么？”

电话那头是钟妩哽咽的声音，一旁的林越已经眼疾手快地扶住陆锦行因为步伐猛然加快而有些踉跄的身子。陆锦行未及完全站稳，清越的声音里有着抑制不住的颤抖：“你说什么？”

“阿行，我……我的眼睛……刚刚好像见到光了……”